씨스 = 사랑

섹스=사랑 1

초판 1쇄 찍은 날 § 2003년 12월 26일
초판 1쇄 펴낸 날 § 2004년 1월 6일

지은이 § 고애경
펴낸이 § 서경석

편집장 § 문혜영
편집 § 이종민 · 신혜미
마케팅 § 정필 · 강양원 · 이선구 · 김규진 · 홍현경

펴낸곳 § 도서출판 청어람
등록번호 § 제1081-1-89호
등록일자 § 1999. 5. 31
어람번호 § 제5-0007호

주소 § 경기도 부천시 원미구 심곡1동 350-1 남성B/D 3F (우) 420-011
전화 § 032-656-4452 팩스 § 032-656-4453
http://www.chungeoram.com
E-mail § eoram99@chollian.net

값 9,000원

ISBN 89-5505-942-6 (SET)
ISBN 89-5505-943-4 03810

Chungeoram romance novel

고애경 지음

섹스=사랑

제1편

난 사랑을 몰라. 하지만 너가 아는 사랑도 사랑의 전부가 아니...

섹스... 절대 사랑이 아니야

도서출판
청어람

섹스=사랑

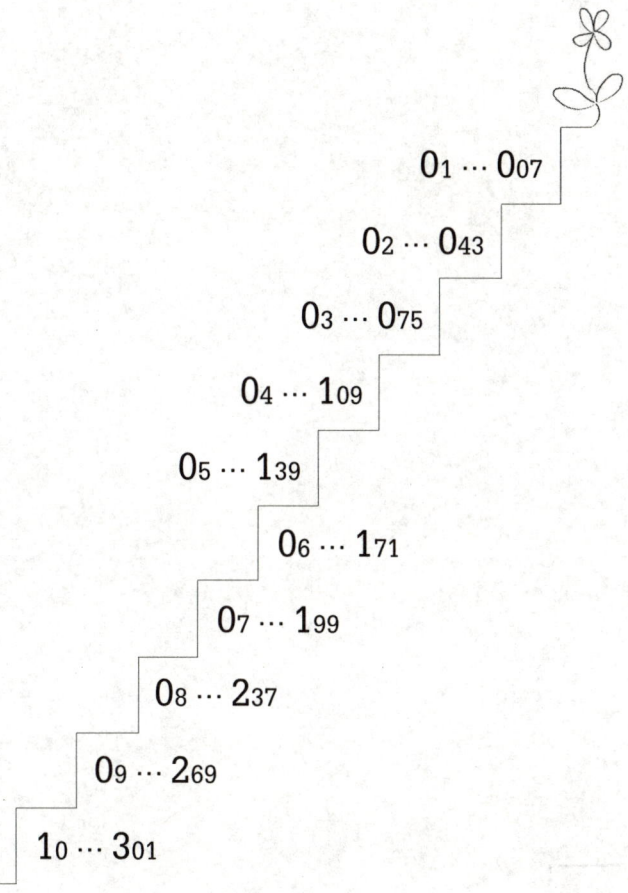

$0_1 \cdots 0_{07}$

$0_2 \cdots 0_{43}$

$0_3 \cdots 0_{75}$

$0_4 \cdots 1_{09}$

$0_5 \cdots 1_{39}$

$0_6 \cdots 1_{71}$

$0_7 \cdots 1_{99}$

$0_8 \cdots 2_{37}$

$0_9 \cdots 2_{69}$

$1_0 \cdots 3_{01}$

섹스=사랑

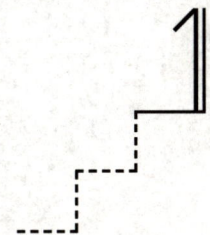

1

푸르스름한 조명 아래 재즈 음악이 흘러나오는 카페 안에는 그리 많지 않은 사람들이 저마다 의자에 앉아 술을 마시며 조용히 대화를 나누고 있다. 오늘 하루 있었던 일, 친구 얘기, 고민거리, 썰렁한 유머 등등 즐겁게 대화를 나누며 다들 웃고 있지만 그렇지 못한 사람도 있었다.

술에 원한진 사람처럼 그녀는 혼자서 여덟 병이 넘는 맥주를 꿀꺽꿀꺽 들이킨 상태였다.

"연경아, 그만 마셔라. 응?"

체릿빛 테이블 위에 열 병이 넘는 맥주병이 놓여 있고 얼굴은 잘 익은 토마토처럼 붉게 물들어 바보처럼 히죽거리며 연거푸

원샷을 하는 연경을 지원과 미영이 걱정스러운 눈으로 보며 어떻게든 술잔을 빼앗으려고 안간힘을 써본다. 그러나 사람이 이성을 잃으면 무식해진다는 말처럼 연경은 가뿐하게 지원과 미영을 뿌리치고 아예 병째 들이킨다.

"구연경!"

참다못한 지원의 앙칼진 목소리에 맥주를 마시던 연경이 맥주병을 내려놓고 지원을 본다.

"너 어쩌려고 이러니? 너 힘든 거 알아. 아는데 이러는 거 너답지 않아! 알아?!"

연경을 보며 언성을 높이는 지원의 눈에 물기가 배어 나온다. 그리고 이내 물기는 점점 퍼져 나갔고 형태를 이루어 지원의 뺨을 타고 또르르 굴러 떨어졌다. 그런 지원을 보던 미영의 눈도 촉촉하게 젖어갔다.

"이경민 그 인간, 인간도 아니야. 그러니까 이러지 마, 제발. 연경아."

아무 말 없이 고개를 숙이고 있던 연경의 가녀린 어깨가 조금씩 조금씩 떨리더니 이내 입술 사이로 흐느낌이 터져 나온다.

"흑흑… 나쁜 자식."

"그래, 그래. 차라리 잘된 거야. 그런 인간이라는 거 이제라도 알았잖니. 연경이 너 정도면 더 좋은 사람 만날 수 있으니까, 그러니까……."

연경을 품에 안고 달래주던 지원도 목이 메어와 말을 잇지 못한 채 울고 말았다. 대성통곡하는 연경을 꼭 안아주며 토닥거리던 지원의 눈에 여러 개의 눈이 들어왔다. 궁금해하는 눈, 신경에 거슬리는지 못마땅해하는 눈, 불쌍한 듯 쳐다보는 눈, 연경의 영향을 받아 눈물을 글썽이는 눈.

어느 정도 연경이 진정된 것 같자 지원은 연경을 자리에서 일으켜 세웠다. 그러나 역시 주량보다 오버된 술 때문에 연경은 정신을 못 차리고 비틀대다 바닥에 넘어지고 만다. 넘어진 연경을 일으켜 세우던 미영이 달래는 어조로 입을 열었다.

"연경아, 우리 기분도 그런데 나이트 갈래?"

미영의 뜬금없는 나이트타령에 지원이 매서운 눈길을 보낸다.

"윤미영, 너 죽을래?"

그러나 방금 전까지만 해도 정신 못 차리던 연경이 눈을 반짝 뜨곤 호들갑을 떤다.

"나이트? 가자! 나이트 가자. 응? 나이트!"

"나이트는 무슨 나이트야! 내일 출근 안 하냐!"

"나이트 가, 나이트. 나이트 가서 부킹할 거야. 그래서 경민이 그 자식보다 훨씬 나은 놈 만나서 보란 듯이 사귈 거야. 그래서……"

지원은 입을 삐죽거리며 금방이라도 울음을 터뜨릴 것 같은 연경의 입을 손으로 틀어막으며 억지로 웃었다.

"그, 그래, 가자. 나이트 가자. 이왕이면 물 좋은 데로 가자.

좋지?"

"나이트? 우와! 나이트!"

분위기 파악을 전혀 못하는 둔녀 미영이는 지원이가 노려보
는 줄도 모르고 휴대폰을 꺼내 어디론가 전화를 건다.

"정환 오빠! 나야, 이쁜이. 오늘 자리 있어? 지금 놀러갈게.
기다려."

전화를 끊고 신이 난 듯 웃던 미영은 지원의 날카로운 눈빛에
슬그머니 고개를 돌려 지원의 시선을 차단시키고 헤롱거리는
연경을 부축했다.

"연경아, 내가 아는 데가 정말 죽이거든? 거기 가서 정환 오
빠한테 부킹시켜 달래자. 알았지??"

"웅."

"윤미영, 너 내일 보자!"

"내일?? 지원아, 우리 어차피 내일 출근하면 볼 사이잖니? 그
런 말은 나중에 하고 출발하자고, 출발!"

세 사람은 택시를 타고 미영이 자주 간다는 주니어호텔 나이
트로 향했다. 주니어호텔은 서울에서도 알아주는 고급 호텔이
었고 호텔 지하에 자리 잡고 있는 주니어 나이트는 재벌집 자제
들이 자주 출몰해 물이 좋기로 유명한 곳이었다.

택시에서 내린 지원은 호화로운 실내 장식과 고급스러움에
놀라 황급히 가방에서 지갑부터 꺼내본다. 그러자 미영이 조그
맣게 소리 내어 웃으며 말한다.

"어머, 지원아, 여기 그렇게 비싼 데 아냐. 기본이 십오만 원 정도야."

아무렇지도 않게 십오만 원을 껌값처럼 말하는 미영의 머리를 지원이 호되게 쥐어박는다.

"아얏!! 왜 때려?!"

"윤미영 너 한 달 꼬박 일해서 얼마 받냐??"

"작게는 팔십만 원, 많이 받으면 백만 원이다. 왜!!"

"근데 한 방에 십오만 원을 날리는데 그게 안 비싼 거야, 이 맹추야?!"

"한지원!! 너 아까부터 나 무시하는데 너 자꾸 그러면……."

"그러면 뭐!!"

미영은 지원이 세게 나오자 입을 삐죽거리며 아무 말도 못한 채 연경에게 고개를 돌린다.

"연경아, 들어가자. 지원이는 오든지 말든지 맘대로 하라 그래."

"빠리 아(빨리 와), 지워나(지원아)."

지원은 어느새 혀가 꼬여 버린 연경이 무척 걱정되지만, 철딱서니없는 미영이 연경을 질질 끌고 나이트 쪽으로 걸어가자 어쩔 수 없이 그 뒤를 따라갔다.

"어서 오십쇼!! 아는 주임 계십니까??"

머리에 젤을 발라 올백으로 넘긴 느끼하게 생긴 남자가 꾸벅 인사를 하며 물었다. 그러자 지원이 뭐라고 말하기도 전에 미영이 지원을 밀치고 나가 생긋 웃는다.

"안정환 오빠요."

미영이 수줍게 웃으며 이름을 대자 잠시 후 삐죽삐죽 고슴도치 머리에 허여멀건하게 생긴 꺽다리 남자가 나와 미영을 보며 반갑게 인사한다.

"미영이 왔어? 아까 온다더니 조금 늦었다."

"미안, 오빠. 내 친구가 시간을 좀 끌어서 그랬어. 오늘도 물 좋지?"

"그럼, 그럼. 아주 좋은 자리로 마련해 놨으니까 들어가자. 친구 분들도 들어가시죠."

지원은 양아치같이 생긴 안정환인가 뭔가 하는 남자가 영 맘에 들지 않았지만, 너무나 좋아하며 미영의 뒤를 따라가는 연경 때문에 마음이 아파 따라 들어갔다.

원래 시끄러운 곳을 별로 좋아하지 않는 지원은 번쩍번쩍 정신없게 돌아가는 조명을 보자 벌써부터 머리가 지끈거리기 시작한다. 연경만 아니었음 오지도 않았는데. 지원은 비틀대면서도 미영과 마주 서서 열심히 춤을 추는 연경을 안타까운 눈으로 바라보며 한숨을 쉰다.

다 잊고 싶어. 잊어버릴 거야. 이경민…… 널 잊을 거야. 너보다 잘난 인간들 정말 많다. 여기 오니까 진짜 많다구. 그깟 섹스가 사랑보다 좋다는 거니? 섹스를 해야만 서로의 사랑이 확인되는 거냐구!

연경은 음악에 취해 미친 듯이 흔들어댔다. 술기운이 점점 가시고 있었다. 그러자 연경은 다시 술에 취하고 싶어졌다. 술기운이 가실수록 연경의 머리 속엔 경민의 얼굴이 떠올랐다. 술에 취한 연경을 강제로 안으려던 경민의 뺨을 때렸던 그날 밤 이후 서로 생각할 시간을 가져 보자며 두 달 동안 연락이 없었는데, 다른 여자와 결혼한다며 마지막으로 전화가 왔다.

"그런 게 어딨어. 이러지 마. 우리 서로 사랑하잖아. 응??"
"아니, 넌 날 사랑하지 않아. 넌 사랑을 모르는 여자야. 사랑하는 사람이 니 몸을 만지는 것조차 넌 싫어하잖니. 사랑하는 남자가 자기 여자랑 같이 밤을 보내고 싶다는데 뺨을 때리다니. 정말 불쾌하고 자존심 상했다는 거 알아? 하지만 수경인 달라. 아주 뜨겁고 적극적이야. 그게 바로 사랑이야. 서로를 느낄 수 있는 그런 게 사랑이라구. 그런데 너완 그게 아니었어."

뿌옇게 흐려진 연경의 눈앞에 현란한 조명을 받으며 미친 듯이 춤을 추는 사람들이 들어왔다. 지금 이 순간은 아무 고민도 생각도 없이 즐기고 있는 듯했다. 연경도 지금 이 순간은 고민도 없고, 생각도 없이 즐기고 싶어졌다.
그래, 이경민 니 말대로야. 난 사랑을 몰라. 하지만 니가 아는 사랑도 사랑의 전부는 아니야. 절대 아니라는 걸 난 깨우칠 거야. 사랑없는 섹스도 존재할 수 있다는 걸. 섹스는…… 절대 사랑이 아니야.

"자, 마셔!! 오늘 우리 신나게 놀아보는 거야."

"연경이 너, 괜찮아?"

"지원아, 걱정해 줘서 정말 고마워. 너무 고마워. 이젠…… 정말 괜찮아."

지원이 조금 의심스러운 눈빛을 띠며 연경을 응시했지만, 연경은 정말 기쁜 듯이 웃고 있는 것 같았다.

정말인가?

"너 속으로 내가 괜찮다고 거짓말한 건 아닐까 생각했지?"

"응? 아, 아니야."

"지원이는 할망구 같아. 잔소리 심하지, 이 세상 걱정이란 걱정은 다 짊어지고 다니지. 하여간 젊은애가 영 맘에 안 든다니까."

미영이가 토끼 모양을 낸 사과를 와삭와삭 씹어 먹으며 투덜댔다. 그러자 지원이의 도끼눈이 미영이를 향해 날아왔고 미영은 고개를 스테이지 쪽으로 돌리며 딴청을 부리다가 댄스 음악이 나오자 스프링처럼 벌떡 일어났다.

"하여간 저 푼수데기."

"원래 미영이 성격이 고민 같은 거 싫어하고 마음 가는 대로 하잖아. 어떨 땐 그런 미영이가 부러워."

연경의 말끝에 묘한 슬픔이 묻어났다.

"연경아."

"지원아, 우리도 나가자!!"

"나, 나 춤 못 춰. 싫어."

그러나 결국 연경에게 억지로 끌려 나가 지원은 뻣뻣한 막춤을 선보였다.

붉은색 벨벳 소파가 길게 늘어져 있는 큰 룸에 남자 혼자 술잔을 기울이며 담배를 태우고 있다. 시끄러운 음악에 맞춰 흔들어댈 상현과 동진을 떠올린 건우는 실소를 날리며 술잔에 남은 양주를 한입에 다 털어 넣었다.

어렸을 때부터 친하게 지낸 상현과 동진. 상현이 먼저 담배를 배웠을 때 건우와 동진은 매운 연기를 참아가며 담배를 배웠고, 건우가 술을 마시기 시작했을 때 한 잔 먹고 다운되는 일이 있어도 같이 술을 마셨다. 군생활도 비슷한 시기에 시작해 비슷하게 끝냈고, 학교도 같은 학교만 다녔다. 정말 그때는 뭘 해도 즐겁고 재밌었다. 그렇게 붙어다니던 세월만 해도 15년이 넘는데, 어느 날 건우만이 친구들과 떨어져 3년 동안 다른 곳에서 홀로 외롭게 시간을 보내고 온 것이다. 자신의 의지와는 상관없이.

건우는 오늘따라 술맛이 굉장히 쓰게 느껴졌다.

"이 자식, 미국물 좀 먹고 왔다길래 잘 놀 줄 알았더니 분위기만 잡고 있네?"

문을 열고 룸 안으로 들어온 상현이 장난스럽게 얘기하며 건우 앞에 털썩 앉았다.

"내가 언제 나이트 오고 싶댔냐. 술이나 마시자고 했지."

"여기 오는 여자애들이 얼마나 쌈박한데. 맨날 금발 머리에 고기 냄새 풀풀 풍기는 여자만 보다가 검은 머리 찰랑거리며 애교 떠는 애들 보면 뻑갈걸??"

상현이가 싱글거리며 얘기하는 도중 문이 열리고 동진이가 안으로 들어와 상현이 옆에 앉았다.

"동진아, 건우한테 괜찮은 여자애 좀 소개시켜 줘야겠다. 자식이 통 놀지를 못하네."

"안 그래도 좀 전에 괜찮은 여자애들 찍어놨다. 여기 담당 주임이 걔들 데리고 온댔으니까 잼나게 놀자고."

"됐어, 우리끼리 술이나 마시면 되지 무슨 여자냐."

"이 자식 봐라?? 누가 보면 남건우 개과천선한 줄 알겠다. 건우야, 너도 남자잖냐. 여자가 있으면 술맛도 좋고, 술맛이 좋으면 흥이 저절로 나고 얼마나 좋냐?"

"고럼. 이번에 애들은 꽤 순진해 보여서 더 맘에 들더라. 건우야, 재미나게 놀자꾸나. 형님만 믿어라."

동진의 넉살에 건우가 과일 접시 안에 담겨진 바나나 조각을 동진에게 집어 던졌다.

"형님 좋아하네. 웃기는 자식."

3년 만에 만난 동진과 상현은 여전히 건우에겐 재밌고 편한 친구였다.

"혹시 부킹 생각 있으십니까?"

부킹이라는 말에 오렌지를 까 먹던 미영의 눈이 반짝인다. 그러자 지원이 그런 미영을 무섭게 노려보았고, 미영은 아무 말도 못하고 죄없는 사과를 이쑤시개로 푹푹 찌르며 한숨을 쉰다.

"저희는 별로……."

"할래요!!"

지원은 갑자기 연경이 씩씩하게 대답하며 일어서자 깜짝 놀라 연경의 손을 붙잡는다.

"구연경, 너 미쳤니?!"

"지원아, 오늘 나 여기 놀러온 거야. 부킹 한번 하는 게 그렇게 큰일 나는 일이니?"

"그건 아니지만 그래도……."

"난 갈 거야. 미영이는?"

연경의 말이 끝나자마자 기다렸다는 듯 미영이가 벌떡 일어났다.

"나, 나도 갈래!!"

어이없다는 표정으로 연경과 미영을 보던 지원은 잠시 망설이다가 결국 일어섰다.

"가보고 이상하면 바로 나올 거니까 그렇게 알아!!"

"우와, 지원이 멋지다! 왠지 굉장히 멋있는 사람들일 것 같아."

미영의 눈이 기대감에 반짝이자 지원의 손가락이 미영의 손등을 세게 꼬집는다.

"아얏!! 왜 그래!!"

"여자가 너무 헤프게 보이면 안 돼. 특히 윤미영 너!! 각별히
조심해. 알았어?!"

"나만 갖구 그래. 치."

토라진 듯 입을 삐죽이는 미영을 연경이 달래준다.

"지원이가 걱정되어서 그런 거야. 삐치지 마. 응?"

어느 정도 술이 깬 연경은 비틀대지 않고 부킹 주선을 한 주
임을 따라 걸어갔다. 그러나 스테이지 근처에 있는 테이블이 아
닌 붉은 카펫이 깔린 복도로 세 명을 안내하는 것이다.

"지금 어디 가는 거예요??"

"룸에 계신 남자 손님께서 부킹 신청을 하셨습니다."

"룸?? 어머나, 돈 되게 많은가 보다."

"미영아."

지원의 음산한 목소리에 미영이 다시 입을 다문다. 연경은 처
음 해보는 부킹이라 조금 떨리지만 이왕 마음먹은 거 그대로 밀
고 나가기로 하고 성큼성큼 따라갔다. 그러자 맨 안쪽에 〈특실〉
이라고 적힌 문이 나왔고 주임은 문을 두 번 노크한 뒤 문을 열
었다. 연경은 떨리는 손을 꽉 움켜쥐고 심호흡을 한 뒤 주임이
열어준 문 안으로 들어갔다.

"건우야, 미국에서 뭐 하고 살았냐?"

"글쎄, 내가 뭘 하며 살았는지 기억이 잘 안 난다."

건우의 아리송한 대답에 상현이 피식 웃더니 동진의 옆구리를 팔꿈치로 쿡 찌르며 한마디 한다.

"거창하게 얘기하는 걸로 봐서 구라 같다. 안 그러냐?"

"고럼, 고럼. 남건우 저 녀석이 어떤 인간인데. 우리 셋 중에서 제일 개망나니였지."

"뭐?? 이 자식들이?!"

건우가 인상을 팍 쓰면서 말하는데도 상현과 동진은 전혀 개의치 않고 킥킥대며 웃는다.

"하여간 골 때리는 녀석들이라니까. 야야, 한잔하자. 건배!!"

"건배!!"

술잔을 부딪친 후 양주를 입 안에 털어 넣던 건우는 갑자기 상현과 동진이 자리에서 벌떡 일어나 문쪽을 향해 인사를 하자 이번엔 무슨 장난을 치는 걸까 의아해하며 시선을 돌렸다. 그러자 건우의 눈에 반쯤 열린 문 사이로 조심스레 걸어 들어오는 여자가 보였다.

160cm 정도 될까 말까 한 작은 키에 목선까지 내려오는 웨이브 머리에 화장기 없는 여자의 얼굴은 쌍꺼풀진 큰 눈과 작고 도톰한 입술 때문에 귀엽게 보이긴 하지만 대단한 미인은 아니었다. 그러나 그 뒤를 따라 들어온 두 명의 여자는 먼저 들어온 여자보다 키도 크고 외모도 보통 수준보다 훨씬 나은 미인형이었다.

동진이가 말한 괜찮은 여자들이란 나중에 들어온 두 명을 말한 것이라고 건우는 생각했다.

　"어서 들어오세요."

　상현이 벌떡 일어나 약간 까무잡잡한 피부에 조금 차갑게 생긴 긴 생머리의 여자를 자신의 옆 자리로 안내했고, 동진은 구불거리는 머리에 눈웃음이 매력적인 여자를 자신의 옆 자리로 데려갔다. 건우의 옆에는 제일 처음에 들어온 자그마한 여자가 앉게 되었다.

　그냥 술이나 마시려고 오긴 했으나 사람의 마음이란 무척 간사하다는 걸 깨달은 건우는 잔에 남은 술을 한입에 털어 넣었다. 그래도 이왕이면 다홍치마라고 예쁜 여자 옆에서라면 술맛이 꽤 좋을 거라고 속으로 생각하고 있었는데 별로 마음에 들지 않는 여자가 옆에 있으니 영 기분이 안 좋다. 상현이와 동진이가 진지하게 작업을 하는 모습이 눈에 들어오자 건우는 왠지 혼자 동떨어진 것 같아 더욱 이 여자가 마음에 들지 않는다. 그래서 그냥 술이나 마셔야겠다고 생각하고 양주병을 집어 드는데 옆에 앉은 여자가 잔을 들어 건우 앞에 내민다.

　"한 잔 주실래요?"

　여자가 먼저 말을 꺼냈다. 옆에 앉을 때부터 눈길 한번 제대로 마주친 적 없는 여자가 술잔을 내밀며 술을 달라고 하자 조금 황당하긴 하지만 어차피 마실 술 나눠 마시자는 생각에 여자에게 따라주었다. 그러자 여자는 단숨에 들이키더니 다시 잔을 내민다.

"한 잔…… 더 주세요."

어라? 이것 봐라? 상당히 술이 센 모양이지?

건우가 망설임없이 한 잔 더 따라주자 여자는 이번에도 단숨에 들이켰다. 한 잔 더 따라주기 위해 건우가 양주병을 기울이려고 할 때 여자가 건우에게서 양주병을 빼앗으며 말한다.

"이번엔 제가 따라드리죠."

"맘대로."

처음으로 건우는 여자에게 말을 했다. 그러나 건우가 대답을 하든 말든 여자는 별로 신경 쓰지 않는 눈치였고, 건우는 여자가 따라주는 술을 단숨에 들이켰다. 그렇게 두 사람은 서로 주거니 받거니 하며 양주 한 병을 금세 다 비워 버렸다. 다른 사람들은 두 사람에게 신경조차 쓰지 않고 있었고, 두 사람은 벨을 눌러 양주 한 병을 더 시켰다.

처음엔 별로 마음에 들지 않던 여자가 건우는 조금 마음에 들기 시작했다. 조금 취기가 돌자 평범해 보이던 여자의 얼굴이 점점 예뻐 보여서였다. 쌍꺼풀진 큰 눈은 무척 맑고 투명해 보였고, 도톰한 입술은 붉고 반들반들 윤기가 나 확 덮쳐 버리고 싶은 충동이 생겨났다. 건우의 이런 마음을 아는지 모르는지 술에 취한 여자는 배시시 웃으며 건우를 똑바로 응시하고 있었다. 그리고 이상한 질문들을 하기 시작했다.

"저기요, 혹시…… 사랑이란 걸 해보셨나요??"

뜬금없는 사랑타령에 건우는 대답을 하지 않으려 했다. 대답할 가치도 없는 얘기였기 때문이다. 그래야만 했다. 그러나 지금은 상당히 취해 있는 상태였고, 이성을 무시한 채 마음대로 입술이 움직인다.

"아니."

남건우, 너 미쳤냐??

다음엔 무슨 말을 하더라도 대답하지 않으려고 마음먹지만 건우는 이성을 배반하고 만다.

"그럼…… 섹스는요??"

"그건 많이 해봤지."

너 미쳤다, 미쳤어.

"사랑이 좋아요, 섹스가 좋아요??"

여자의 반짝이는 눈이 똑바로 건우를 응시하고 있고, 도톰한 입술은 섹시하게 살짝 벌어져 건우를 유혹한다. 이번엔 정말 대답하지 않겠다고 계속 머리 속으로 되뇌이지만 전혀 효과가 없다. 건우는 여자가 묻는 대로 술술 다 대답해 주고 있다.

"당연히 섹스가 좋지. 사랑은 귀찮거든."

"사랑이 왜 귀찮은데요?"

"사랑은 하나의 약속이라고 할 수 있지, 당신을 구속하겠다는. 하지만 섹스는 다르거든. 서로 아무런 약속 없이 자신의 본능에만 충실하는 거니까."

"본능은 사랑이 아닌가요??"

"그것도 하나의 사랑이라고 할 수 있지. 싫어하는 사람하고 섹스를 할 때는 기분이 썩 좋진 않으니까. 적어도 상대방에게 관심이 있어야 할 수 있지 않을까? 물론 예외도 있어. 욕구 충족을 위해 싫어하는 사람과도 섹스를 하는 경우도 있으니까."

건우는 계속 사랑과 섹스에 관해 물어보는 여자 때문에 묘한 흥분을 느끼기 시작했다. 계속 종알거리며 묻던 여자가 갑자기 입을 한일 자로 꾹 다물고 테이블 위에 놓여 있는 잔을 노려본다. 여자가 더 이상 묻지 않아 마음이 놓인 건우는 술잔을 들어 여자의 잔에 살짝 부딪쳤다.

"한잔하지."

힐끔 여자를 곁눈질하며 잔을 부딪치던 건우는 여자의 눈에서 반짝이는 눈물을 보았다. 아주 잠깐이었지만 여자는 너무나 슬퍼 보였고, 그 모습을 보던 건우는 문득 어머니 생각이 나 가슴이 아려온다. 떳떳하지 못한 아버지와의 관계로 인해 남들에게 괴롭힘을 당해도 꿋꿋하게 버티며 활짝 웃던 어머니는 남들이 보지 않는 곳에선 건우 옆에 앉아 있는 여자처럼 슬픈 눈을 하곤 했었다. 잔을 움켜쥔 건우의 손에 힘이 들어간다.

젠장.

단숨에 양주를 들이킨 건우는 테이블 위에 소리나게 잔을 내려놓았다. 그러자 옆에 앉은 여자가 다시 건우의 술잔에 양주를 따라준다.

"같이 마셔야죠. 혼자 배신하기예요?"

언제 그랬냐는 듯 여자는 다시 웃고 있었다.

어머니…….

웃고 있는 여자의 모습은 건우의 생모와 너무나 흡사했다. 슬픔을 누르고 억지로 웃고 있는 여자의 웃음은 당장이라도 깨져 버릴 것처럼 위태롭게 느껴졌다. 그러나 그녀는 남이라는 생각에 건우는 지금 이 순간만이라도 여자가 원하는 대로 해줘야겠다고 생각했다.

"그래, 쓰러질 때까지 마셔보는 거야."

건우는 여자가 원하는 대로 힘껏 잔을 부딪치며 단숨에 술을 입 안에 털어넣었다.

지원은 밝게 웃으며 남자와 술잔을 기울이는 연경을 불안한 눈으로 바라보았다. 몸을 제대로 가누지 못하고 소파에 등을 기대고 있는 것으로 보아 상당히 취해 있음이 역력히 드러나지만 지원은 연경에게 다가가지 못하고 있다. 오늘 단 하루만이라도 모든 걸 잊고 마음 편히 쉬게 하고 싶어서였다. 지금 연경은 낯선 남자와 편하게 얘길 하며 웃고 있었다.

"지원 씨, 무슨 생각을 그렇게 골똘히 하세요?"

상현이 묻자 지원은 애매하게 웃으며 과일 접시에 있는 오렌지를 집었다. 연경이 오자고 해서 억지로 끌려왔지만 지원은 왠지 오길 잘 한 것 같다고 생각하고 있었다. 옆 자리에 앉은 상현은 모든 걸 다 가진 사람처럼 보인다. 잘생긴 외모에 매너도 좋고, 키도 크고, 돈도 많은 것 같다고 생각하며 지원은 조금 거리를 두고 상현을 평가하고 있다. 만약 평가 점수가 높다면 지원은 수단과 방법을 가리지 않고 상현을 자신의 반쪽으로 만들어야겠다고 마음속으로 다짐한다.

이미 술이 한계를 넘어선 상태가 되어버린 연경은 이리저리 흔들리는 남자의 까무잡잡한 얼굴을 보며 한번 만져 보고 싶다는 충동을 느끼자 다른 일행들이 춤추러 간다며 룸을 나가자마자 곧바로 실행에 들어갔다. 연경의 조그만 손이 남자의 뺨을 살며시 어루만지자 남자의 안면근육이 경직되는 게 느껴졌다.

"지금…… 뭐 하는 거지?"

"그냥 만져 보고 싶어서요."

"지금 이렇게 하는 게 나한텐 별 도움이 되지 않아."

"왜요?"

연경의 질문에 남자가 한숨을 쉰다.

"몰라서 물어? 남자는 쉽사리 흥분을 하는 동물이지. 특히 여자와 접촉이 있을 땐 더 쉽게 흥분하는 게 남자야. 그만 손 치워."

연경은 조금 화난 듯한 남자의 말투에 잠시 주춤하다 다시 남자의 입술을 엄지손가락으로 가볍게 쓸었다. 순간 남자가 헉 하며 숨을 들이마시더니 연경의 손을 거칠게 움켜쥐고 아래로 내린다.

"그만 하랬잖아!"

"싫어요!"

연경이 거칠게 남자의 손을 뿌리치려 하자 남자가 더욱 손에 힘을 주고 연경의 손을 움켜잡았다.

"자꾸 이런 식으로 날 흥분시킨다면 널 강제로 끌고 가 안아 버리는 수가 있어. 그만 해."

남자의 말에 연경은 경민을 떠올린다.

"혼전순결?? 핑계도 적당히 해두라고. 요즘 여자들 중 첫날밤에 순결을 바치는 여자가 어딨어? 다들 이 남자, 저 남자 겪어 보고 어느 정도 경험해 본 여자들이 대부분이라는 거 몰라? 멍청한 소리 집어치워. 넌 고리타분해서 정말 따분해."

연경은 눈동자에 분노가 서린다. 순결 같은 거 지켜봤자 아무 도움도 되지 않아. 다들 그전에 다 경험해 보고 간다는데 왜 난 꼭 첫날밤에 순결을 바쳐야 된다고 생각했을까. 더 이상 바보, 멍청이로 살긴 싫어. 나도 멋지게 새 삶을 살아볼 거야!!

연경은 옆에 앉은 남자를 똑바로 보았다.

"할 말 있어?"

남자가 퉁명스럽게 묻자 연경의 결심이 잠시 흔들렸다. 그러나 연경은 다시 마음을 다잡고 나지막한 목소리로 말했다.

"섹스…… 많이 해봤다고 했죠."

"아까 해봤다고 했잖아."

남자는 귀찮다는 듯 대답하며 술잔을 입으로 가져갔다. 연경

은 마음속으로 심호흡을 하며 1부터 10까지 숫자를 센 다음 말
했다.

"그럼…… 오늘 밤 저랑 같이 있어주세요."

"푸읏!!"

여자의 갑작스러운 말에 건우는 마시던 술이 목에 걸려 입 밖
으로 뿜어내고 캑캑거린다.

"뭐, 뭐라고??"

"오늘 밤 같이 있고 싶다구요."

"무슨 뜻인지 알고나 얘기하는 거야?? 밤을 같이 보내고 싶
다는 그 말 말이야."

"충분히 알아요. 그러니까 싫다, 좋다 중에서 고르세요. 싫다
고 대답하면 지금 여길 당장 나가서 다른 남자 찾아봐야 되니까
요."

건우는 지금 이 자리에 여자와 단둘이 남아 있는 걸 다행으로
생각했다. 만약 동진과 상현이 이 여자가 하는 얘길 들었다면
배꼽을 움켜쥐고 쓰러졌을 것이다. 처음 보는 남자한테 같이 밤
을 보내고 싶다고 이렇게 당당하게 얘기하는 여자는 살다 살다
처음 본다. 그러나 장난으로 받아들이기에 지금 이 여자의 표정
은 너무나 진지했다. 3년 가까이 미국에서 공부를 하며 건우는
섹스와는 담을 쌓고 살았다. 그래서 지금 이 여자의 황당한 제
안은 건우를 충분히 흥분시키고도 남을 만큼 대단한 일이었다.
굴러들어 온 복을 그냥 차버릴 만큼 건우는 성인군자가 아니었

기에 여자의 제안을 받아들이기로 결심했다.

"진심이지??"

한 번 더 건우는 여자에게 물어본다. 그러자 여자는 고개를 끄덕이며 건우를 뚫어져라 응시한다. 잠시 동안 단둘만 남은 룸 안에는 침묵이 자리했고, 건우는 조심스럽게 여자의 얼굴을 두 손으로 감싸고 여자의 도톰한 붉은 입술에 자신의 입술을 들이밀었다.

"읍."

취기 때문에 무척 섹시하고 먹음직스럽게 보인 여자의 도톰한 붉은 입술은 예상외로 너무나 부드럽고 달콤해 건우는 아주 잠깐 맛보려던 계획을 수정하여 길게 시간을 끌며 여자의 입술 사이를 헤집고 들어갔다. 여자의 입 안을 구석구석 핥으며 건우는 조심스럽게 여자의 혀를 건드리며 희롱했다. 그러자 여자의 입술 사이로 조그맣게 탄성이 터져 나온다.

"아아."

여자의 뜨거운 숨결을 느끼며 건우는 자제력을 총동원해 여자의 입술에서 벗어났다.

"하아. 하아."

숨이 가쁜지 숨을 몰아쉬는 여자의 입술은 약간 부어올라 있었고, 건우는 그 입술을 한 번 더 맛보고 싶은 충동을 겨우겨우 참으며 말을 꺼냈다.

"마음이 바뀌지 않았다면 호텔방을 잡아놓을 테니까 그쪽으로 와."

"어, 언제요??"

"난 지금 나갈 테니까 그쪽은 본인이 잘 알아서 둘러대라구. 올라오기 전에 전화하고."

건우는 안 주머니에서 펜과 수첩을 꺼내 휴대폰 번호를 적어 여자에게 건네주었다. 여자가 쪽지를 가방 안에 챙겨 넣는 걸 확인하고 건우는 문을 열고 밖으로 나갔다.

연경은 조금 전 키스 때문에 아직 충격에서 벗어나지 못하고 있었다. 정신이 혼미해질 것 같은 아찔한 쾌감을 느끼며 연경은 열렬히 반응했고 남자의 입술이 떨어져 나가자 아쉬움을 느끼며 남자의 입술을 바라보았다. 방을 잡아놓겠다며 전화번호를 적은 쪽지를 쥐어주고 남자는 먼저 나가 버렸다. 이미 마음은 모든 결정을 내려놓은 상태지만 연경의 몸은 너무나 정직했다. 머리부터 발끝까지 미세하게 떨려오고 있었고 그 떨림은 점점 심해져 가고 있었다. 긴장을 풀기 위해 연경은 혼자 앉아서 양주병에 남은 양주를 연거푸 세 잔을 마셨다. 술이 들어가자 몸에 힘이 풀려 떨림은 줄어들었지만, 주위가 빙빙 돌고 속이 울렁거리기 시작했다.

욱! 토할 것 같아.

연경이 오만상을 다 찌푸리며 오바이트를 참아내고 있을 때 문이 열리고 지원과 미영이 두 남자와 같이 들어왔다.

"연경아, 왜 그래?!"

"지, 지원아, 나…… 집에 가고 싶어."

"집?? 왜? 속이 안 좋아??"

지원의 걱정스러운 목소리에 연경은 조금 죄책감이 들었지만, 고개를 끄덕이며 최대한 아픈 표정을 지었다. 그러자 지원이 집까지 바래다주겠다며 허둥거렸고, 연경은 혼자 집에 갈 수 있다고 지원을 뿌리치고 룸을 나왔다. 그러나 그냥 남아 있을 지원이 아니었다. 비틀비틀 혼자 걸어가는 연경을 쫓아나와 옆에서 부축해 준다.

"혼자 갈 수 있다니까."

"택시 타는 것만 보구. 응??"

"한지원, 내가 한심해 보여서 그래? 나 괜찮아. 괜찮다구!"

연경이 조금 화가 난 듯 언성을 높이며 지원의 손을 뿌리치자 조금 무안해진 지원은 못미더운 표정을 지으며 말한다.

"정말…… 괜찮겠어?"

"그래! 들어가 봐, 난 괜찮으니까."

"택시 타는 것만…… 보면 안 될까?"

서로 티격태격 실랑이를 벌이다 보니 어느새 나이트 정문 앞에 있는 택시 정류소까지 걸어나온 상태였다. 결국 연경은 지원이 보는 앞에서 택시를 탔고, 지원은 택시가 출발하고 나서야 안도의 한숨을 쉬며 뒤돌아섰다. 연경은 뒤를 힐끔 쳐다보고 지원이 나이트 안으로 다시 들어가는 걸 확인한 뒤 불안한 가슴을 쓸어 내린다.

"아저씨, 좀 세워주세요."

"네?? 여기서요??"

"네, 두고 온 물건이 있어서요. 죄송합니다."

택시 요금을 치르고 연경은 서둘러 호텔 안으로 걸어 들어갔다. 그리고 가방에서 전화번호가 적힌 쪽지를 꺼냈다. 쪽지에 적힌 번호대로 꾹꾹 누른 다음 연경은 심호흡을 하며 어서 그 남자가 받기를 기다렸다. 신호가 두 번 정도 가자 여보세요라는 목소리가 흘러나온다.

"여보세요. 저…… 연경이에요."

—연경이??

연경은 남자가 자신의 이름을 모른다는 걸 뒤늦게 깨닫고 다시 정정해서 말했다.

"같이 술 마시던 사람이에요."

—아, 당신이군. 지금 어디지? 나왔나?

"네, 호텔 로비에 있어요."

—1302호로 와요.

연경은 전화를 끊고 두근거리는 가슴을 진정시키며 엘리베이터 앞에 섰다. 밑에서 올라오던 엘리베이터가 1층에서 멈췄고 이내 문이 열렸다. 엘리베이터 안엔 아무도 없었다. 그러나 연경은 행여나 누군가에게 들킬까 봐 다시 한 번 주위를 살펴본 다음 엘리베이터에 올라탔다. 한 층 한 층 올라가는 시간이 너무나 길게 느껴졌고, 연경은 심장이 너무 빠르게 뛰는 것 같아

가만히 서 있는데도 숨이 가쁘고 속이 울렁거렸다. 운명의 13층에 엘리베이터가 멈추고 문이 열리자 연경은 차마 떨어지지 않는 걸음을 억지로 옮기며 1302호로 향했다. 한 걸음 한 걸음 나아갈 때마다 수전증에 걸린 사람처럼 연경의 손은 덜덜 떨렸고, 더워서 땀이 날 지경인데도 입술까지 덜덜 떨려왔다. 그러나 떨림은 1302호 문 앞에 서서 벨을 누르고 난 뒤에는 언제 그랬냐는 듯 말끔하게 사라졌다.

문이 열리고 새하얀 목욕 가운을 걸친 남자가 굳은 자세로 문 앞에 서 있는 연경을 보며 피식 웃더니 들어오라는 듯 문을 활짝 열고 옆으로 비켜섰다.

"그, 그럼 실례합니다."

바보 같애. 실례합니다가 뭐야!!

자신의 말실수를 깨닫고 자책하지만 이미 터져 나온 말이었다. 숨죽여 웃는 남자의 웃음소리에 연경의 얼굴이 벌겋게 달아올랐다.

"씻고 나와."

너무나 자연스럽게 말하곤 침대에 걸터앉는 남자를 보며 연경의 얼굴은 더욱 새빨개졌다. 다행히 남자는 등을 보이며 TV에 시선을 두고 있었고, 연경은 붉어진 얼굴이 들통날까 봐 후닥닥 욕실 안으로 뛰어들어 갔다.

욕실문이 닫히는 소리와 함께 건우는 침대에 드러누워 애써 참고 있던 웃음을 터뜨리고 만다.

"완전히 잘 익은 토마토구만. 아까 같이 밤을 보내자던 그 여자 맞아?"

건우는 좀 전에 들어오면서 여자가 했던 말을 떠올리며 다시 웃었다.

욕실에 들어간 지 30분이 다 되어서야 욕실문이 열리고 목욕 가운을 걸친 여자가 머뭇거리며 걸어나왔다. 촉촉하게 젖은 머리와 가운 아래로 드러난 날씬한 종아리와 자그마한 발을 보는 순간, 건우는 겨우겨우 참고 있던 욕정을 드러내며 여자의 팔을 확 끌어당겨 침대에 눕혔다.

"꺄아아아악—!!"

갑자기 여자가 소리를 질러대자 건우는 당황하며 여자의 입을 손으로 막으며 다급하게 소리쳤다.

"조용히 해! 본인이 원해서 한 거잖아!"

그러자 눈을 꼭 감고 소리를 지르던 여자가 눈을 뜨며 미안한 눈빛으로 건우를 보며 입을 다물었다. 그제야 건우는 여자의 입을 막고 있던 손을 치웠다.

"죄, 죄송해요. 갑자기……."

"이런 거 처음 해봐? 내가 나쁜 놈 같잖아!"

건우가 조금 화난 어조로 말하자 기가 죽은 여자는 건우의 눈치를 보며 눈을 내리깐다.

"정말 죄송해요. 안 그럴게요."

건우는 밑에 깔려 있는 자그마한 여자가 꼭 선생님한테 야단

맞고 반성하는 여학생처럼 보여 확 깨물어주고 싶어졌다. 소리를 지른 건 조금 기분 나빴지만, 진심 어린 사과를 하는 여자가 너무나 예뻐 보여 건우는 천천히 여자의 얼굴을 손으로 쓰다듬었다. 건우의 손길이 닿자 여자의 얼굴이 점점 뜨거워졌고 잘 익은 토마토처럼 붉게 변했다.

"쿡. 또 토마토 됐네. 원래 얼굴이 잘 빨개지는 편인가?"

"네."

불안해하는 여자를 안심시키기 위해 건우는 대화를 하며 한 단계씩 높여가야겠다고 생각하고 다시 말을 건다.

"이름이…… 연경이라고 했지?"

"네, 구연경…… 이에요."

얼굴을 부드럽게 쓰다듬던 건우의 손이 연경의 목덜미를 지나 가운 사이를 어루만지고 있었다. 점점 가빠져 오는 연경의 숨소리에 건우도 점점 흥분하기 시작했고, 본격적인 탐색에 들어갈 준비를 했다.

"이름이 잘 어울려."

"네…… 헉!!"

건우의 손이 가운 사이를 헤집고 들어와 젖꼭지를 엄지손가락으로 어루만지자 연경의 숨소리가 거칠어졌다. 건우의 한쪽 손은 연경의 가운 끈을 풀어내리고 있었고, 다른 손은 연경의 가슴을 어루만지며 연경의 반응을 살피고 있다. 입술을 살짝 깨물며 가쁜 숨을 내쉬는 연경을 보며 건우는 무척 민감한 여자라고 생각하면서, 눈앞에 드러난 연경의 눈부시게 뽀얀 살결을 감상한다. 자그맣고 마른 체구에 비해 풍만한 가슴과 잘록한 허리는 건우의 예상을 빗나갔다. 볼품없는 몸매일 거라고 예상하며 별로 기대하지 않았던 건우로서는 대단한 수확이었다. 건우는 눈앞에 펼쳐진 우윳빛 가슴을 한입 베어 물었다.

"아."

연경의 입술 사이로 가느다란 신음 소리가 새어 나오자 건우는 연경의 핑크 빛 젖꼭지를 살짝 깨물어보았다.

"아…… 아."

두 손으로 가슴을 애무하며 연경의 입술을 맛보던 건우는 자신의 남성이 빳빳하게 곤두서 있음을 느꼈다. 연경의 도톰한 입술은 키스하기 좋은 입술이라고 생각하며 건우는 마음껏 맛보고 있다.

처음 느껴보는 이상야릇한 느낌에 연경은 허공 위에 떠 있는 기분이다. 키스를 처음 해보는 것도 아닌데 남자의 키스는 연경의 입술을 다 먹어치울 것같이 때론 거칠고, 때론 부드럽게 연경의 입 안을 온통 헤집고 다닌다. 그러나 남자의 키스가 전혀 싫지 않았다. 오히려 더 해줬으면 하는 바람으로 남자의 입술에 과감하게 자신의 혀를 넣어보기도 하며 연경은 지금 이 순간을 즐기고 있다. 그런데 점점 이상야릇한 느낌에 취해갈수록 속이 울렁거리고 온몸에서 열이 났다. 남자의 손이 연경의 여성을 어루만지는 순간 연경의 울렁거림은 참지 못하는 수준에 이르렀다.

건우는 연경의 여성을 어루만지며 만족감을 느꼈다. 그녀의 여성은 어느새 촉촉하게 젖어 있었고 건우의 남성을 맞아들일 준비가 되어 있었다. 건우는 고민했다. 조금 더 연경을 애무하며 즐겁게 해줄 것인가, 아님 애무는 이 정도로 하고 자신이 즐길 것인가.

결국 건우는 후자를 택했다. 처음이 아닌 이상에야 연경도 어서 자신의 여성을 가득 채워주길 원할 것이라고 혼자 착각하며 자신의 남성을 연경의 여성에 천천히 갖다 대었다. 순간 연경의 표정이 일그러지는 게 건우의 눈에 들어왔다.

아직 이르다는 뜻인가?

건우는 잠시 자신의 욕구를 접고 연경에게 키스하기 위해 얼굴을 갖다 댔다. 그 순간 건우는 이상한 소리와 함께 연경이 뿜어내는 이상한 액체를 정면으로 맞고 그 실체가 무엇인지 깨닫고 난 후 경악에 찬 비명을 질렀다.

"으아악! 이게 뭐야!"

건우는 지금 경악에 찬 얼굴로 욕실 거울을 뚫어져라 응시하고 있다. 조금 전 시큰한 냄새를 풍기며 온 얼굴에 흩뿌려진 토사물을 씻어내느라 얼굴이 벗겨지도록 벅벅 문질러 여러 번 씻었고, 머리도 세 번이나 감아야 했다. 이제 더 이상 냄새가 나지는 않지만 건우는 계속 찜찜하고 불쾌하다. 열린 욕실문 사이로 침대에 누워 있는 연경이 눈에 들어온다. 자신이 무슨 일을 저지른지도 모르고 태연하게 자고 있는 연경을 보고 건우는 이를 빠득빠득 갈며 욕실을 나와 침대로 성큼성큼 걸어갔다.

"아!!"

제법 목소리가 컸지만 연경은 아무런 미동도 하지 않은 채 눈을 꼭 감고 아예 코까지 드르렁 골며 잠들어 있다. 새하얀 침대 시트 위에 누워 있는 연경의 머리맡엔 조금 전 건우의 얼굴에 직통으로 날아온 토사물들이 선명한 흔적을 남겨놓은 채 건우의 눈살을 찌푸리게 하고 있었다. 지금 심정 같아선 얼른 옷을 챙겨 입고 이 방을 떠나고 싶지만, 건우는 최대한 인간적인 면을 발휘해 자고 있는 연경을 어깨에 둘러메고 욕실로 데려갔다. 일단 연경을 욕조에 비스듬히 앉혀놓고 샤워기를 틀어 물이 따뜻한지를 확인한 뒤 먼저 얼굴에 비누칠을 하고 물을 뿌렸다.

"으음."

몸을 뒤척이며 신음 소리를 내는 연경을 건우는 매서운 눈으로 노려본다. 그러나 신음 소리 한 번으로 끝이었고 연경은 다시 잠이 들었다. 열이 오른 건우는 그냥 이대로 내버려 두고 가라는 악마의 속삭임에 잠시 흔들리다 마음을 고쳐먹고 이제 연경의 머리를 감겨주기 시작했다. 코와 입에 물이 들어가지 않게끔 연경의 몸을 앞으로 숙여 머리를 감겨주며 생각한다. 이게 도대체 무슨 날벼락 같은 일이냐고. 섹스하는 도중에 오바이트하는 여자라니. 진짜 어떻게 걸려도 이런 여자한테 걸려가지고

이 고생을 하는 걸까. 속으로 연경의 욕을 하며 수건으로 머리에 물기를 털어줄 때 일부러 감정을 실어 있는 힘껏 머리를 꾹꾹 눌렀다. 큰 타월을 꺼내 연경의 몸을 닦아주려니 한참 기분 좋았을 때가 떠오르며 다시 건우의 몸은 흥분 상태가 되었다. 비록 수건을 사이에 두고 연경의 몸 구석구석을 만지고 있지만 손에 와 닿는 촉감은 너무나 부드럽고 말랑말랑했다.

그냥 확 덮쳐 버릴까?

악마가 다시 이빨을 드러내며 건우를 유혹한다. 그때 마음 깊숙한 곳에서 천사가 건우에게 조용하지만 강하게 외친다.

무방비 상태의 여자를 건드리는 건 짐승만도 못한 짓이야!

천사와 악마 사이에서 갈팡질팡하던 건우는 깨끗하게 씻긴 연경을 데리고 욕실을 나오다가 시트 위의 흔적을 보고 아주 깨끗하게 단념했다.

그냥 집에 가자. 또 무슨 꼴을 당하려구.

건우는 연경을 침대 아래쪽에 눕혔다. 머리받이 쪽은 이미 망친 상태였기에 그나마 깨끗한 곳에서 잠을 자게 해주고 싶어서 아래위를 바꿔준 뒤 아무 이상 없는 베개를 가져와 연경의 머리를 받쳐 주었다. 잠이 든 연경의 모습을 물끄러미 바라보던 건우는 충동적으로 연경의 얼굴을 손등으로 쓸어보았다. 부드럽고 느낌이 아주 좋다고 생각하며 건우는 서둘러 옷을 챙겨 입었다. 행여나 다시 딴맘을 먹게 될까 두려워 옷을 챙겨 입은 다음 나중을 위해서 건우는 자신의 이름과 연락처를 적은 쪽지를 스탠드 밑에 끼워놓고 다시 한 번 연경의 잠든 모습을 바라보았다. 무슨 일이 있었는지 기억을 할는지는 의문이지만, 지금은 무척 좋은 꿈을 꾸는지 입가에 미소를 머금고 행복한 표정을 짓고 있었다. 건우는 잠시 망설이다 허리를 조금 숙여 연경의 보드라운 뺨에 살짝 키스를 하곤 중얼거렸다.

"잘 자."

섹스=사랑

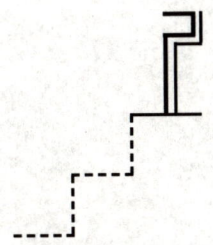

봄기운이 완연한 눈부시고, 따뜻한 햇살이 아이보리 색 레이스 커튼 사이로 모습을 드러내며 곤히 잠든 연경의 얼굴을 부드럽게 어루만진다. 잠시 후 굳게 닫혀 있던 연경의 눈꺼풀이 스르르 열렸고, 연경은 눈부신 아침 햇살을 확인하고 한껏 기지개를 켜며 몸을 일으켰다.

"아함. 잘 잤…… 으악!!"

균형을 잃고 바닥으로 나동그라진 연경은 쿡쿡 쑤시는 오른쪽 엉덩이와 팔꿈치를 어루만지며 낯선 풍경에 의아해한다.

"아야. 응? 근데 여기가…… 어디지?? 어머나!! 내 옷!!"

낯선 풍경만이 아니라 집에 있을 때도 잠옷을 꼭 입고 자는

연경은 자신이 지금 알몸이라는 사실에 큰 충격을 받았다. 분명
히 무슨 일이 있었다고 확신하고 연경은 머리 속의 기억들을 거
슬러 올라갔다. 그러자 약간 까무잡잡한 얼굴의 남자에게 같이
밤을 보내고 싶다는 말을 했던 것이 떠올랐고, 중간중간에 끊기
긴 했지만 남자와 같이 침대에서 섹스를 하려고 했다는 것까지
기억을 해냈다.

"세, 세상에! 그럼 나…… 당한 거야?!"

연경은 갑자기 우울해졌다. 이제껏 사랑하는 사람과 결혼해
서 첫날밤에 자신이 간직한 순결을 자랑스럽게 보여주려고 했
었던 그 꿈이 사라졌기 때문이다.

연경의 나이 이제 스물세 살. 남자 친구를 사귀어본 건 단 한
번뿐이었고, 꼭 그 사람과 결혼해서 첫날밤을 치르고 싶었다.
그런데 이름도 모르는 낯선 남자에게 열받는다고 그냥 덥석 주
고 말았다고 생각하니 연경은 눈물이 났다.

"으앙! 어떡해. 어떡하면 좋아. 아앙!"

연경은 한참 동안 침대에 앉아서 훌쩍거리며 볼일 다 봤다고
그냥 가버린 무심한 낯선 남자를 욕했다. 그렇게 이십여 분을
울다가 욕하다가, 울다가 욕하는 걸로 보낸 뒤 벽에 걸린 시계
를 보고 경악의 표정으로 벌떡 일어났다.

"맞다!! 출근해야 되는데!!"

후닥닥 욕실로 뛰어가 연경은 대충 세수를 하고 화장대 의자
에 걸려 있는 옷을 챙겨 입은 다음 문으로 급하게 걸어갔다.

쾅!!

급한 마음에 힘껏 닫은 문은 큰 소리를 내며 닫혔고 연경의 발자국 소리는 점점 멀어졌다. 미처 발견하지 못한 건우의 쪽지와 그날 밤의 엄청난 일에 대한 증거는 발견하지 못한 채 그렇게 그녀는 멀어지고 있었다.

"구연경 씨, 정신이 있는 사람이야?! 지금 몇시지?! 사정이 있으면 미리 전화를 해야 될 거 아냐!!"

연경은 지금 고개를 푹 숙인 채 죄인처럼 오 조장에게 십 분째 잔소리를 듣고 있다. 안 그래도 미운털이 잔뜩 박혀 있는 터라 항상 조심해야 된다고 명심에 또 명심을 해왔는데 출근 시간보다 무려 1시간이나 늦어버린 것이다. 그렇다고 어제 있었던 일을 얘기해 줄 수는 없는 노릇이라 연경은 몸이 안 좋다는 핑계를 댄다.

"배탈이 나서요. 그래서…… 화장실에 들락거리느라."

"배탈?? 연경 씨, 백화점 근무가 몇 년째지?"

"3년 다 되어가는데요."

〈신디〉 판매 직원으로 미래백화점에 들어온 지도 어느덧 3년. 어느 정도 경력을 쌓은 터라 연경은 매장을 방문하는 고객의 얼굴만 봐도 어떤 디자인을 좋아하는지 대충 짐작할 정도로 노련하다. 평소 땐 출근 시간보다 훨씬 전에 나와서 매장 청소를 하고 구두 진열 상태를 점검했던 그녀였지만, 오 조장에겐 평소 모습은 전혀 눈에 들어오지 않고 오늘의 실수만이 평소의 모습처럼 평가해 연경을 계속 물고 늘어져 반말까지 하며 자존심을 긁고 있다.

"3년 정도면 제 위치를 잡았을 텐데 모범을 보여야 할 사람이 이렇게 해도 되는 거야?!"

"죄송합니다."

"계속 주시하고 있으니까 조심해. 알겠어?!"

"네."

"그럼 가봐."

오 조장의 매서운 눈빛을 받으며 연경은 사무실을 빠져나와 매장으로 향했다. 그래도 이 정도로 끝난 게 다행이라 생각한 연경은 두근거리던 가슴을 쓸어 내리며 크게 심호흡을 한다.

힘내자. 어제 일은 어제 일이고 오늘부턴 씩씩한 내가 되는 거야. 아자!!

"언니, 괜찮아요? 오 조장 그 할망구가 되게 심하게 뭐라 했죠? 그죠?"

구두를 정리하고 있던 서영이가 안쓰러운 얼굴로 연경을 보며 말했다. 연경은 그런 서영에게 고개를 가로저으며 빙긋 웃었다.

"내가 잘못했는데 뭘. 늦어서 미안해. 대신 나중에 간식 시간에 언니가 맛있는 거 사줄게."

"괜찮아요. 언니 아파서 늦게 나온 거죠? 안색이 무척 안 좋아요."

"괜찮다니까. 속이 좀 쓰리고 욱신거리는 거 빼곤 괜찮아. 빈속이라 그럴 거야."

그때 연경의 눈에 진열해 놓은 구두를 보는 조금 젊어 보이는 여자가 눈에 들어왔다. 연경은 밝은 미소를 지으며 정중하게 인사하며 여자에게 다가갔다.

"어서 오세요, 손님. 생각해 놓은 디자인이 있으신가요?"

건우는 아침 일찍부터 자신을 서재로 불러낸 현우를 못마땅한 눈으로 노려보며 퉁명스럽게 말한다.

"왜 부르신 겁니까?"

"일단 앉지. 네가 서 있는 게 좀 불편하다."

현우의 명령조의 말투가 거슬리지만, 건우는 바지 주머니에 손을 찔러 넣고 소파에 털썩 앉았다.

"앉았으니 말해 보시죠."

"널 아버지가 왜 불러들였는지는 알고 있겠지?"

"잘 모르겠는데요."

"정말 모르는 거냐, 아니면 모르는 척하는 게냐."

"정말 모릅니다. 솔직히 알고 싶지도 않지만."

현우는 비아냥거리는 건우의 태도가 거슬리지만 그냥 무시하고 하려던 말을 계속 이어 나갔다.

"아버지께선 네가 회사 하나를 맡아주었으면 좋겠다고 하신다. 얼마 전에 인수했는데 관리하시기가 영 힘에 부친다고 하시니 그걸 니가 맡아서 해줬으면 하셨다."

"뭘 믿고 제게 맡기시는지 의심스럽군요."

"나도 그게 의문이다. 도대체 아버지께선 무슨 생각으로 네게 그런 쓸데없는 일을 시키시는지 말이다. 절대 할 수 없다는 걸 알면서도 고집을 피우시는 게 아무래도 돌아가실 때가 다 된 것 같다. 아니면 노망이 났다거나."

현우의 냉정한 말에 건우는 주먹을 불끈 쥐고 현우를 노려본다.

"지금 절 무시하십니까?"

"그렇게 들렸다니 다행이구나. 난 못 알아들을까 봐 무척 걱정했는데."

아버지의 회사에서 일하는 건 죽어도 못한다고 생각했던 건우였지만 현우에게 무시당하는 건 더 참기 힘들다. 그래서 건우는 현우에게 본때를 보여줘야겠다고 생각하고, 일단은 아버지의 뜻대로 해줘야겠다고 결심했다.

"형님께선 제가 그냥 물러나길 원하시는 것 같습니다."

"눈치가 빠르군. 솔직히 난 평범한 가정에서 자라지 못한 너의 자질이 무척이나 의심스럽다. 고작 술이나 따르던 여자에게서 나온 네가 뭘 할 수 있겠냐."

"뭐, 뭐라구요?!"

흥분한 건우가 성큼성큼 현우에게 걸어왔다. 건우의 주먹은 부르르 떨리고 있었고, 눈빛은 당장이라도 현우를 죽여 버리고 싶다는 의지를 가득 담고 있었다.

"이런 모욕이 싫다면 얼마 쥐어줄 테니 이 집을 나가라. 그게 먼저 죽어버린 네 어머니께 효도하는 일일 테니."

"개소리 그만 하시지!! 절대 난 여길 떠나지 않아. 너보다 훨씬 나은 인간이란 걸 직접 보여주지. 나중엔 내 앞에 무릎 꿇게 될 거야!"

건우의 목소리엔 현우를 향한 증오가 가득했지만 현우는 시종일관 무표정한 얼굴로 건우를 응시하고 있다. 그러다 잠시 후 입가에 비웃음을 가득 머금고 현우가 입을 연다.

"나중에라…… 그때가 올지 모르겠군. 어쨌든 니가 해보겠다고 마음먹었으니 니 손으로 직접 망해가는 꼴을 내가 봐주겠다."

"길고 짧은 건 대봐야 안다는 말 모르십니까? 형님께선 절 상당히 겁내하시는 것 같군요."

어느새 냉정을 되찾은 건우가 차분하게 대꾸하며 현우를 보며 빙긋 웃자 무표정하던 현우의 얼굴이 심하게 일그러졌다.

"이, 이 자식이!!"

"그럼 나가보겠습니다."

서재문이 닫히자마자 문을 향해 현우가 던진 두꺼운 책 몇 권이 날아와 부딪친다.

그 얼굴이 언제까지 가나 두고 보자!!

바쁜 하루가 지나가고 어느덧 퇴근 시간이 되자 연경은 자신의 몸이 물먹은 솜뭉치처럼 무겁게 느껴진다.

"언니, 저녁 먹으러 안 갈래요?"

서영의 제안을 연경은 딱 잘라 거절한다.

"미안. 내가 몸이 안 좋아서."

"맞다. 그럼 언니, 저녁 잘 챙겨먹구요, 푹 쉬어요. 알았죠?"

"그래, 잘 가."

서영과 헤어지고 집으로 가는 버스 안에서 연경은 지원의 전화를 받는다.

"여보세요."

―어제 잘 들어갔니? 내가 집까지 바래다줬어야 했는데.

"자, 잘 들어갔지, 그럼. 넌?"

―난 좀 더 있다가 들어갔어. 어제 그 남자들 괜찮지 않든?

"글쎄, 잘 모르겠는데."

연경은 남자의 얼굴이 어떻게 생겼는지도 기억 못하고 있었다. 피부가 약간 까무잡잡하다는 걸 빼놓곤 눈이 어떻게 생겼으며, 다른 곳은 또 어떻게 생겼는지 전혀 감이 안 잡히는 상황이라 연경은 지원에게 슬쩍 물어본다.

"니가 보긴 어떻든?"

―누구? 니 파트너?

"응."

―약간 까무잡잡한 얼굴에 눈썹이 진하고, 눈도 그냥 보통이고, 코도 그냥 보통이고, 입술도 그냥 보통이고.

"뭐야, 그냥 보통처럼 생긴 거야??"

―아니, 스타일은 진짜 멋있었어. 특정하게 뭐가 좋았다고는 말할 수 없지만 전체적으로 욕먹게 생기진 않았다는 거지. 잘생겼더라.

"그래, 다행이다."

―응?? 다행이라니?? 그게 무슨 말이야?? 너 혹시…….

"응?? 그게…… 어머, 지원아, 나 이제 내려야 하거든? 나중에 통화하자!"

연경은 서둘러 전화를 끊어버렸다. 행여나 이상한 말을 물어보면 말실수라도 할까 봐서였다. 버스에서 내려 집까지 걸어가면서 연경은 조금이라도 떠올려 보려고 노력했지만 도무지 생각이 나질 않는다. 집 앞에 도착한 연경은 열쇠로 문을 열며 혼자 중얼거린다.

"아휴, 그냥 어제 일로 끝인 거야. 끝난 거라구."

방에 들어가 연경은 불을 켜고 가방을 내려놓다 화장대 위에 세워진 액자를 보고 입술을 꼭 깨물며 액자 안의 사진을 꺼냈다.

"이경민, 나 그렇게 버렸으니 잘살아야 돼……. 구연경, 너 천사니? 착한 척 그만 하자. 잘살긴 뭘 잘살아. 신혼여행 가서 납치당하거나 아님 비행기 사고로 콱 죽어버려라!! 흑."

웃고 있는 연경과 경민의 사진 위로 연경의 눈물이 한 방울, 두 방울 떨어져 내려 자국을 남긴다.

상현과 동진은 건우의 충격적인 사건을 듣고 처음엔 경악을 금치 못하는 표정을 짓다가 나중엔 배를 움켜쥐고 웃음을 터뜨렸다.

"우하하!! 처, 천하의 남건우가 그 꼴을 당했단 말야??"

"이 자식아, 그러니까 평소에 착하게 살았어야지!! 우리처럼! 큭큭큭."

"그래, 그래, 마음껏 비웃어라. 나도 정말 쇼크먹었으니까."

건우는 푸념조로 읊조리며 맥주 한 모금을 마신다. 솔직히 상현과 동진이 웃을 거라는 걸 알면서도 말을 꺼낸 건 연경에게서 아무런 연락이 없어 자존심이 상한 것도 있지만, 혹시라도 연경의 친구들에게 먼저 들을까 봐 걱정되어서 선수를 친 것이었다. 그러나 왠지 괜히 얘기한 것 같은 후회가 밀려오기 시작한다.

"아유, 눈물이 다 나네. 그래, 그 여자한텐 연락없고?"

"없어. 연락처랑 이름까지 남겼는데 말이야. 내가 별로였나 보지."

"혹시 쪽팔려서 그런 건 아닐까?"

"글쎄, 그럴지도 모르지. 근데 한 번쯤은 맨정신일 때 만나보고 싶다."

"건우야, 어디 아프냐? 너 한 번 만난 여자는 다신 안 만나잖냐. 미국 생활 하더니 많이 외로웠나 보다. 불쌍한 녀석. 쯧쯧."

"그래, 많이 비웃어라. 그런 니들은 결과가 어땠냐?"

건우의 말이 끝남과 동시에 동진과 상현의 얼굴도 굳어졌다. 친구들의 굳어진 얼굴을 보니 건우는 통쾌함이 느껴져 쓰기만 하던 맥주맛이 갑자기 달게 느껴진다.

"지원 씨는 처음엔 날 괜찮아하더니 같이 밤을 보내지 않겠냐는 말과 동시에 내 배를 주먹으로 치는데 무슨 여자가 그렇게 힘이 좋냐?? 아파 죽는 줄 알았네. 쌀쌀맞기는 얼마나 쌀쌀맞는지. 근데 다시 만나고 싶다."

상현의 넋두리가 끝나고 동진이 한숨을 쉬며 말을 시작한다.

"나도 피차일반이다. 그래도 차 안에서 키스까진 갔는데 갑자기 미영 씨가 우는 거야. 왜 우냐고 했더니 자길 하룻밤 놀이 상대로 생각하는 것 같아서 그렇다나? 그렇다면 자기한테 말해 달래. 하룻밤 정도는 놀이 상대로 해줄 수 있다고. 근데 가만히 생각해 보니 내가 되게 나쁜 놈같이 느껴지더라구. 양심상 그냥 집에 바래다주고 헤어졌다."

"천하의 바람둥이 이동진이 양심상 그냥 보내줬다. 대한민국 사람들 중 그 말을 믿는 사람이 몇이나 될까?"

건우의 비아냥거림에 동진이 발끈한다.

"그 눈을 봤어야 해!! 상처받은 그 눈빛이 얼마나 가슴 아팠는지 아냐? 도저히 그럴 수가 없었다구."

일순 분위기가 가라앉고 건우는 이쯤에서 분위기를 바꿔봐야겠다고 생각했다. 그래서 헛기침을 몇 번 한 뒤 말을 꺼냈다.

"중대 발표다. 나, 내일부터 아버지 회사에 일 나간다."

건우의 말에 상현과 동진이 깜짝 놀란 표정으로 건우를 본다.

"아버지 회사에선 절대 일 안 한다며??"

"너 혹시 무슨 일 있었냐?"

걱정스러운 듯 묻는 상현과 동진에게 건우는 씁쓸한 미소를 지으며 대답했다.

"남현우 그 자식이 날 얕보는 거 같길래 혼내주고 싶어서."

"그 자식이 널 얕봤단 말이지. 남건우 열받을 만했네."

"근데 너희 아버지 쓰러진 뒤로 남현우 그 자식이 경영권을 쥐고 있지 않냐? 설마 그 자식 밑에서 일하는 건 아니겠지?"

건우는 맥주를 한 모금 마시고 상현과 동진을 번갈아 보며 씩 웃었다.

"이 자식이!! 절대 안 돼!!"

"존심도 없냐? 하여간 남건우 이 자식 멍청한 건 여전해. 관둬, 임마!!"

갑자기 열을 받은 두 사람은 건우를 노려보며 한마디씩 한다. 현우가 건우에게 얼마나 비열한 짓을 많이 했는지 보아왔던 상현과 동진이었다. 건우 아버지의 도움없이 살아보려고 건우 어머니가 작은 식당을 차렸을 때 개업 첫날부터 폭력배를 동원해 식당을 엉망으로 만들어 버렸다. 사교성이 좋아 친구가 많았던 건우에게서 친구들이 떠나가게 만들고, 건우가 좋아하는 여자들마다 수단과 방법을 가리지 않고 유혹하여 즐긴 다음 잔인하게 차버린 녀석이 남현우였다. 그래도 상현과 동진이 건우 옆에 있을 수 있었던 것은 상현과 동진의 배경이 만만찮았기 때문이다. 그런데 지금 건우가 그런 녀석 밑으로 들어가서 일을 한다니 상현과 동진은 열을 내지 않을 수가 없다. 그러나 두 사람이 열을 내는데도 건우는 태연한 얼굴로 웃기만 한다.

"절대 안 돼!! 차라리 우리랑 사업이나 하자. 아버지가 자금을 대주실 거야."

"그래, 그래, 좋은 방법이다. 그 녀석 밑으로 절대 들어가선 안 돼!!"

"거참, 너희들은 그게 문제야. 사람 말을 끝까지 들어보는 습관을 길러라. 하여간 성질들은 급해 빠져 가지고."

"지금 농담이 나오냐? 빨리 대답해!! 할 건지 말 건지."

"건우 너 그 녀석 밑에서 일하면 나 너랑 절교한다."

"나도다!!"

건우는 지금 상황이 꽤 재밌고 왠지 상현과 동진의 변함없는 우정을 느낄 수 있어 기분이 좋지만 어서 말을 해줘야 될 것 같아 입을 열었다.

"누가 그 녀석 밑에서 일한대? 잘난 남 회장께서 백화점을 하나 인수했는데 나보고 그걸 운영해 보라고 하셨단다."

"그럼 백화점 사장 되는 거냐??"

"그래."

"남현우의 똘마니가 아니고??"

"내가 약 먹었냐?? 미친놈이 아니고선 그 녀석 밑에 내가 왜 들어가!! 으악!! 뭐야!!"

건우는 갑자기 벌떡 일어나 자신에게 달려드는 상현과 동진을 보며 소리를 지른다.

"이 자식이!! 너 죽었다."

"그런 거였음 빨리 얘길 해야 될 거 아냐, 이 자식아!! 너 오늘 교육 좀 받아야겠다."

"으하하. 하지 마. 간지러워!!"

"너의 최대의 약점 간지럼 태우기다!!"

내일부터 시작될 일이 조금 부담되긴 하지만 건우는 지금만큼은 친구들과 편안하게 웃고 싶다.

새로운 사장의 취임식 때문에 백화점 직원들은 평소보다 30분 일찍 출근하여 10층에 있는 공연장으로 하나둘씩 모여들었다. 일찍 출근한 탓에 모두들 잠이 부족한지 연신 하품을 하며 자리에 앉았고, 9시가 되자 공연장 문이 닫히고 취임식이 시작되었다.

"언니, 이번에 사장은 어떤 사람일까?"

서영이 주위 눈치를 보며 연경에게 소곤거린다. 연경은 그런 서영을 보며 입술에 손가락을 갖다 대며 조용히 하라는 눈치를 줬고, 서영은 멋쩍은 듯 웃으며 시선을 앞쪽으로 향했다.

잠시 후 회색 양복을 입은 젊은 남자가 들어왔고 직원들은 조금 당황한 듯 술렁거리기 시작했다. 진행을 맡은 총무과장의 조용히 해달라는 말이 나오자 모두들 입을 다물었다. 술렁거림이 가라앉자 총무과장은 다시 진행을 시작했다.

"그럼 미래백화점을 새로이 이끌어가실 남건우 사장님을 모시겠습니다."

우뢰와 같은 박수가 터져 나왔고, 건우는 꾸벅 인사를 한 뒤 강단에 올라섰다.

"길게 얘기하는 걸 싫어합니다. 짧고 굵게 끝내겠습니다."

건우의 말에 여기저기서 웃음이 터져 나온다.

"주인이 새로 바뀌면 환경도 바뀐다고 합니다. 지금까지 해왔던 것들은 모두 잊어버리셔야 할 겁니다. 예전에는 이랬는데, 저랬는데 이런 말은 이제 안 통할 겁니다. 여러분이 보시는 바와 같이 전 젊습니다. 이름에 걸맞게 미래지향적인 백화점이 되도록 모두들 열심히 노력합시다."

우렁찬 건우의 목소리가 공연장 안을 가득 메웠고 다시 우뢰와 같은 박수가 터져 나왔다. 건우는 자신있는 미소를 지으며 인사를 한 뒤 강단을 내려왔다.

취임식이 끝나고 각자의 매장으로 돌아가는 사람들 중 대부분이 새로운 사장에 대한 얘기를 하고 있다. 서영도 그중에 한 명이었다. 매장까지 걸어가면서도 연경에게 새로운 사장에 대해 열변을 토하고 있다.

"언니, 진짜 잘생겼지? 그치? 딱 봐선 서른은 안 넘었을 것 같
더라. 결혼 안 했으면 좋겠는데."

"사장 부인이라도 하게?"

"언니, 어쩜 내 속을 그렇게 훤히 알아? 후훗."

"서영아, 너 민수 씨는 어쩌고?"

"나 능력 좋아서 양다리도 가능하다구요. 그래도 돈 많은 쪽
이 훨씬 좋지 않을까? 헤헤."

연경은 정말 못 말린다는 얼굴로 혀를 차다가 개점 시간이 얼
마 남지 않은 걸 확인하고 마지막 점검에 들어갔다.

각 부서의 팀장들과 회의실에 모여서 업무 보고를 받던 건우
는 경영의 문제점들을 하나씩 지적하며 팀장들에게 지시를 내
렸다.

"백화점을 먹여살리는 사람은 매장에서 직접 고객을 상대하
는 직원들입니다. 직영 사원을 너무 편애한다는 불만이 많군요.
매장 규칙도 중요하지만, 너무 강압적으로 나가면 친절이 나올
수 있겠습니까? 최대한 자율적으로 해주시고 매출이 미진할 경
우에만 터치를 하는 방향으로 해주십시오."

"하지만 그랬다간 관리하는 담당들이 힘들 텐데요."

잡화팀의 팀장을 맡고 있는 정 부장이 조금 불만스러운 투로
말하자 건우의 싸늘한 시선이 정 부장에게 꽂혔다.

"그럼 직접 매장에 나가서 물건을 팔아보라고 하시죠. 아니면

한 달 정도 바꿔서 해보는 건 어떻습니까? 본인들이 직접 상대하면서 물건을 팔아보면 판매 직원들이 얼마나 힘든지 알게 될 것입니다. 겪어보지 못하면 모르죠. 더 하실 말씀 없으면 이만 마치겠습니다."

회의가 끝나고 엘리베이터를 타고 내려가는 영업 팀장들의 사이에선 침묵이 흘렀고 먼저 침묵을 깬 사람은 정 부장이었다.

"새파랗게 어린놈이 이래라저래라 하는 게 영 맘에 안 들어."

"그래도 명색이 사장이니 저희가 어쩔 수 없잖습니까."

의류패션팀을 맡고 있는 송 차장이 할 수 없지 않냐는 어조로 말하자 모두들 그 말에 동의하는 듯 고개를 끄덕였다. 정 부장은 남의 일마냥 한심하게 보고만 있지 않을 것이라 생각하고 어젯밤 명성그룹 남 사장과의 통화를 떠올리며 이를 간다.

―아직 경험이 부족하니 요리하기 쉬울 거요.

"그래도 명색이 사장 아닙니까. 사회란 얼마나 높은 직위에 머물러 있느냐에 따라 발 아래에서 기어다닐 수도 있고, 그 사람을 밟을 수도 있는 거니까요."

―제 발로 나가게끔만 만들어준다면 자네를 그 자리에 앉혀주겠어.

"정말이십니까? 잘 알겠습니다!"

정 부장은 야심이 큰 사람이다. 집안 형편이 어려워 고등학교까지 검정고시로 패스하고 대학교도 코피 쏟아가며 장학금을 받고 다녔고, 결혼도 사랑하지 않는 여자와 결혼을 했다. 단지 백화점 사장의 딸이라는 이유로 말이다. 그러나 그 지위를 이용하는 기간이 너무나 짧았고, 탄탄대로를 달리려던 정 부장의 앞길에 큰 장애물이 생겨 버렸다.

사장이라…… 원래 그 자리는 내 자리였지. 젊은 혈기로 날뛰는 녀석에게 밀려날 만큼 난 멍청하지 않아.

정 부장은 야릇한 미소를 지으며 남건우라는 장애물을 제거하기 위해 철저한 계획을 세워야겠다고 결심한다.

"매장을 둘러보시겠다구요?"

총무팀 팀장을 맡고 있는 신 부장이 건우를 따라나서며 묻자 건우는 고개를 끄덕이며 씩 웃었다.

"혼자 갈 수 있습니다. 누가 뒤에서 따라온다고 생각하니 불편해서요."

"그래도 사장님이신데."

"암행어사라고 모르십니까?"

"암행어사요?"

뜬금없는 암행어사타령에 신 부장이 의아한 눈으로 건우를 본다.

"신분을 위장하고 백성들이 어떻게 살고 있는지 관찰하러 다니는 암행어사 말입니다. 탐관오리들을 주도면밀하게 관찰하고 있다가 증거를 잡아서 외치지 않습니까. 암행어사 출두라고 말입니다."

"그래서 혼자 가시겠다는 거군요."

그제야 건우의 말뜻을 알아들은 신 부장이 고개를 끄덕인다.

"오늘 처음 왔으니 제가 누군지 모르는 사람이 더 많을 겁니다. 혼자 다니면서 근무 태도도 살피고, 직원들 얼굴도 익히고 싶어서입니다."

"이제껏 제가 모셔온 분들과 많이 다르신 것 같습니다."

건우는 조금 희끗희끗해진 신 부장의 머리를 보며 오랜 세월을 미래백화점을 위해 받쳐 왔다는 걸 깨닫고 존경의 눈빛으로 신 부장을 보았다.

"아직 모르는 게 많은 사람입니다. 신 부장님께서 잘 도와주십시오."

"제가 무슨……."

"그나마 혼자 버려진 곳에 유일하게 의지할 수 있는 분 같아서요. 그럼 다녀오겠습니다."

신 부장은 힘차게 걸어가는 건우의 뒷모습에서 무겁게 자리한 외로움을 보았다.

엘리베이터를 타고 1층까지 내려가 직원 출입문을 통해 밖으로 나간 뒤 일부러 정문으로 다시 들어온 건우는 세련된 내부 구조에 무척 만족해하며 매장을 천천히 살피기 시작했다. 역시 건우의 예상대로 건우를 알아보는 사람은 없었다. 고객이 내점

해 있는 곳은 고객 응대에 열심이었고, 빈 매장은 상품 진열을 살피거나 대기 자세를 하고 시선을 앞으로 고정시키고 있었다.

생각보다 교육이 꽤 잘되어 있는 것 같군.

1층에 위치한 화장품 매장과 핸드백 매장을 둘러본 건우는 에스컬레이터를 타고 2층으로 올라갔다.

"손님, 무척 잘 어울리시네요."

한쪽 무릎을 굽히고 중년 부인의 신발에 구두를 신겨준 뒤 연경은 감탄의 눈빛으로 중년 부인을 보며 생긋 웃었다.

"정말 괜찮네? 가격이 얼마지?"

"지금 저희 매장 자체에서 10% 할인 행사를 하고 있습니다. 혹시 백화점 카드도 소지하고 계신지요?"

"당연히 있지."

"그럼 10%를 더 할인받으실 수 있네요. 한번 계산해 드려 보겠습니다."

계산기를 꺼내 계산해 보던 연경은 중년 부인에게 계산기 액정에 표시된 금액을 보여주며 말한다.

"원래 18만 원인데요, 할인해서 15만2천8백 원입니다."

"가격이 조금 세다. 가죽이 좋아서 그런가?"

"저희는 직접 제작한 수제화 매장이라서 그렇답니다. 지금 신어보신 구두로 하시겠습니까?"

"디자인도 예쁘고, 사이즈도 딱 맞고. 이걸로 하지 뭐."

"감사합니다. 탁월한 선택이세요."

옆에서 대기 자세로 서 있던 서영은 연경이 카드를 주며 가격과 비밀번호를 알려주자 영수증을 끊으러 계산대로 걸어갔다.

"구두는 신고 가시겠습니까?"

"아니, 쇼핑백에 넣어줘."

"네, 넣어드리겠습니다."

연경은 밝게 웃으며 중년 부인이 고른 구두를 쇼핑백에 담아 두 손으로 건네준다.

"상당히 친절하군. 목소리도 밝고."

아까부터 건우는 〈신디〉 매장의 판매 직원을 유심히 관찰 중이다. 구두를 신고 무척 기분 좋아하는 중년 부인의 표정을 보며 판매 직원의 상품 선택이 무척 탁월했다고 생각하며 도대체 어떤 사람일까 궁금해진다. 그러나 판매 직원은 중년 부인을 보고 있어 건우는 판매 직원의 뒤통수만 보고 있다. 그때 같이 일하는 직원에게 카드를 주기 위해 판매 직원은 몸을 돌렸고 건우는 판매 직원의 얼굴을 볼 수 있었다.

"응??"

건우는 자신의 눈을 의심했다.

웃음기를 가득 머금은 도톰한 입술과 쌍꺼풀진 큰 눈의 판매 직원은 건우에겐 무척 낯익은 얼굴이었다. 건우는 혹시나 하는 마음에 천천히 매장으로 걸음을 옮겼고 중년 부인과 웃으면서 얘기하던 판매 직원은 건우를 발견하고 방긋 웃으며 상냥하게 인사했다.

"어서 오십시오, 손님. 먼저 마음에 드신 상품이 있는지 한번 둘러보시겠습니까?"

너무나 태연하게 인사하며 빙긋 웃는 판매 직원의 행동에 건우는 자신이 착각한 게 아닐까 하는 의문이 들었다. 그러나 그것은 잠시뿐, 건우는 정면으로 판매 직원을 응시했고 그녀의 가슴 윗부분에 달려 있는 명찰을 보곤 어이가 없어 피식 웃고 만다. 분명히 그녀였다. 확인사살 차원에서 건우는 판매 직원의 옆을 스치면서 그날 밤처럼 부드럽게 속삭였다.

"연경이라…… 이름이 잘 어울리는군."

순간 판매 직원의 눈에 놀람이 가득했고, 건우는 그 모습을 즐기며 태연하게 매장을 둘러보는 척하다가 다시 판매 직원에게 다가갔다.

"일단 다른 데 둘러보고 나중에 꼭 다시 오겠습니다."

꼭이라는 부분에 힘을 실어 말한 뒤 건우는 유유히 매장을 빠져나왔다.

연경은 귓가를 스치는 남자의 속삭임에 다리에 힘이 풀려 넘어질 뻔했다. 다행히 매장 안에 있던 중년 부인은 다른 구두를 살펴보느라 비틀대는 연경을 보지 못했다. 처음 보는 얼굴일 텐데 연경은 그 사람이 낯설게 느껴지지 않았다. 귓가를 맴돌던 남자의 속삭임이 너무나 익숙하게 느껴져 연경의 온몸은 당혹감으로 굳어졌다.

"언니, 어디 아파요? 얼굴이 되게 빨갛다."

영수증을 끊어서 가져온 서영이 연경의 붉어진 얼굴을 보고 걱정스럽게 묻는다. 연경은 애써 미소 지으며 고개를 가로젓고 서영에게 카드와 영수증을 받아 중년 부인에게 다가가 내밀었다.

"손님, 영수증에 금액 확인하시구요, 카드 받으세요."

"음, 금액 맞네. 구두굽 같은 건 그냥 갈아주지?"

"물론입니다. 언제든지 들러주세요."

"그럼 수고해요."

중년 부인을 보낸 뒤 잠시 화장실에 다녀온다는 말을 서영에게 하고 연경은 바삐 매장을 빠져나갔다.

화장실에 들어가 멍하니 거울을 보며 연경은 가슴을 진정시키려고 애쓴다.

나 미쳤나 봐. 처음 보는 남자를 보고 가슴이 두근거리다니. 혹시 첫눈에 반한 건가? 아냐, 아냐, 그런 차원이 아냐. 분명히 어디서 본 거야. 그런데 어디서 본 걸까, 어디서…….

계속 기억을 더듬어보지만 연경은 그를 어디서 봤는지 기억이 나지 않아 답답하다. 나중에 다시 들르겠다는 말을 생각해내고 연경은 급하게 매장으로 돌아갔다. 매장에 온다면 연경은 그에게 직접 물어볼 것이다. 자신을 알고 있는지, 그리고 알고 있다면 어디서 알게 된 건지 말이다.

연경이 급하게 매장으로 돌아가자 서영이 기다렸다는 듯 호들갑을 떤다.

"언니, 나 방금 사장님 얼굴 정면에서 봤다? 진짜 잘생긴 거 있지."

"사장님 오셨었니?"

"응!! 힘든 거 없냐고 물어보더니 멋진 미소를 보여주는 거야. 언니, 나 진짜 뻑갔어."

"서영아, 혹시 회색 양복 입은 남자는 못 봤니?"

"아니, 못 봤는데? 언니 애인이에요?"

"아니, 그런 건 아니고…… 진짜 안 왔었지?"

"네."

"그럼 됐어. 조금 있으면 점심 시간이네. 서영이 너 먼저 먹고 올래?"

"배고팠는데 잘됐다. 고마워요, 언니."

그럼 그렇지. 내가 착각한 거야.

연경은 자신의 바보스러움을 한탄하곤 진열 상태를 다시 확인하며 매장을 훑어본다.

건우는 창밖을 보며 꾹 참아왔던 담배를 입에 물었다. 아침부터 무척 정신없는 시간을 보내느라 담배를 잊고 있었던 것이다. 바쁘게 일한 뒤 피우는 담배 맛은 이제껏 피워왔던 담배 중 최고라고 해도 과언이 아닐 정도로 좋다고 건우는 생각했다.

사장실로 올라오기 전 건우는 연경을 보기 위해 다시 〈신디〉 매장으로 갔었다. 그러나 그가 올 줄 알고 그녀는 이미 자리를 피한 후였다. 그녀는 없고 대신 같이 일하는 직원이 건우를 알아보며 반갑게 인사를 했다.

"저…….."

"사장님? 어머나, 이를 어째. 머리도 엉망이고, 화장도 엉망인데."

건우는 멋쩍은 듯 웃었다.

"괜찮아요. 보기 좋은데 뭘."

"그래요? 감사합니다. 사장님도 너무…… 멋지세요."

"고맙습니다. 그런데 여기서 혼자 근무하나요? 혼자는 힘들겠는데."

"네? 아니요, 저를 포함해서 두 명이에요. 지금 잠깐 화장실에 갔는데."

"그렇군요. 힘든 건 없습니까?"

"전혀요, 전혀 안 힘들어요. 호홋."

"그래요, 그럼 수고해요."

"네, 사장님도…….."

건우는 정말 대단한 우연이라고 생각했다. 연락처까지 적어 줬는데 아무런 연락이 없어 혹시라도 우연히 만나게 되면 못 받은 빚을 받아야겠다고 벼르고 있었는데 기막히게도 첫 출근 때 그녀를 만난 것이다. 그의 소원대로 밝은 곳에서 맨정신인 그녀를 보게 되어 소원 풀이한 것 같아 기분이 좋았다. 그런데 건우는 조용한 곳에서 단둘이 있고 싶다는 새로운 소원을 생각해 낸

다. 자신을 몰라보는 그녀에 대한 서운함과 왜 연락을 하지 않
았는지 물어봐야겠다고 생각한 뒤 건우는 사무실로 돌아온 뒤
호출 버튼을 눌렀다.

―네, 사장님.

"〈신디〉 매장의 매니저 좀 올려 보내 달라고 정 부장에게 얘
기해 줘요."

―알겠습니다.

정 부장은 전화를 끊고 오 조장을 불러오게 했다.

"부르셨어요?"

"〈신디〉 매장 매니저가 누구지?"

"구연경 씨인데요."

"사장실에서 호출이야. 찾아서 올려 보내도록."

정 부장의 말에 오 조장의 얼굴이 새파랗게 질린다.

"혹시 무슨 사고를 친 건가요?"

"그건 나도 모르지. 일단 급하다니까 올려 보내고 나중에 얘
길 듣자고."

"알겠습니다."

사무실에서 나와 매장을 가로질러 〈신디〉로 급하게 걸어온
오 조장은 고객을 응대하고 있는 연경을 끈기있게 기다리다가
고객이 매장을 나가자마자 연경을 흘겨보며 날카로운 어조로
말한다.

"구연경 씨, 사장실 호출이야! 올라가 봐!"

오만상을 다 찌푸리며 뜬금없이 호출이라고 말하는 오 조장을 연경은 의아한 눈으로 보며 묻는다.

"사장실에서요? 왜요??"

"내가 어떻게 알아!! 하여간 조용할 날이 없어. 만약 나한테 피해 오는 거면 가만 안 둘 거야. 알겠어?!"

씩씩대며 나가는 오 조장을 서영이 노려보며 중얼거린다.

"저렇게 성질을 부려대니 여태껏 시집을 못 가지. 근데 언니 되게 좋겠다."

"좋긴 뭐가 좋아, 사장실에서 직접 호출이 떨어졌는데. 나 잘리는 거 아닐까?"

"사장님이 얼마나 멋진 분인데요. 그리고 언니가 뭘 잘못했다구요. 걱정 말고 힘내요. 파이팅!"

"나도 그랬음 좋겠다."

15층에 위치한 사장실까지 올라가면서 연경은 갖가지 생각을 다 한다.

혹시 내가 옛날에 사고친 것 때문에 그러는 건 아니겠지??

술 취한 채 매장에 들어와 연경의 엉덩이를 더듬거리던 중년 남자의 급소를 연경이 멋지게 한 방 걷어찬 적이 있었다. 물론 먼저 성희롱을 했기 때문에 별문제가 되진 않았지만, 그 일 때문에 연경은 오 조장에게 한동안 지겨운 잔소리를 들어야 했다.

엘리베이터가 15층에 멈추고 문이 열리자 연경의 가슴은 터질 것같이 뛰기 시작한다.

침착하자. 난 아무런 잘못한 게 없어. 정말이야. 난 잘못한 게 없어. 없어…… 정말 없을까??

카펫이 깔린 복도를 따라 들어가니 예쁘장하게 생긴 생머리의 비서가 연경을 보고 생긋 웃는다.

"〈신디〉 매니저 구연경 씨죠?"

"네."

"사장님께서 기다리십니다. 들어가세요."

"네."

연경이 조심스럽게 문 손잡이를 잡을 때 뒤에서 비서의 목소리가 들린다.

"사장님, 구연경 씨 들어갑니다."

문을 열고 안으로 들어가니 방 안이 너무나 눈이 부셔 연경은 눈을 잠시 감았다가 다시 떴다.

"구연경 씨? 거기 소파에 앉아요."

"네."

유리창을 통해 쏟아져 들어오는 햇빛은 너무나 눈이 부셨고 눈부신 햇빛을 등지고 있어 연경에겐 사장의 얼굴이 보이지 않는다. 대신 목소리를 듣고 갈색 가죽 소파로 걸어갔다. 연경이 소파에 앉자 사장이 의자에서 일어나 연경에게 다가왔다. 점점 가까워지는 사장의 모습에 연경은 숨을 몰아쉬며 눈을 동그랗게 뜬다.

"다, 당신은……?"

매장에서 연경에게 알 수 없는 말을 하며 불안에 떨게 만든 남자가 연경에게 천천히 다가온다.

"절 아시나요?"

연경의 목소리는 가늘게 떨렸고 남자는 묘한 눈빛으로 연경을 바라보며 대답했다.

"기억하나, 주니어호텔 1302호."

그 순간 연경은 자신의 입술을 부드럽게 탐하며 응시하던 건우의 눈빛을 기억해 냈다. 욕정에 사로잡혀 번들거리던 새까만 눈동자.

"맙소사."

연경은 기억해 내지 말았어야 했다. 지금 자신의 앞에 선 그날 밤의 남자는 더 이상 그녀가 하룻밤의 정사로 잊어버릴 수 있는 사람이 아니었다. 뚜렷하게 떠오르지 않았던 남자의 정체를 알게 된 순간 연경은 자신이 너무나 큰 실수를 하고 말았다는 것을 깨달았다.

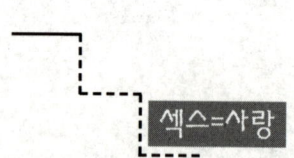
섹스=사랑

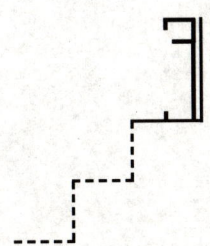

ㅋ

건우는 큰 눈을 동그랗게 뜨고 자신을 올려다보는 연경을 뚫어져라 응시하며 맞은편 소파에 앉았다. 깜짝 놀란 표정은 정말 그럴듯해 보였다. 그러나 건우는 연경이 모든 걸 알면서도 시치미를 떼고 있다고 생각하며 눈을 가늘게 뜨고 말을 꺼냈다.

"왜 연락 안 했지?"

건우의 말에 연경은 영문을 모르겠다는 눈빛을 보내며 허벅지 위에 올려놓은 손을 만지작거리고 있다. 건우는 그런 연경을 보며 피식 웃었다.

"연극하지 마. 내가 남긴 연락처를 설마 못 봤다고 하는 건 아니겠지?"

"무…… 슨 연락처요?"

무슨 연락처? 이 여자 진짜 골 때리게 하네. 사람 바보 만드는 데 선수군.

이제 건우의 입술은 더 이상 웃고 있지 않았다. 연경의 노려보는 눈빛은 싸늘하게 냉정했고 연경은 건우의 눈빛에 움찔거리며 고개를 숙인다.

"아주 그럴듯하게 보이긴 한데 사람 잘못 봤어. 그날 밤 내게 한 짓을 생각하면 난 아직도 속이 울렁거려. 구연경이란 여자 때문에 나 그 호텔엔 절대 못 가. 나한테 피해를 줬으면 최대한 고맙다는 인사 정도는 해야 되는 것 아닌가?"

건우의 입술에서 튀어나오는 말들 때문에 연경은 혼란스럽다. 연경이 기억하지 못하는 그날 밤 도대체 무슨 일 있었길래 건우가 이렇게 당당하게 나오는지 알 수는 없지만, 솔직히 말하자면 연경도 피해자였다. 자고 일어나니 볼일 다 봤다는 듯 연경을 버려두고 간 남자가 바로 지금 앞에 앉아 있다. 뺨을 한 대 갈겨도 모자랄 판에 이 남자는 연경에게 고맙다는 말 정도는 해야 된다고 박박 우기며 연경을 몰아붙이고 있었다. 연경의 이런 기분을 아는지 모르는지 건우는 연경의 인내심을 바닥나게 하는 말을 내뱉고 말았다.

"차라리 다른 친구와 같이 갔다면 내 기분이 이렇게 더럽진 않았을 거야. 하필이면 걸려도……."

젠장, 내가 왜 이런 말을 하는 거지?

마음에도 없는 말을 하고 난 뒤 건우가 후회하고 있을 때였다.

퍽!!

갑작스럽게 날아온 무언가에 왼쪽 얼굴을 강타당한 건우는 욱신거리는 얼굴을 만지며 자신의 얼굴을 강타한 물건을 보고 경악한다. 건우의 얼굴을 강타한 물건의 정체는 탁자 위에 올려놓은 필통이었다. 오동나무로 만든 직사각형 필통 모서리에 직통으로 강타당한 건우는 주위에 흩어진 필기구들을 훑어보고 사태파악을 한 뒤 필통을 던진 장본인을 무서운 눈으로 노려보았다. 그러나 그 장본인은 전혀 주눅 들지 않았고 오히려 건우보다 더 열받았다는 표정으로 건우를 노려보고 있었다.

"정면으로 던졌는데 아깝게 빗나갔네요? 엄연히 따지면 피해자는 나라구요. 여자가 무슨 화장실이에요, 볼일 다 봤다고 그냥 쌩 가버리게? 사장이면 다예요? 다냐구요!! 바쁜 사람 불러놓고 한다는 말이 별 볼일 없는 여자랑 하룻밤 잤다고 기분 더럽다는 말하려고 불렀어요? 이보세요, 나도 당신 같은 남자는 한 트럭 갖다 줘도 싫어요. 그날 내가 술김에 무슨 말을 했는지, 뭘 했는지도 기억 안 나지만 내가 잘못한 게 있다면 당신 같은 남자랑 같이 밤을 보낸 거예요. 알아요?"

연경의 큰 눈에 눈물이 글썽거렸고 건우는 할 말을 잊어버렸다.

이 여자, 정말 기억 못하는 건가?

"연락처라구요? 나 그런 거 받지도 못했어요. 그 연락처라는 거 내 손에 쥐어줬나요? 아님 내 가방에 넣어줬어요? 이름도 모르고 아무것도 모르는 사람이랑 같이 밤을 보냈는데, 이십 년 넘게 지켜온 순결이 한순간의 실수로 날아가 버렸는데 내가 왜 연락을 안 했겠어요!!"

분명히 입장이 바뀌어 버렸다. 건우는 그날 밤 있었던 일에 대해서 단순히 여자에게 얘기하고 아무 일도 없었다는 것과 고맙다는 인사를 들으려고 했다. 그러나 지금 건우는 연경 앞에서 죄인이 되어가고 있었다. 굵은 눈물방울을 뚝뚝 흘리며 연경은 건우를 원망스러운 눈으로 노려본다.

"비…… 웃었죠? 별 볼일 없는 여자랑 하룻밤 보냈는데…… 그 여자가 여기서 일하고…… 있을 줄은 몰랐을 거…… 아니에요."

울먹이느라 제대로 말을 못하는 연경에게 건우가 손수건을 내민다. 연경은 그런 건우의 손을 거부했지만 건우는 억지로 연경의 손에 손수건을 쥐어주었다. 연경은 건우가 쥐어준 손수건으로 눈물을 닦고 소리나게 코를 푼 뒤 건우에게 내밀었다. 건우는 인상을 조금 찌푸리곤 조심스레 연경이 내민 손수건을 받아 들며 말했다.

"내 양심을 걸고 말하는데 절대 비웃지 않았어."

"양심이 있긴 한 건가요."

연경의 비아냥거리는 말투가 무척 거슬렸지만 건우는 속으로 심호흡을 하며 감정을 가라앉혔다.

"매장에서 판매를 하고 있는 걸 보고 놀랐어. 처음엔 긴가민가 했었는데 이름표에 적힌 이름을 보고 알았지. 솔직히 구씨는 흔한 성이 아니잖아? 그리고 내가 이름 하나는 잘 외우는 편이거든."

"특히 여자 이름이겠죠."

건우는 다시 속으로 심호흡을 하며 감정을 가라앉혀야 했다. 연경은 건우를 여자나 밝히는 색마로 몰아세우고 있었다. 솔직히 여자를 좋아하긴 하지만 연경이 말하는 의미의 파렴치한은 아니었다.

"자꾸 톡톡 쏘는데 내 말 듣고 나면 이렇게 못할걸?"

"때려치울 때 때려치우더라도 무슨 일이 있었는지 들어보죠. 조금 낯뜨겁긴 하겠지만."

"조금이 아닐 거야. 이 방을 나갈 때 어떤 얼굴을 할지 무척 궁금해지는데?"

"그, 그건 신경 쓰지 말아요. 어차피 그만둘 테니까."

"하나도 빼놓지 말고 자세하게 얘기해 줄까, 아니면 대충 얘기해 줄까?"

"하나도…… 빼놓지 마요!!"

큰소리를 치고 있긴 하지만 연경은 내심 불안하다. 남녀와의 성 관계에 관해선 무지한 연경이다. 맞은편에 얼굴을 문지르며 앉아 있는 건우는 그 방면엔 도가 튼 사람 같았고, 건우의 입에서 무슨 말이 나올지 걱정되긴 하지만 그래도 무슨 일이 있었는지 알아야 차후에 생길 일에 대해 손을 쓸 수 있을 것 같았다. 연경이 걱정하는 차후에 생길 일이란 임신이었다.

"그럼 얘기해 주지. 아주 자세하게 말이야."

건우는 연경와 처음 만났을 때부터 시작해서 어떻게 호텔에 들어가게 되었는지와 어떻게 애무가 시작되었고, 연경이 어떻게 반응을 했는지를 아주 자세하게 설명해 주었다. 건우의 얘기를 듣는 연경의 얼굴이 점차 붉어졌고 눈빛은 무척 불안하게 흔들렸다. 연경의 붉은 얼굴을 보며 건우는 최고의 하이라이트를 어떻게 설명해 줘야 할지 몰라 잠시 말을 멈춰야 했다.

"그래서요? 그래서 어떻게 된 거예요? 제가 아파했나요? 아님 비명을 질렀어요? 말해 봐요!!"

연경의 다그침에 건우는 웃음을 터져 나올 것 같아 일부러 인상을 찌푸리며 잠시 생각하는 척했다. 연경은 초조한 기색으로 건우의 다음 말을 기다렸다. 건우는 솔직하게 얘길해야 되나 말아야 되나 고민하다가 결국 진실을 밝혀주기로 결심했다. 사장실 안은 건우와 연경의 작은 숨소리가 크게 들릴 만큼 조용했고 긴장감이 감돌았다. 그 긴장감을 깨고 건우가 말했다.

"기절했어."

"기절했다구요? 너무 아파서 그랬을 거예요. 그게 절 아프게 해서 그랬을 거라구요."

"아까 이십 년 넘게 지켜온 순결이라고 했는데 그날 밤이 처음이었나?"

"여자가 그런 걸 가지고 거짓말하겠어요? 날 아프게 하고 기절시키니까 좋던가요? 재밌었어요? 하긴 남자들은 여자가 좋아하든 말든 혼자 볼일 볼 거 다 보고 한다더군요."

쉴 새 없이 쏘아대는 연경 때문에 건우는 머리가 지끈거린다.

이 여자 도대체 이 나이 먹을 만큼 뭘 한 거야?

그러나 생각해 보면 연경이 자신에게 화낼 만도 했다는 생각이 들었다. 처녀의 몸으로 낯선 남자와 하룻밤을 보냈는데 일어나 보니 아무도 없었으니 말이다. 착한 일 한번 해보자고 그냥혼자 내버려 둔 건데 감사의 말은 고사하고 건우는 연경에게 욕을 먹고 색마로 낙인이 찍혀 버렸다. 건우는 얼른 진실을 말해버리고 연경과의 이상한 인연을 여기서 끝내야겠다고 결심했다.

"우린 아무 일 없었어. 내가 시도하기도 전에 당신이 내 얼굴에 뭔가를 쏟았거든."

건우의 말에 조금 미심쩍은 얼굴이지만 연경은 조금 안심이라는 투로 말한다.

"제가 반항해서 그랬던 거군요. 그래서 아무 일이 없었던 건가요?"

"반항이라, 반항이라 하기엔 너무나 어처구니없는 것이었지만 그 덕분에 아무 일이 없긴 했지. 다음부턴 남자랑 관계를 하기 전에 술은 절대 마시지 마."

건우의 말에 연경이 발끈한다.

"당신이 뭔데 이래라저래라예요? 난 내가 알아서 해요."

"경험자로서 하는 말이야. 나처럼 그 꼴 당하면 다신 당신이란 여잘 만나려고 안 할 테니까."

"물벼락 한번 맞은 거 가지고 남자가 쫀쫀하게 왜 이래요?"

쫀쫀하다는 말에 건우의 인내심이 뚝 끊어져 버렸다. 마지막 선은 좋게 지켜주려고 했는데, 연경은 너무나 기세등등하게 날뛰고 있었다. 그런 연경을 이해해 줄 만큼 건우의 성격이 좋지 않았다.

"단순한 물? 이 여자 진짜 열받게 하네? 이 여자야, 당신 같으면 한참 흥분한 상태에서 오바이트 세례를 받았는데 하고 싶은 생각이 들겠어? 사람이 충고하면 그냥 새겨들어!! 자고 일어나니 온몸이 뽀송뽀송하지? 기절한 여자 욕실에 데려가 머리 감겨주고 목욕시켜 준 내가 쫀쫀해? 길 가는 사람한테 한번 물어보자구, 누가 피해자인지!!"

갑자기 고자세를 취하며 몰아붙이는 건우에게 이제껏 당당한 태도를 보이던 연경은 온데간데없이 사라지고 고개를 푹 숙인 채 건우의 눈치를 살피는 죄인이 되어버렸다. 연경의 돌변한 태도에 건우는 흐뭇하게 미소 지으며 연경을 본다.

"이제 누가 진정한 피해자인지 알겠지? 연락처는 그 증거물이 있는 바로 옆 탁자에 놓아두었는데 당신이 미처 못 본 거고, 난 할 만큼 다 했으니 충분히 감사하다는 말을 들을 자격이 있다고 보는데, 어떻게 생각해?"

"죄송…… 해요."

두 손을 꽉 움켜쥐고 또다시 눈물을 글썽이는 연경을 보자 뿌듯했던 승리의 쾌감은 어느새 사라져 버리고, 건우는 왠지 자신이 아주 아주 나쁜 인간인 것 같은 생각이 든다. 정말 너무 순진해서 많이 당황했을지도 모르는데, 건우는 마지막 진실까지 자신의 승리를 위해서 낱낱이 다 쏟아내서 연경을 얼굴도 못 들게 만들고 울려 버렸다.

"울지 마. 솔직히 기분이 나쁘긴 했지만 그렇게 보기 흉한 건 아니었어."

건우의 입장에선 위로라고 했던 말인데 그 말 때문에 연경은 더 서럽게 울었다. 연경은 자신의 한심한 짓에 자존심이 상했고 알지도 못하면서 건우에게 덤벼든 자신의 무모함에 부끄럽고 민망스럽다. 홀쩍거리며 우는 연경의 코는 빨개졌고 큰 눈은 퉁퉁 부어올랐다. 그런 연경의 모습을 보며 건우는 더 더욱 마음이 불편해졌다.

"친구 중 다른 사람이 더 나았겠다는 그 말…… 진심이 아니었어."

"됐어요. 나 매력이라곤…… 하나도 없어요. 남자한테 차이기나 하구…… 이제껏 살아오면서 난 바보가 아니라고…… 생각했어요. 근데요, 난 정말 바보예요. 이기지도…… 못하면서 술을 마시고, 남자한테 버림받았다고…… 남자한테 안기려고 했어요. 나…… 바보 같죠?"

"그렇게 자학하진 마. 연경인 충분히 매력있어. 그 남자가 누군진 몰라도 실수한 거야. 자신의 실수를 깨닫고 다시 돌아오지 않을까."

건우는 자신이 왜 이런 말을 하고 있는지 이해가 되지 않는다. 그러나 자신이 한 말에 고개 숙여 울던 연경의 입가에 미소가 어리자 가슴이 따뜻해져 옴을 느낀다.

"고마워요, 그런 말 해줘서. 내 이름도 무척 다정하게 불러주시네요."

"내가 그랬나?"

손등으로 눈가를 쓱쓱 문지르던 연경은 소파에서 벌떡 일어났다. 건우도 얼떨결에 연경을 따라 일어섰다.

"오늘부로 여기 그만둘래요. 사장님 볼 면목이 없고, 사장님께서도 불편하실 테니까요."

"난 괜찮아. 신경 쓰지 말고 계속 여기서 열심히 해줘."

"일도 잘 못해서 욕만 듣는걸요."

연경의 힘없는 목소리에 건우는 피식 웃으며 연경에게 다가와 어깨를 힘껏 때렸다. 몸의 균형을 잃고 휘청거리던 연경은 깜짝 놀란 눈으로 건우를 응시했다.

"아까 매장에서 보니까 미소가 정말 보기 좋았어. 고객 응대도 아주 잘하고 상품 선택도 잘해주던데? 난 연경이 같은 사람이 우리 백화점에서 계속 일해주길 바래."

"하지만……."

"그리고 내가 불편해할 거라고 생각하는데, 난 사장이고 연경이 직원인데 얼굴 마주쳐 봤자 얼마나 마주치겠어. 나 때문에 그만둔다는 생각은 안 했으면 좋겠어. 아니면 내가 사장을 그만둘까?"

건우가 심각한 표정을 지으며 연경에게 말하자 연경이 깜짝 놀라며 고개를 절레절레 흔든다.

"그러지 마세요. 생각해 보니 사장님 말씀이 맞는 것 같아요. 그냥 모르는 사람이라고 생각할게요. 얼굴 봐도 모르는 척할게요. 그럼 될 것 같아요."

"그래, 그렇게 하자구."

"그럼 그만 나가보겠습니다."

"그렇게 해. 수고하라구."

꾸벅 인사를 하고 돌아서는 연경을 건우가 부른다.

"잠시만."

고개를 돌리고 바라보는 연경에게 건우가 씩 웃으며 말했다.

"내 이름은 알고 있나?"

"취임식 때 들었습니다."

"한번 불러봐."

"네?"

"못 믿겠어. 한번 불러보라고."

뜬금없이 이름을 불러보라는 건우의 말에 연경은 잠시 당황하다 이내 건우의 이름을 천천히 말했다.

"남…… 건…… 우 사장님."

"사장님 빼고 다시. 이번엔 조금 빠르게."

연경의 얼굴이 붉게 달아올랐고, 그런 연경을 건우는 계속 재촉했다. 결국 연경은 건우의 시선을 피하며 말했다.

"남건우."

쑥쓰러워하며 조그맣게 말하는 연경을 건우는 흐뭇한 얼굴로 본다.

"까먹지 마, 내 이름. 나중에 시험칠지도 몰라."

"네?"

"시험친다고, 쪽지 시험. 사장의 이름을 적으시오."

"네, 그럼 나가보겠습니다."

건우의 눈에 돌아서는 연경의 입술이 억지로 웃음을 참고 있는 게 보였다. 그러나 건우는 아무 말 없이 문을 열고 나가는 연경의 뒷모습을 지켜보았다. 문이 닫히고 혼자 남게 된 건우는 아주 기분 좋은 얼굴로 책상에 앉았다. 조금 전 연경이 자신의 이름을 불러주었을 때를 떠올리자 건우의 입술에 저절로 미소가 어린다.

그 입술은 여전히 섹시하군. 다시 한 번 맛보고 싶어. 다시 한 번.

사장실에서 나와 엘리베이터를 타고 내려가는 연경의 얼굴은 잘 익은 토마토처럼 붉게 상기되어 있었다. 심장이 쿵쿵 뛰고 현기증이 난다. 기억도 못하는 남자를 가까이서 보았을 때 그 충격은 연경이 이제껏 느껴보지 못한 커다란 충격이었다.

저 사람이 내게 키스를 하고, 내 가슴을 만지고, 내 알몸을 봤어. 창피해서 어떡해!!

붉어진 얼굴을 두 손으로 감싸며 혼자 고개를 절레절레 흔들던 연경은 7층에서 문이 열려 누가 올라타는 것도 모른 채 혼자만의 세계에 빠져 있었다.

정 부장은 혼자 중얼거리며 두 손으로 얼굴을 감싼 채 엘리베이터 구석에 서 있는 연경을 못마땅한 눈으로 노려보다 크게 헛기침을 했다.

"흠흠!!"

순간 연경은 혼자만의 세계에서 빠져나와 자신의 옆에 서 있는 정 부장을 보게 되었다.

"아, 안녕하세요."

연경을 한심한 눈으로 보며 인사를 무시한 채 어디에서 일하는지 보려고 명찰을 확인하다 이름을 보고 연경을 뚫어져라 응시한다.

"사장실에 올라갔다던 〈신디〉 매니저 구연경 씨?"

"네? 네."

연경은 탐색하는 듯한 정 부장의 눈빛에 기가눌려 고개를 숙이며 대답했다.

"새로 오신 사장이 뭘 물어봤는지 말해 줄 수 있소?"

"그, 그냥 열심히 하라는 말씀을 하셨는데요."

"그래? 그 한마디 하는데 시간이 꽤 걸렸군. 아까 올라가는 것 같던데."

꼬치꼬치 캐묻는 정 부장이 조금 기분 나쁘지만 연경은 억지로 웃으며 대답을 회피했다. 정 부장이 뭔가 더 물어보려고 할 때 2층에서 멈춘 엘리베이터의 문이 열렸고, 연경은 꾸벅 고개 숙여 인사한 뒤 도망치듯 매장 안으로 들어가 버렸다. 엘리베이터에서 내린 정 부장은 신출내기 사장이 매장 여직원을 불러 1시간가량 얘길 나누었다는 게 수상하게 느껴졌다. 정 부장은 주위를 살피며 양복 안 주머니에서 휴대폰을 꺼내 비상구로 급히 걸어갔다.

건우가 오늘 취임식을 하고 영업 방침을 새로 정하고 이제껏 지켜오던 관습을 모두 무시한 채 새로운 개혁의 바람을 일으키려고 한다는 소식을 전해들은 현우의 기분은 썩 좋지 않다. 갑자기 배다른 동생이라며 자신에게 소개시킨 남 회장이 미웠지만, 현우는 그런 남 회장에게 전혀 내색하지 않고 건우를 알뜰히 챙기는 흉내를 냈었다. 물론 남 회장이 보지 않는 곳에선 건우를 치밀하게 괴롭혔다. 그런데도 건우는 전혀 기죽지 않았고, 오히려 현우를 비웃듯이 모든 면에서 월등한 모습을 남 회장에게 보여주었다. 스포츠도, 공부도 현우보다 훨씬 성적이 좋았고 친구들도 많았다. 악착같이 건우를 이겨보려 했지만 돌아오는 건 패배감밖에 없었다.

더럽게 운 좋은 녀석. 그러나 네 운도 거기서 끝이야. 겉만 번지르르한 그 백화점이 너에게 얼마나 무거운 짐이 되어버리는지 알게 해줄 테니 말이다.

옛일을 떠올리며 건우를 향한 증오를 얼굴 가득 드러내던 현우는 갑자기 울린 휴대폰 소리에 다시 가식적인 표정을 지으며 발신자를 확인한 뒤 통화 버튼을 눌렀다.

"웬일이지?"

—조금 이상한 낌새가 보이면 전화하라고 하셔서 전화드립니다.

"건우 녀석이 또 무슨 일을 저질렀나?"

—오늘 저희 매장 여직원을 불러서 1시간 정도 지난 뒤 다시 돌려보냈습니다.

"그게 뭐가 이상하다는 건가?"

—그 여직원에게 왜 갔냐고 물어보니 당황하면서 그냥 열심히 하라는 말만 했다는 겁니다.

그제야 현우도 조금 이상한 생각이 든다. 오늘이 첫 출근이라 아는 사람도 없을 텐데 한 여직원을 따로 불러서 1시간 정도 같이 있었다는 게 이해가 되지 않는다.

"그 여직원을 계속 주시해 봐. 섣불리 나서지 말고 그냥 지켜보고만 있으라는 거야. 내 말 뜻 충분히 알겠지?"

―계속 주시하겠습니다. 그럼.

전화가 끊기고 현우는 조금 전 통화 내용을 다시 한 번 곰곰이 생각해 본다. 다같이 모여서 회의를 한 것도 아니고 개인적인 면담을 가졌다는 얘기에 현우의 귀가 솔깃하다. 백화점이란 곳은 작은 일도 크게 만드는 곳이다. 현우는 잘만 하면 건우가 제 발로 무덤을 팔 수도 있다고 생각하니 기분이 좋아졌다.

남건우, 제발 날 웃게 해라. 널 무너뜨리는 게 내겐 최대의 기쁨이자 행복이니까.

"뭐라구? 그 사람이 사장이란 말야?"

지원의 목소리가 너무 커 연경은 손으로 지원의 입을 막았다. 미영은 부럽다는 눈으로 연경을 보며 테이블 위에 놓인 주스 잔을 만지작거린다.

"좋겠다. 연경아, 그 사람 잘생겼던데 잘해보지 그러니."

"다시는 아는 척 안 하기로 했어."

연경의 말에 지원이 연경의 손을 떼어내고 목소리를 낮추긴 했지만 강한 어조로 말한다.

"이경민보다는 훨씬 낫잖아. 잘만 하면 사모님 소리 들을지도 모르는데 잘해봐."

"나도 사모님 소리 듣고 싶어."

미영의 말에 지원이 미영을 매서운 눈빛으로 노려본다.

"시끄러워! 너처럼 이 남자, 저 남자 만나고 다니면 어떻게 사모님 소리 듣니? 사람은 진득하게 한 우물을 파야 하는 거야. 조건 보고 인물 보고 그렇게 만나야지!"

"너처럼 계산적으로 살면 피곤해서 연애는 어떻게 하니?"

미영이가 조금 화난 얼굴로 지원에게 쏘아붙이자 지원은 당황한다. 솔직히 이제껏 그냥 웃으며 넘겨 버리는 게 미영이의 장점이자 특기였는데, 지금은 무척 예민하게 반응하는 미영이가 낯설어 연경은 이러다가 싸움이 나지 않을까 걱정되어 중간에서 끊어줘야겠다고 생각했다.

"우리 오늘 나이트 갈까? 미영이 너 나이트 좋아하잖아."

연경이 배시시 웃으며 말하자 미영이가 연경을 쏘아본다.

"내가 매일 나이트에서 춤이나 추는 사람인 줄 아니? 지원이도 그렇고, 너도 그렇고 날 무시하는 경향이 있는데 사람이 편하다고 그렇게 함부로 말하는 거 아냐. 나 집에 갈래."

연경과 지원이 할 말을 잊고 멍하니 앉아 있는 사이에 미영은 자리에서 일어나 가방을 들고 나가 버렸다. 잠시 후 정신을 차린 연경이 미영을 뒤쫓아 나가려고 일어서자 지원이 붙잡는다.

"왜 그래?"

"평소의 미영이가 아니야. 무슨 일이 있는 것 같은데 그냥 혼자 두자."

"친구면 같이 고민을 해결해야지. 안 그래?"

"가끔 혼자 있고 싶을 때가 있는 거야. 미영이라면 내일 웃는 얼굴로 나타날 테니까 그냥 두자."

"그래도……."

"그건 그렇고 정말 잘해볼 생각 없는 거니?"

"응. 그 사람은 절대 잘해볼 수가 없어. 너무 차이가 나고 난 그러기 싫거든. 그럴 수 없어."

연경이 무슨 이유에서 그러는지 전혀 모르는 지원은 연경이 답답하지만 사람의 마음이란 강요한다고 바뀔 수가 없다는 걸 알기 때문에 더 이상 묻지 않았다.

한식당 〈포청천〉에서 모인 세 사람. 상현과 동진은 건우의 얘기 듣고 한동안 멍하니 있다가 서로 알 수 없는 미소를 지으며 눈빛을 교환한다. 그런 두 사람을 보며 건우는 무슨 생각을 하는지 뻔히 보인다는 듯 피식 웃었다.

"이 자식 봐라? 왜 웃는 거냐?"

"니들이 생각하는 게 뻔히 보인다. 어차피 같은 곳에 있으니 계속 잘해봐라, 그런 생각 했지?"

"건우야, 지금 하는 일 때려치우고 돗자리나 깔아라. 어쩜 그렇게 잘 맞추냐?"

"저번에 맨정신으로 한번 만나보고 싶댔잖아. 소원 성취했네. 그런데 막상 만나보니까 어때? 괜찮아?"

건우는 상현의 말에 연경을 봤을 때를 떠올려 보았다. 처음엔 그저 그런 여자로 보였던 연경이 다시 봤을 땐 청순하고 꽤 귀엽게 보였다. 그때를 떠올리는 건우의 입술에 미묘한 미소가 어리자 상현이 조금 의외라는 듯 건우를 보며 말한다.

"너 그렇게 웃을 때도 있냐? 상당히 괜찮아 보이는데?"

"그럼 내가 인상파인 줄 알았냐."

"그럼. 너 인상 더럽다고 소문났었잖냐."

"뭐? 어떤 자식이 그런 말도 안 되는 말을 하고 다녔는지는 몰라도 사실무근이다."

"사실무근이긴!! 그 어떤 자식이 동진이랑 나다. 그래도 오리 발이냐?"

"하여간 니들은 친구가 아니라 웬수다, 웬수!!"

건우는 오랜만에 크게 소리 내어 웃었다. 시끌벅적하게 떠들 어대며 고기를 먹던 건우는 휴대폰이 울리자 번호를 확인한 뒤 자리에서 일어났다.

"어디 가냐?"

"전화 좀 받고 올게. 내 거 남겨놓고 먹어라."

"웃기고 있네. 동진아, 너 다 먹어라!!"

"알았다."

웃음기 가득한 상현의 얼굴은 건우가 전화를 받으며 화장실 쪽으로 사라지자 진지하게 바뀌었고 동진도 마찬가지로 진지하 게 상현을 본다.

"저 녀석 조금 힘들어 보인다."

"겉으론 강한 척하지만 미국 생활이 무척 힘들었던 것 같다. 잘 웃지도 않고 조금 냉정해 보이는 것 같기도 하고. 다 남현우 그 자식 때문이야!"

현우의 이름을 들먹이는 동진의 눈빛이 무섭게 변했다. 상현도 동진의 말에 고개를 끄덕였다. 잠시 동안 아무 말 없이 고기를 뒤집던 상현이 갑자기 동진을 보며 말한다.

"근데 아까 건우 녀석 그 여자 얘기 할 때 계속 웃는 거 봤냐?"

"봤지. 아무래도 건우 녀석 꽤 관심을 가지고 있는 것 같더라."

"얘기해 줄까?"

"존심 강한 남건우한테? 아서라, 중이 제머리 못 깎듯이 건우 녀석 혼자서 해봤자 얼마나 하겠냐. 우리가 깎아줘야지."

"오케이. 언제 시작할까."

"조만간 해야지. 어? 전화가 왔네? 잠깐 통화하고 오마."

상현은 무슨 비밀 전화라도 하듯 번호를 확인한 뒤 휴대폰을 들고 급히 뛰어나가는 동진을 이상하다는 눈으로 본다. 혼자 외로이 남은 상현은 자신의 휴대폰을 꺼내보며 중얼거린다.

"넌 왜 안 우는 거냐."

화장실 안으로 들어온 뒤 조금 전까지 미소를 짓고 있던 입술이라는 게 믿어지지 않을 만큼 건우의 얼굴은 딱딱하고 차갑게 굳어졌다. 입술을 통해 흘러나오는 목소리 또한 차갑다.

"윤 변호사님, 무슨 일이십니까?"

—회장님이 위독하시네. 자네 이름을 계속해서 부르고 있는
데 잠시 와줄 수 있겠나?

　"지금 친구들과 있습니다. 나중에 시간 되면……."

　—나중에 오면 볼 수 없을지도 모르는데 친구들과의 약속이
더 중요한가?

　건우는 망설인다. 정말 자신의 어머니를 사랑했는지 의심스
러웠던 아버지. 남들보다 뛰어나야 된다고 건우에게 2등은 필요
없다며 냉정하게 말했던 아버지를 건우는 증오하고 미워했다.
건우에겐 그렇게 뛰어나길 원했던 아버지는 현우에겐 너무나
너그러웠다. 건우는 아버지의 정을 그리워했지만 한 번도 건우
를 다정하게 안아준 적이 없었다. 그런 아버지였기에 건우는 미
워한다고 생각했다. 그런데 지금 건우는 흔들리고 있었다. 다신
볼 수 없을지도 모른다는 말 한마디 때문에 다신 보고 싶지 않
다고 생각했던 건우의 마음이 흔들린다.

　—자넬 무척 보고 싶어하셨네. 자넬 보면 자네 어머니가 생각
난다고 하셨지.

　윤 변호사의 마지막 말에 건우는 확실히 마음을 잡았다.

　"어머니도 아버지를 보고 싶어하셨죠. 그런데 오지 않았습니
다. 저도 그렇게 할 겁니다. 그럼."

　건우는 냉정하게 전화를 끊었다. 갑자기 속이 울렁거리고 토
할 것 같아 세면대에 물을 틀어 머리를 갖다 댔다. 차가운 물이
머리카락을 흠뻑 적셔오자 기분이 조금 나아지고 머리도 맑아

진다. 잠시 동안 고개를 숙인 채 차가운 물을 맞았다. 어느 정도 마음이 진정된 뒤 건우는 고개를 들었다. 세면대 위에 붙어 있는 거울 속에 비 맞은 생쥐꼴을 하고 있는 남자가 건우를 똑바로 쳐다보고 있다.

남건우, 정신 차려라. 그 사람들한테 넌 다른 인간이란 걸 보여줘야 해. 그들과 똑같지 않다는 걸 말이야. 넌…… 인간이니까.

거울 속의 남자는 굳은 의지가 담긴 눈으로 건우를 응시한다.

상현은 물이 뚝뚝 흐르는 머리를 하고 걸어오는 건우를 보며 웃음을 터뜨렸다. 건우도 멋쩍게 웃으며 상현의 맞은편에 앉았다. 건우가 앉자마자 상현이 능글맞게 웃으며 말한다.

"전화하다가 변기통에 빠졌냐? 참 볼 만하구나."

건우는 대답 대신 피식 웃었다.

"동진이는."

"전화받고는 약속있다고 쌩 가버렸다. 너 때문에 쪽팔려서 여기 못 있겠어. 나가자."

〈포청천〉을 나온 건우는 상현이 어깨동무를 하자 씁쓸하게 웃으며 입을 연다.

"상현아, 나…… 인간 맞냐?"

"미친 녀석. 그럼 내가 이제껏 동물이랑 친구했다는 거냐?"

상현의 말에 건우는 피식 실소를 터뜨린다.

"건우야, 나중에 얘기해라. 별로 재미없는 얘긴 당장 안 해줘도 되니까."

"별로가 아니라 아주다."

"그래, 아주 재미없는 얘기는 지금 안 듣고 싶다."

건우는 먼저 선수치며 마음을 편안하게 해주는 상현이 고마워 어깨를 툭툭 친다. 그러자 상현도 질세라 건우의 어깨를 조금 힘있게 툭툭 쳤다.

"어라? 이거 감정 실린 거지."

"눈치도 빠르네. 어떻게 알았냐?"

"이 자식이!!"

건우가 주먹을 쥐고 한 대 먹이려고 하자 상현이 재빠르게 빠져나간다. 상현이 가운뎃손가락을 쭉 펴고 약 올리며 달리자 건우도 상현의 뒤를 따라 달리기 시작했다.

"거기 안 서!!"

"나 잡아봐라."

밤거리를 달리는 두 사람의 모습은 무척 유치하고 정신 나간 듯 보였지만, 정작 본인들은 즐거운 놀이를 하는 듯 밝게 웃고 있었다.

"언니, 저기 좀 봐! 사장님이다."

서영의 호들갑스러운 목소리에 연경은 관심없는 듯한 표정으로 서영이 가리킨 곳을 보았다. 다른 매장 직원들은 건우가 누구인지 모르는 듯 어떤 직원은 옆 매장 직원과 잡담을 나누고,

또 어떤 직원은 인상을 팍 찌푸리고 휴대폰으로 통화를 하고 있다. 연경은 그 모든 것을 세밀하게 관찰하고 있는 건우를 보며 내심 안도한다. 연경은 건우의 정체를 알고 있었고, 건우가 올 때만은 열심히 일하는 척할 수 있으니 말이다. 비록 멀리 떨어져 있긴 하지만 건우의 모습에 연경의 가슴은 두근거렸고, 얼굴도 화끈거린다. 그래서 연경은 일부러 매장내 진열된 구두를 살피는 척하며 시선을 돌렸다.

"어머, 가버렸다. 연경 언니, 멀리서 봐도 어쩜 저렇게 멋있을까? 요즘 우리 사장님이 인기 순위 1위인 거 알아?"

"관심없어. 어차피 저런 사람들은 비슷비슷한 사람과 만나잖아. 집안끼리 정혼한다던가 하는 거 말이야."

연경의 말에 서영이 입술을 부루퉁하게 내민다.

"치. 그래도 한 번쯤 그려볼 순 있잖아. 내가 사장님 옆에서 사모님 소리 듣는 거 말이야."

"마음껏 그려봐. 어서 오세요, 손님."

서영과 얘길 나누던 연경은 매장 안을 둘러보기 위해 들어온 젊은 여자에게 활짝 웃으며 다가가 인사했다.

오늘도 건우는 혼자서 매장을 둘러보고 있다. 신 부장이 따라 나서겠다고 말했지만, 한사코 거절하고 혼자 나와서 이리저리 둘러보며 하나하나 체크를 하고 있었다. 모두들 열심히 하긴 하지만 표정이 어둡고 잘 웃지 않는 사람이 과반수였다. 그때 건우의 눈에 들어온 사람은 고객을 응대하고 있는 연경의 웃는 얼굴이었다. 활짝 웃는 연경의 입술을 보던 건우의 입가에 저절로 미소가 어린다. 순간 건우의 머리 속이 환하게 밝아졌다.

그래, 저 여자야. 저 여자를 이용하면 되겠군.

엘리베이터를 타고 올라가는 정 부장의 얼굴에는 불쾌감이 가득하다. 연경은 그런 정 부장의 눈치를 살피며 두 손을 꼭 맞잡고 있다. 정 부장의 날카로운 눈이 연경의 얼굴에 와 닿았고 연경은 억지미소로 답했다.

"사장실에 자주 불려가는군."

"그러게 말이에요."

"혹시, 남건우 사장과 아는 사이인가?"

사장님이라고 하지 않고 정 부장이 사장이라고 호칭을 낮추자 연경은 자기 일도 아닌데 이상하게 기분이 나쁘다. 아무리 나이가 어리다고 해도 깍듯이 대해줘야 할 상사인데 말이다. 연경은 정 부장의 물음에 대구하지 않고 엘리베이터 버튼만 뚫어져라 노려봤다. 15층까지가는 데 3분도 안 걸리는 그 시간이 연경에겐 너무나 지루하고 길게 느껴졌다.

드디어 문이 열리고 연경은 갑갑한 곳을 벗어나가고 싶은 마음에 서둘러 문밖으로 걸어나왔다. 순간 옆에서 걸어나오던 정 부장과 몸이 부딪쳤고 연경은 비틀대며 벽을 붙잡았다.

"사람이 조심성이 없구만!"

언성을 높이며 날카롭게 노려보던 정 부장은 연경과 부딪친 부분을 불쾌하다는 듯 탁탁 털어내고 앞서 걸어갔다. 연경은 그 뒤에서 혀를 낼름 내밀고 주먹을 한번 들어 보인 다음 조금 떨어져서 정 부장 뒤를 따라갔다.

긴 복도를 따라 안으로 들어가니 예전에 보았던 긴 생머리의 여비서가 연경을 보며 생긋 웃는다. 연경은 안면이 있어서 그런가 보다 생각하며 인사했다.

"안녕하세요."

"정 부장님, 사장님께서 기다리십니다. 안으로 들어가세요."

연경을 무시하고 정 부장에게 인사하는 여비서를 보며 연경은 조금 떨떠름한 표정을 지으며 사장실 안으로 들어갔다. 문을 열고 들어가니 책상 앞에 앉아 있는 건우의 모습이 연경의 눈에 들어왔다. 푸른색 와이셔츠의 단추는 두 개 정도 풀려 있었고, 넥타이는 보이지 않았다. 그런 건우의 모습은 근엄한 사장의 이미지와는 거리가 멀게 보였다. 그러나 왠지 그 모습이 훨씬 더 섹시하고 멋있게 보여 연경은 건우에게서 눈을 뗄 수가 없었다.

"부르셨습니까?"

정 부장의 딱딱한 목소리에 연경은 겨우 정신을 차리고 고개를 조금 숙여 건우를 훔쳐봤다. 뭔가 복잡한 서류를 보고 있었는지 미간에 잔뜩 주름을 잡고 있던 건우가 정 부장의 목소리를 듣고 고개를 들었다. 정 부장이 건우를 별로 좋아하지 않듯이 건우도 정 부장이 썩 마음에 들지 않는지 무표정한 얼굴로 정 부장을 보다가 연경에게 시선이 머물자 무표정하던 얼굴엔 미소가 가득했다.

"일단 자리에 앉아요. 앉아서 얘기해야 되니까."

건우가 연경을 보면서 얘기하자 정 부장의 얼굴이 굳어졌다. 그러나 이내 굳어졌던 얼굴을 풀고 소파에 앉았고 연경도 조심스레 정 부장 옆에 앉았다. 미리 차를 부탁했는지 문이 열리고 여비서가 녹차를 세 잔 가져와 테이블 위에 놓고 조용히 사무실을 나갔다. 잠시 침묵이 흐르고 녹차를 한 모금 마신 후 건우가 먼저 말을 꺼냈다.

"거의 일주일 동안 제가 매장을 혼자 둘러보았습니다. 그런데 다들 표정이 굳어져 있거나 아예 웃는 걸 잊어버린 사람 같더군요."

"저도 알고 있습니다."

정 부장의 말이 끝나자마자 건우의 눈빛이 날카롭게 변했다.

"알고 있는 사람이 이제껏 직원들이 그렇게 하도록 내버려 두었다는 겁니까!"

건우가 언성을 높이자 정 부장의 날카로운 눈이 건우를 노려본다. 그러자 건우도 지지 않고 정 부장을 노려보았다.

"매출은 이게 뭡니까! 웃는 얼굴로 친절하게 대한다면 고객은 기분 좋게 쇼핑을 할 수 있을 겁니다. 그런데 죽을상을 하고 서 있으니 기분 좋은 사람이 어디 있겠습니까? 팀장이라는 사람이 알면서도 아무 조치를 취하지 않으니 변하지 않는 겁니다. 팀장이라는 자리는 편합니까?"

정 부장의 속은 부글부글 끓고 있다. 새파랗게 어린녀석이 사장이랍시고 정 부장에게 이래라저래라 하며 날뛰는 꼴을 보니 속에 있는 내장이 다 뒤틀리는 것 같았다. 당장 때려치워 버리고 싶지만 정 부장은 나중을 위해서 참아야 된다고, 꼭 참아야 된다고 자신을 위로하며 건우에게 가식적인 미소를 지었다.

"알겠습니다. 다시는 그런 일이 없도록 교육 잘 시키겠습니다."

"교육을 잘 시키겠다…… 어떻게 시킬 겁니까?"

건우가 정 부장의 말꼬리를 붙잡고 늘어지자 정 부장의 얼굴에 순간 짜증스러운 기색이 스쳐 지나간다. 그러나 정 부장은 다시 가식적인 미소를 건우에게 보여준다.

"강사를 초빙해서라도 친절 교육 및 미소 교육을 철저하게 시키도록 하겠습니다."

"강사를 따로 초빙한다면 비용이 얼마나 들지요?"

"못 줘도 백만 원은 들 것으로 예상됩니다만."

"돈 들일 필요 없이 내부 강사를 썼으면 좋겠습니다."

"그럴 만한 인재가 백화점 내에 있던가요?"

비록 웃고 있긴 하지만 건우는 정 부장이 자신이 비웃는 것 같다고 생각했다. 정말 기분 나쁘게 정 부장은 웃으며 건우의 말꼬리를 붙잡았고 건우는 뜨거운 녹차를 입으로 불어가며 마시고 있는 연경을 쳐다보았다. 녹차를 마시려고 입에 갖다 대던 연경은 건우와 눈이 마주치자 화들짝 놀라며 잔을 내려놓았다.

"앗, 뜨거……."

입술을 데었는지 인상을 조금 찡그리는 연경을 보고 건우는 간신히 웃음을 참고 말했다.

"연경 씨가 일주일에 두 번씩 직원들에게 미소와 고객 응대 자세를 교육시켰으면 좋겠는데요."

건우의 말에 정 부장이 피식 웃는다.

"경험도 없는 구연경 씨가 직원들 교육을 시킨다는 겁니까? 말도 안 되죠. 그런 건 전문적인 교육을 받고 그만한 자격이 있어야……."

"연경 씨, 할 수 있겠습니까?"

건우는 정 부장의 말을 무시하고 연경에게 직접적으로 묻는다. 연경은 어떻게 대답해야 할지 몰라 망설인다. 그러자 건우가 다정한 눈으로 연경을 바라본다.

"제가 얘기한 것 잊었습니까? 뭐라고 얘기했죠?"

연경은 건우가 자신에게 했던 말들을 떠올려 본 뒤 조심스레 대답했다.

"미소도 좋고, 고객 응대도 잘하고, 상품 선택도 좋다고 하셨는데요."

"자신의 노하우를 다른 사람들에게 전수해 주는 겁니다. 난 연경 씨가 다른 사람들도 연경 씨처럼 만들어줬으면 좋겠는데 힘들까요?"

연경은 가슴이 벅차오르고 있었다. 늘 자신이 너무나 평범하고 잘하는 것 하나 없다고 생각했는데 지금 연경은 건우의 말에 깊은 감동을 받으며 자신이 대단한 사람이 된 것처럼 느끼고 있다.

"저 같은…… 사람을요?"

"네, 연경 씨 같은 사람요. 그냥 편하게 생각해요. 만약에 필요한 게 있다면 적극적으로 후원해 줄 테니 이번 기회를 잡아요."

연경은 지금 망설이고 있다. 자신이 과연 잘해낼 수 있을지도 의문이었고, 왠지 건우가 띄워줘서 분위기에 휩쓸리는 것 같아 연경은 선뜻 대답하지 못했다. 망설이며 정 부장을 힐끔 보던 연경은 정 부장의 멸시하는 눈빛을 보았다. 그 눈빛은 연경이 알고 있던 사람과 너무나 흡사했다. 순간 연경의 가슴엔 분노가 치밀어 올랐고 오기가 생겨났다.

"하는 데까진 해보겠습니다."

연경의 대답에 건우는 흡족한 표정으로 정 부장을 본다.

"강사는 구했으니 신 부장에게 얘기해서 교육 일정을 잡도록 하겠습니다. 정 부장은 앞으로 구연경 씨를 많이 지원해 주도록 하세요."

"알겠습니다. 시키는 대로 해야죠."

"그럼 나가서 일들 보세요."

할 말을 다 한 건우는 소파에서 일어났고 정 부장과 연경은 인사를 하고 사장실을 빠져나왔다. 엘리베이터까지 걸어가는 동안 정 부장의 얼굴색은 벌겋게 상기되어 있었고 연경은 그런 정 부장의 눈치를 보며 조심조심 뒤따라갔다. 엘리베이터에 올라탄 뒤에도 정 부장의 상기된 얼굴은 제 색깔을 찾지 못했고, 조금 거리를 두고 서 있는 연경을 못마땅한 눈으로 노려본다.

"좋겠군, 든든한 빽이 있어서. 어떻게 꼬셨나."

정 부장의 비아냥거리는 말투가 연경의 신경을 건드린다. 하지만 연경은 아무런 대꾸도 하지 않고 주먹을 꽉 움켜쥔 채 엘리베이터 버튼만 노려보았다.

"구연경 씨 서류를 좀 훑어봤지. 여상 졸업에 부모님은 다 돌아가셨고, 형편도 별 볼일 없는 걸로 아는데 내세울 만한 친척이라도 있는 건가? 도대체 뭘 믿고 사장이 내부 강사니 뭐니를 시키는지 통 모르겠단 말이야. 혹시 같이 호텔이라도 간 거 아닌가?"

연경의 입술이 파르르 떨린다. 뭐라고 한마디 하고 싶은데 연경의 머리 속은 텅 비어 있고, 오직 정 부장에게로 향한 분노만이 연경의 온몸을 지배하고 있었다.

상대하지 말자. 이런 인간은 상종도 하지 말자. 참자. 참는 자에게 복이 있다고 했어. 참자.

정 부장은 슬슬 약이 오른다. 여자라면 벌써 정 부장에게 삿대질을 하며 욕설을 퍼부었을 텐데 옆에 서 있는 여자는 별 반응이 없다. 무시당한 기분이 들자 정 부장은 연경을 더 괴롭히고 싶어졌다.

"역시 여자들은 온몸이 무기야. 그래, 사장이 젊고 재력도 겸 비했다니까 앞뒤 안 가리고 육탄 공세를 펼쳤나? 얌전하게 생겼 는데 남자 꼬시는 덴 상당한 재주가 있나 보군. 남건우가 뒤를 봐줄 정도니 말이야. 어때, 좋았나?"

연경의 인내심이 한계에 다다랐을 때 엘리베이터가 2층에 멈 췄다. 정 부장의 탐색하는 듯한 눈빛이 연경의 얼굴을 스쳐 지 나갔고 연경은 생긋 웃으며 태연하게 인사했다.

"안녕히 가세요."

연경은 자신을 지나쳐 가던 정 부장이 나지막하게 욕설을 내 뱉는 걸 듣고 이를 악물었다. 억울함과 굴욕감에 눈앞이 뿌옇게 흐려져 연경은 얼굴을 위로 하고 눈물을 참았다.

울지 않아. 난 이제 예전의 내가 아니니까. 힘내는 거야.

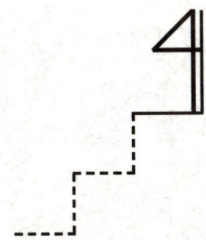

4

거실에 앉아 신문을 보던 현우는 운동복 차림의 건우가 땀에 젖은 얼굴로 들어오는 모습을 보고 읽던 신문을 내려놓는다.

"회사 일은 좀 어때? 힘들진 않나?"

"아무래도 내 적성에 딱 맞는 일인 것 같아. 아주 재밌거든."

건우는 현우를 약 올리듯 씩 웃어 보이며 위층으로 올라갔다. 그런 건우의 뒷모습을 못마땅한 눈으로 뚫어져라 응시하던 현우는 들고 있던 신문을 구겨서 집어 던진다.

남건우, 도대체 니 머리 속엔 뭐가 들어 있는 거냐.

현우는 어제 정 부장과의 통화 내용을 떠올린다.

―저번에 말했던 여직원 말입니다. 사장이 내부 강사니 뭐니 하며 뒤를 봐주고 있습니다.

"내부 강사? 전문 교육을 받았나?"

―그런 일 없습니다. 미래백화점에 들어온 이래 계속 구두 판매만 하던 여직원입니다.

"이상한 일이군. 아직 섣불리 행동할 순 없으니 그 여직원을 잘 주시해 보도록 해. 건우 녀석을 쓰러뜨리려면 아무래도 그 여직원을 철저하게 조사하는 게 우선일 것 같으니까."

―알겠습니다.

현우는 궁금해졌다. 건우가 특별히 신경을 써주고 있는 여자가 도대체 어떤 여자일까 머리 속에 그려보았다. 섹시하고, 지적이고, 아름다운 여자일 것이라고 생각했다. 이제껏 건우 곁에 머물러 있던 여자들 대부분이 뛰어난 외모를 자랑하는 미모의 여성들뿐이었다. 그러나 현우는 알고 있다. 그런 여자들은 돈에 눈이 어두워져 건우를 하루아침에 배신하고 현우에게 온다는 것을 말이다. 이번에도 현우는 자신이 가지고 있는 돈을 이용해 그 여자가 건우를 배신하게 만들 계획을 세우고 있다.

니가 아무리 잘났다고 하지만 내 앞에서의 넌 피라미에 불과해. 이번엔 내 앞에서 어떤 표정을 지을까.

상처 입은 눈을 하고 돌아설 건우의 모습을 그려보던 현우는 통쾌함에 웃음이 터져 나온다.

"크크크."

사장실에 앉아 있는 연경의 손은 땀에 축축히 젖었다. 긴장을
해서인지 손을 잠시도 가만히 둘 수 없었고 얼굴은 천천히 굳어
졌다.

"이제 시간이 다 되었군. 잘해봐."

"후우. 후우."

숨을 몰아쉬는 연경의 입술을 보던 건우는 피식 웃는다.

"꼭 금붕어가 뻐끔거리는 것 같군."

"뭐, 뭐라구요?"

연경이 날카롭게 대꾸하자 건우의 얼굴에 미소가 번진다.

"이제 제정신을 차린 것 같아. 무척 불안해하는 게 보기 안쓰
러웠거든."

"이걸 일주일 동안 해야 된다면서요. 아침에 우황청심환을 먹
었어야 하는데."

아쉽다는 듯 말하는 연경을 보며 건우가 다가가 어깨를 툭툭
두드려 준다.

"힘내. 잘할 수 있을 거야. 평소에 하던 대로. 알지?"

"평소에 하던 대로면 망할 텐데."

건우가 듣지 못하게 혼자 중얼거리며 연경은 건우를 따라
14층에 있는 교육장으로 향했다. 7차까지 일정이 잡혀 있어 하
루에 30명씩 교육을 하게 되어 있었고, 연경에겐 30명이라는

인원이 너무나 많게 느껴져 기절하기 일보 직전까지 와 있었다. 건우를 따라 교육장 안으로 들어가니 왠지 교육장 안이 꽉 차게 느껴져 더 불안하다.

"오늘 하루 동안 여러분을 교육시킬 구연경 강사입니다. 모두들 열심히 해주시길 바랍니다."

짧게 소개를 하고 건우는 자리를 비켜주며 연경에게 앞으로 나가라는 눈짓을 했다. 연경은 후들거리는 다리를 간신히 움직이며 앞에 섰고 책상에 앉아 있는 직원들을 잠시 동안 멍하니 보다가 입을 열었다.

"저도…… 여러분과 같은 지, 직원입니다. 소, 솔직히 제가 잘나서…… 이, 이 자리에……."

"무슨 말을 하는 거야?"

"알아들을 수가 없네. 답답하구만."

건우가 소갯말을 했을 땐 쥐 죽은 듯이 조용하던 분위기가 삽시간에 시끌시끌한 분위기로 바뀌었고, 연경은 거의 울 것 같은 심정이었다. 조금 겁먹은 눈으로 주위를 둘러보다 건우에게 시선을 돌렸다. 자신을 한심하게 쳐다볼 줄 알았던 건우가 의외로 입가에 미소를 띠고 뚫어져라 연경을 응시하고 있었다.

지금…… 날 믿고 지켜보는 거예요?

점차 몸의 떨림이 가라앉았고 연경의 마음도 차분하게 가라앉았다. 연경은 아직도 웅성거리는 직원들을 웃는 얼굴로 쳐다보며 큰 소리로 말했다.

"여러분! 반갑습니다!"

순간 떠들썩하던 분위기가 조용해졌고 저마다 조그맣게 인사를 한다. 그러자 연경은 다시 한 번 더 큰 목소리를 냈다.

"여러분! 반갑습니다!"

"반갑습니다!"

"반갑습니다!"

제법 큰 목소리들이 들려오자 힘을 얻은 연경의 얼굴에선 긴장감이 흔적도 없이 사라졌고, 대신 연경의 트레이드 마크인 미소가 가득했다. 모두들 연경의 밝은 얼굴과 미소에 동화된 듯 굳어진 얼굴들은 조금씩 풀어주었고 어떤 사람들은 연경을 따라 미소 짓는 사람들도 있었다. 건우는 자신의 선택이 틀리지 않았음을 눈으로 확인하고 조용히 교육장을 빠져나왔다.

"저도 여러분과 같은 직원입니다. 그런데 제가 왜 이 자리에 섰을까요? 아는 분 계세요?"

연경이 질문을 던지자 모두들 서로의 눈치만 볼 뿐 선뜻 말을 꺼내지 못한다. 그러자 연경이 장난스러운 표정을 지으며 대신 대답을 해주었다.

"일을 하도 못해서 벌 서는 거예요. 여러분들도 저처럼 여기서 말하고 싶으세요?"

"아니요."

모두들 이구동성으로 조그맣게 말했다.

"저도 싫다고 말했는데요, 이거 안 하면 잘라 버리겠다는 거예요. 그래서 어쩔 수 없이 하게 되었답니다. 여러분, 저 좀 도와주세요. 아셨죠?"

연경이 능청스럽게 말하자 몇몇 사람이 어이가 없는지 웃음을 터뜨린다. 아까와는 정반대로 조금 소란스럽긴 하지만 모두들 연경을 주시하고 있었고 이제 연경은 더 이상 두려울 게 없어졌다.

"학교 다닐 땐 책상 앞에 앉아 있을 때가 제일 괴로웠는데 나이 들어서도 앉아 있으려니 힘드시죠. 우리 책상은 치우고 의자만 놔두고 해요."

"좋죠."

모두들 책상을 치우는 데 동의한다. 연경은 조금씩 용기가 났다.

"의자는 어떻게 놓으면 좋을까요?"

연경이 묻자 한 직원이 머뭇거리며 말했다.

"둥글게 놓아두면 어떨까요?"

"좋은 방법이네요! 모두들 둥글게 만들까요?"

잠시 책상과 의자를 옮기느라 시끄러운 소리가 많이 났지만 정리가 다 된 후에는 모두들 의자에 앉아 서로를 마주 보게 되었다.

"낯선 얼굴들이 많죠? 순서대로 자기 이름 말하면 재미없으니까 마음에 드는 사람 찍으면 그 사람이 자기소개를 하는 거예요. 혹시 남자 분이 여자 분을 찍으면 마음에 드는구나, 생각하셔도 되겠죠? 그럼 시작합니다."

조금 통통한 남자 직원이 대각선으로 앉은 여직원을 쑥쓰러운 듯 손가락으로 가리켰고 그 여직원은 부끄러운 듯 웃으며 소속과 이름을 얘기했다. 그렇게 각자의 소개가 시작되었고 연경은 만족스럽게 그모습들을 지켜보았다.

정 부장은 건우가 시작한 일이 마음에 들지 않아 직접 눈으로 확인해 봐야겠다고 생각하고 14층 교육장을 살피러 갔다. 문이 닫혀 있어 눈으로 볼 순 없었지만, 뭔가 옮기는 소리와 시끄럽게 웃고 떠드는 소리가 들려오자 정 부장의 눈에 만족스러운 빛이 감돈다.

그럼 그렇지. 일개 판매 직원 주제에 무슨 강사를 한다고. 애들 놀이터도 아니고 말이야.

생각 같아선 안으로 뛰어들어 가 당장 그만두라고 소리치고 싶었지만 일단 기다려 보기로 했다. 형편없는 결과를 보고 건우가 어떤 표정을 지을지 잔뜩 기대되었다. 그 다음에 정 부장이 해야 할 일은 그 일에 대해서 현우에게 알리는 것이었다. 정 부장은 입을 일그러뜨리며 어서 일주일이 지나서 자신의 뜻대로 되길 바라며 엘리베이터 쪽으로 성큼성큼 걸어갔다.

지금 신 부장은 다른 팀장들과 같이 건우의 뒤를 따라다니며 매장을 둘러보고 있다. 건우가 자신의 존재를 처음으로 직원들에게 확인시켜 주는 것이었고, 신 부장은 직접 각 팀의 팀장들을 호출하여 동행하게 한 것이 이해되지 않았다. 매장을 둘러본 후 회의를 하겠다는 건우의 말에 팀장들의 얼굴엔 불만이 가득했지만 어쩔 수 없이 건우의 뒤를 졸졸 따라다니고 있다. 특히 정 부장은 드러내 놓고 불쾌감을 표하고 있었다.

그러나 건우는 그들이 기분이 좋든 나쁘든 신경 쓰지 않고 직원들의 표정 관리를 유심히 살피고 있다. 그리고 건우는 직원들의 입가에 머무른 자연스러운 미소를 직접 접하게 되었고, 교육의 효과가 상당하다는 걸 느끼며 매장 순시를 마치고 회의실로 돌아왔다.

건우는 각 팀장들이 자리에 앉자마자 질문을 던졌다.

"매장 순시를 하면서 무엇을 느꼈습니까?"

건우의 질문에 답하는 사람은 단 한 사람이었다.

"색다르게 느낄 게 뭐 있겠습니까. 똑같은 매장에 똑같은 인테리어 아닙니까."

정 부장의 비웃는 듯한 말투에 건우는 정 부장을 한심하다는 눈으로 쳐다보았다. 그때 신 부장이 입을 열었다.

"제가 느끼기엔 직원들의 표정이 무척 밝아졌던 것 같습니다. 웃는 모습도 자연스러웠구요. 예전엔 친절하긴 하지만 딱딱하고 부자연스러웠는데 많이 나아졌습니다."

신 부장의 말이 끝나자마자 다른 팀장들도 제각각 한마디씩 꺼냈다.

"저도 같은 생각입니다. 대기 자세도 무척 좋아졌습니다."

"고객들도 무척 편하게 매장을 둘러보는 것 같았습니다."

"매장 분위기가 한결 부드러워져서 좋았습니다."

건우를 지지하는 목소리들이 하나씩 늘어나자 정 부장의 얼굴이 보기 흉하게 일그러졌다. 건우는 씩 웃으며 의기양양하게 정 부장을 노려보며 말했다.

"한 사람을 제외하곤 모두들 정상적인 눈을 가졌군요. 역시 팀장 자격들이 충분하십니다. 일주일 동안 좋은 표정 만들기 교육을 실행했습니다. 강사는 직접 판매를 하고 있는 〈신디〉 매니저 구연경 씨가 맡아주었습니다. 제가 처음 백화점에 와서 매장 순시를 할 때, 정말 자연스러운 미소로 고객을 응대하던 구연경 씨를 보고 이런 사람이 저희 백화점에 많다면 얼마나 좋을까 생각했었습니다. 그래서 모험을 감행하였고 결과는 아주 만족스럽게 나타났습니다. 앞으론 각 매장에서 한 명씩 추천하여 교육을 진행할 수 있게끔 협조 부탁드립니다."

회의가 끝나고 엘리베이터 앞에 선 팀장들은 사장의 이름을 들먹이며 추켜세우기에 열을 올리고 있다.

"대단한 사람이야."

"처음엔 새파랗게 젊길래 한심하다고 생각했는데 능력있고, 탁월한 감각을 지닌 것 같아."

"요즘같이 어려울 때 저렇게 능력있고 젊은 사람이 필요하지."

"조용히 못하겠나!"

정 부장이 역정을 내자 모두들 입을 다물고 정 부장을 쳐다본다. 그러나 예전과는 다르게 정 부장을 향해 불쾌감을 잔뜩 드러내고 있었다. 불과 얼마 전까지만 해도 정 부장의 말이라면 꼼짝도 못하던 팀장들이 이젠 못마땅한 눈빛으로 정 부장을 똑바로 응시하고 있는 것이다.

다 그 자식 때문이야!

정 부장은 건우가 더욱 미워졌다. 모든 것을 다 빼앗겨 버렸다. 자신이 마음껏 주무르던 사람들이 이제 자신에게 반항하려 하고 있었다. 그리고 새로운 지도자에게 빌붙어 아첨하려 한다. 엘리베이터가 15층에 도착하고 다른 팀장들은 모두 엘리베이터에 올라탔지만 정 부장만은 타지 않았다. 엘리베이터문이 닫히고 정 부장은 비상구 쪽으로 급히 걸어갔다.

현우는 회의 도중 갑작스럽게 휴대폰이 울리자 아예 전원을 꺼버리려고 휴대폰을 꺼내 들었다. 그러나 휴대폰에 찍힌 번호를 보고 양해를 구한 뒤 전화를 받았다.

"무슨 일이야."

—남건우가 한 건을 해내서 신임을 얻고 있습니다.

"뭐? 그게 무슨 말인가!"

—저번에 얘기했던 그 여직원이 남건우가 신임을 얻는 데 한 몫했습니다.

"자세히 얘기해 봐!"

정 부장의 얘길 듣는 동안 현우의 얼굴이 시뻘겋게 변했다. 잠시 후 휴대폰을 꽉 움켜쥔 현우의 손이 부들부들 떨리더니 급기야 휴대폰을 바닥으로 내동댕이쳐 버린다. 회의를 하러 들어온 각 팀장들은 현우의 눈치를 슬금슬금 살피고 있다.

"다들 나가!"

현우가 소리를 지르자 앞을 다투어 모두들 회의실을 빠져나간다. 마지막 한 사람까지 회의실을 빠져나간 뒤 현우는 손에 잡히는 물건은 닥치는 대로 집어 던진다.

"으아악! 남건우!"

텅 빈 회의실 안에서 현우는 분이 풀릴 때까지 소리를 질렀다.

정 부장의 흉하게 일그러진 얼굴을 떠올리며 건우는 한바탕 신나게 웃었다. 건우는 정 부장이 자신을 감시하고 있다는 것도 알고 있었고, 그걸 지시한 사람이 현우라는 것도 이미 눈치 채고 있었다. 분명히 정 부장은 오늘 회의 시간에 있었던 일을 현우에게 하나도 빠뜨리지 않고 얘기할 것이고, 현우는 길길이 날뛸 게 뻔했다. 처음부터 정 부장이 마음에 들지 않아 강제로 해고를 시킬까 생각했던 건우였다. 그러나 괜히 그랬다간 간부들 사이에서 시끄러운 잡음이 많아질 것이고, 제2의 정 부장이 나올 수도 있었기에 건우는 자신의 영역을 넓히며 정 부장을 스스로 걸어나가게 하려고 아직은 참을 수밖에 없다. 시간이 얼마나 걸릴지는 모르지만 건우는 반드시 정 부장을 내보내고 말겠다고 결심했다.

기분 좋게 하루를 시작할 수 있게 된 건우는 이 모든 공이 연경에게 있다는 걸 생각해 내고 〈신디〉 매장으로 직접 전화를 건다.

—안녕하십니까, 〈신디〉입니다.

연경의 목소리가 아니었다. 건우는 매장에서 연경과 같이 일하던 여직원을 떠올렸다.

"죄송합니다만, 구연경 씨 계십니까?"

—실례지만 어디세요?

건우는 잠시 망설였다. 괜히 거짓말을 했다간 오해를 살까 염려되어 건우는 자신이 누구인지를 밝혔다.

"남건우입니다. 지금 자리에 안 계신가요?"

—남건우 씨…… 남건우 씨요? 사장님이시죠?!

건우가 자신이 누구인지를 밝히고 난 뒤 전화를 받는 여직원의 목소리가 180도로 바뀌었다. 최대한 예쁜 목소리를 내려고 노력하는 게 건우의 눈에 훤히 보였다. 웃음이 터져 나올 것 같아 건우는 손으로 입을 막았다.

—자, 잠시만 기다리세요. 바꿔 드릴게요. 참! 사장님, 저 사장님 팬이에요.

팬이라는 말에 결국 건우는 웃음을 터뜨리고 말았다. 조금 어수선하긴 하지만, 건우는 무척 밝고 명랑한 직원이라고 생각하며 연경의 목소리가 들려오길 기다린다.

"언니, 사장님이래!"

"사장님? 사장님 누구?"

"남건우…… 여기 백화점 사장 말이야."

"뭐?"

조금 전부터 호들갑을 떨며 전화를 받던 서영이가 연경에게 빨리 전화를 받으라며 손짓을 한다. 연경은 주위를 두리번거리며 천천히 걸어가 서영에게서 수화기를 건네받았다.

"네, 전화 바꿨습니다."

—오늘 저녁에 시간 어때?

"죄송합니다만 할 일이 많습니다."

—좋은 자리로 예약해 두지. 교육하느라 수고했다고 저녁 식사 대접하는 거야.

"지금이요? 지금은 곤란하고 시간을 말씀해 주시면 그때까지 해드릴게요."

연경은 서영이 눈치 채지 못하게 엉뚱한 대답을 하면서 몇 시가 좋을지 묻고 있다. 역시 건우는 눈치가 빨랐다. 연경의 엉뚱한 대답을 듣고 바로 대답한다.

—8시에 백화점이 끝나니까 8시 30분까지 사장 전용 주차장으로 와.

"알겠습니다. 최대한 빨리 정리해서 늦지 않게 올려 드리겠습니다."

전화를 끊고 난 뒤 무척 궁금한 듯 눈을 동그랗게 뜨고 뚫어져라 쳐다보는 서영에게 연경은 얼굴을 약간 찌푸리며 말했다.

"저번에 교육했었던 자료를 정리해서 달래. 바쁘다니까 오늘 중으로 해달라고 그러네."

"그래? 난 괜히 오해했잖아요. 언니한테 사적인 감정이 있어서 같이 밥 먹자든가 아님 차를 한 잔 하자, 뭐 그런 건 줄 알았지 뭐예요."

정곡을 찌르는 서영의 말에 연경은 겨우 미소로 답하며 황급히 구두 진열대로 돌아섰다.

휴, 큰일 날 뻔했네. 거절할 수도 없고, 만나기도 그런데 어쩌지?

건우와 전화 통화를 하고 난 뒤 연경의 심장은 평소보다 두 배로 빨리 뛰었고 일도 손에 잡히지 않았다. 평소엔 빨리 가는 시간이 오늘따라 너무나 느리게 느껴진다.

건우는 전화를 끊고 난 후 한참 동안 배를 움켜쥐고 웃었다. 동문서답을 하는 듯하면서도 가만히 생각해 보면 건우의 말에 일일이 대답하고 있었다. 무슨 첩보 영화를 찍는 것도 아닌데 암호를 교환하듯이 엉뚱하게 대답하는 연경이 너무나 재밌다. 아주 우연히 만나 엄청난 사고를 친 후 각자의 길을 가기로 했는데 다시 이렇게 얽혀 버려 건우는 정말 기막힌 인연이 아닐까 생각해 본다. 연경은 보면 볼수록 매력적인 여자였다. 평범하지만 연경의 미소는 보는 사람으로 하여금 저절로 웃게 만들어주는 백만 불짜리 미소였고 건우는 그 미소에 점점 빠져들고 있었다. 첫 만남이 조금 엉뚱하고 기분 상하게 만들었지만 백화점에서 만난 이후 건우는 연경에게 호감을 느끼며 좀 더 가까워지고 싶은 마음이 새록새록 생겨나고 있다. 그래서 굳이 저녁 식사라는 핑계를 대었고 건우는 어서 빨리 그 시간이 다가오길 들뜬 마음으로 기다린다.

거절할 틈도 없이 저녁 식사에 초대받은 연경은 일부러 퇴근하는 척 백화점을 나섰다가 주위를 두리번거리며 다시 백화점 안으로 들어간다.

"뭐 그런 사람이 다 있지? 웃기지도 않아. 저녁 먹으러 가지, 이럼 내가 갈 줄 알았나?"

그러나 연경은 건우가 저녁을 사준다는 말에 규칙적으로 늘 먹던 간식을 오늘은 일부러 먹지 않았다. 왠지 사장 정도 되면 이제껏 연경이 먹어보지 못한 비싼 음식을 사줄 것 같아서였다.

연경이 지하 주차장에 들어서자마자 세 대밖에 없는 차 중에서 헤드라이트를 빛내는 은색 승용차가 있었다. 연경은 눈부신 빛 때문에 한쪽 손으로 얼굴을 가리며 주춤주춤 다가갔고 검은색으로 선팅된 운전석 문이 열리고 낯익은 얼굴을 보았다.

"좀 늦었군."

"있잖아요, 사실은 저녁……."

연경의 의사를 물어보지도 않고 일방적으로 약속을 정한 건우가 얄미워 한 번 정도는 튕겨볼 요량으로 거절의 말을 꺼내려고 했다.

"어서 타. 음식 식겠어."

조금 화난 듯한 건우의 목소리를 듣고 결국 시도도 못해본 채 연경은 차에 올라타고 말았다. 차를 타고 가는 동안 건우는 한마디도 하지 않았고 연경도 창밖만 쳐다본 채 입을 꾹 다물고 있었다. 잠시 침묵을 흘렀고 그 침묵을 깬 건 연경이었다.

"원래 이렇게 일방적인가요?"

"뭐가? 사장이 직접 저녁 식사를 대접하면 영광으로 생각해야 되는 거 아닌가?"

영광으로 생각하라며 거들먹거리는 건우가 아니꼬와 연경은 바로 받아쳤다.

"제가 약속이 있을 수도 있잖아요. 사장이라고 직원을 이렇게 함부로 대해도 되나요?"

연경이 함부로라는 말에 힘을 주자 건우의 오른쪽 눈썹이 위로 치켜 올라간다.

"함부로 대한다? 직원한테 함부로 하는 사장이 그 직원한테 비싼 밥 사주는 거 봤나?"

"그, 그렇지만……."

연경의 패배였다. 한번 튕겨보려다가 창피만 당한 연경은 분한 마음에 입술을 부루퉁하게 내밀고 자신이 지금 기분이 별로 안 좋다는 것을 표현했다. 건우가 보통 평범한 남자였다면 기분을 풀어주려고 빈말이라도 사과를 했을 것이다. 그러나 보통 남자가 아닌 건우에겐 씨도 안 먹히는 행동이었다. 건우는 연경을 힐끔 한번 쳐다보고는 운전에만 집중했고, 연경은 혼자 분을 삭히며 속으로 건우 욕을 한다.

매정하고, 싸가지없고, 성질 더럽고, 변태 같은 인간!

그러나 연경의 기분은 레스토랑에 도착하고 미리 주문해 놓은 좌석에 앉아 음식을 먹으면서부터 완전히 뒤바뀌었다. 입 안에서 부드럽게 씹히면서 향긋한 소스 맛이 일품이었다.

"진짜 맛있네요. 이거 무슨 고기예요?"

우물우물거리며 꼭꼭 씹어먹는 연경을 재밌다는 듯 지켜보는 건우는 피식 웃으며 대답한다.

"개고기."

"푸웁!!"

오물거리던 연경의 입에서 튀어나온 음식은 자로잰 듯 정확하게 건우의 얼굴로 날아갔다. 건우의 입술에선 웃음기가 점점 사라졌고, 어느새 한일 자로 굳게 다문 채 연경을 죽일 듯이 노려보며 냅킨으로 얼굴에 묻은 음식물을 닦아냈다.

"죄, 죄송해요."

무척 미안한 얼굴로 사과하던 연경은 건우의 얼굴을 보고 손으로 입을 가리다 결국 웃음을 터뜨리고 말았다.

"푸옷…… 쿡쿡쿡."

"뭐야! 왜 웃는 거야?!"

"죄송해…… 쿡, 죄송."

죄송하다는 건지, 아니면 놀리는 건지 알 수 없는 건우는 자신이 바보가 되고 있다는 생각에 속이 부글부글 끓기 시작한다. 예쁘게 봐주려고 해도 도저히 용서가 되지 않는 사고뭉치라고 생각하며 마음을 가라앉히기 위해 자리에서 벌떡 일어났다.

"어, 어디 가세요?"

"화장실에."

화장실에 가기 위해 돌아선 건우는 연경이 아직도 웃음을 참지 못하고 입을 손으로 가리며 웃고 있다는 걸 온몸으로 느끼며 주먹을 꽉 움켜쥐었다. 언젠간 반드시 구연경이라는 여자에게 통쾌하게 복수를 해주겠다고 다짐하고, 또 다짐하며 황급히 자리를 벗어나 화장실로 향했다.

화장실로 가는 도중 건우는 자신의 얼굴을 보는 사람마다 키득거리며 웃자 이상한 생각이 들어 화장실 안으로 뛰어들어 가 거울을 보았다.

이럴 수가!

거울 속에 비친 당당하고 카리스마 넘치는 남자 남건우의 입술 밑에 꽤 큰 고깃덩어리가 달라붙어 있었고, 코밑엔 갈색 빛이 나는 소스가 군데군데 얼룩져 있었다. 남들이 보기엔 먹다가 입 주위에 묻은 것처럼 보였을 것이라고 생각하자 건우의 자존심에 금이 가기 시작한다.

저 여자를 그냥!!

건우는 손으로 세면대를 붙잡고 화를 가라앉히기 위해 무던히 애써야 했다.

겨우 웃음을 멈춘 연경은 건우가 화장실에 다녀온 후의 일을 걱정하며 샐러드와 빵을 먹으며 허기를 달래고 있었다. 스테이크가 맛있긴 하지만 개고기라는 말을 듣고 나니 먹고 싶은 마음이 사라져 버렸다.

"아까 조금만 웃을걸. 하여간 한번 웃음이 터져 버리면 막지 못하는 게 내 흠이라니까."

한숨을 푹푹 쉬며 고민하다가 얼굴을 든 연경은 다시는 보고 싶지 않은 사람을 보고 말았다. 전혀 변하지 않은 그 모습으로 그 사람은 연경이 아닌 다른 여자를 향해 다정한 미소를 보이며 의자를 뒤로 빼주고 메뉴를 골라주고 있었다.

"이경민."

포크를 쥐고 있는 연경의 손이 가늘게 떨리며 안색이 점점 창백해졌다. 어서 건우가 돌아오길 바라며 연경은 행여나 경민이 자신을 발견할까 봐 최대한 고개를 숙였다.

왜 이렇게 안 오는 거야!

하필이면 경민이 앉은 자리가 화장실로 가기 위한 복도 쪽이어서 연경은 똑바로 고개를 들지도 못하고, 식탁에 얼굴이 닿을 듯 말 듯한 자세로 건우를 기다린다.

화장실에서 나온 건우는 자신의 잘못을 깨달았는지 죄인처럼 고개를 숙이고 있는 연경을 발견하고 피식 웃는다.

내가 그냥 넘어갈 것 같아? 택도 없지!

절대 가만히 놔두지 않겠다고 이미 마음을 정한 뒤였다. 건우는 성큼성큼 연경에게 걸어가 자리에 앉자마자 목소리를 최대한 내리깔았다.

"지금 반성하고 있나?"

"저기요, 그만 나가죠."

조그맣게 속삭이며 어서 나가자는 눈빛을 보내는 연경을 무시하고 건우는 여유롭게 물을 마신다.

"나 아직 배고파. 당신 때문에 못 먹었거든. 이거 다 먹을 때까진 절대 못 가."

"미안해요. 우리 다른 데 가서 먹어요. 네?"

"여기 말곤 싫어. 그냥 여기서 먹지."

간절한 연경의 말을 건우는 또 무시한다. 결국 연경은 자리에서 벌떡 일어났다.

"앉아."

"일단 나가요. 여기서 나가자구요."

조금 화난 어조로 말하는 연경의 태도에 건우는 기가 막힌다. 화낼 사람은 건우였고, 지금은 건우가 원하는 대로 해줘도 기분이 풀릴까 말까 한 상황이다. 그런데 도리어 연경은 당당하게 건우에게 여길 나가자고 강요하고 있는 것이다.

"싫어!"

"그럼 나 혼자라도…… 아얏! 왜 이래요!"

갑자기 건우가 벌떡 일어나 나가려던 연경의 손을 거칠게 낚아채 강제로 자리에 앉힌다. 연경은 순간적으로 목소리를 높였고 스스로 놀라 입을 막았다. 그리고 힐끔 경민이 앉아 있는 곳을 쳐다보고 그대로 얼어붙어 버렸다. 경민은 똑바로 연경을 응시하고 있었고, 입술은 못마땅하다는 듯 뒤틀려 있었다. 저절로 험한 말이 튀어나온다.

"젠장."

연경은 입술을 꼭 깨물고 원망스러운 눈으로 건우를 노려본다. 그냥 나갔다면 경민이 자신을 볼 일도 없었을 것이다. 눈에 무리가 와서 눈물이 찔끔 나올 때까지 연경은 그렇게 건우를 노려보고 있었다.

"화낼 사람이 누군데?! 오늘은 내가 식사 초대를 했으니 내가 주인이야. 당신은 손님이고."

"손님을 이렇게 대접해요?"

건우는 화를 내는 연경이 이해되지 않는다. 너무나 원망스러운 눈으로 자신을 노려보며 금방이라도 울 것 같은 얼굴을 하고 있는 연경이 이해되지 않았고, 왜 자신이 연경에게 이런 대접을 받는지도 이해되지 않았다. 다만 지금 건우가 알고 있는 건 연경이 화가 난 만큼 자신도 화가 나려고 한다는 것이다.

"왜 날 볼 때마다 그런 표정을 짓는 거지? 늘 화난 듯한 말투에 울 것 같은 그 눈. 왜 나한텐 다른 사람에게 보여주는 미소 따위 안 보여주는 거지?"

"그게 지금 절 이렇게 대접한 것과 무슨 상관인 거죠?"

"당신이 그렇게 만들잖아!"

건우가 버럭 소리를 지르자 다른 테이블에 앉아서 식사를 하던 사람들의 시선이 한곳에 집중되었다. 연경은 당혹감을 감추지 못하며 냅킨을 들어 얼굴을 가렸다. 그리고 사나운 눈으로 건우를 노려본다.

"그만 해요! 일단 여길 나가요. 나가서……."

"그렇게 여기가 맘에 안 들어? 나 때문인가? 아니면 이런 분위기는 당신 같은 여자와는 어울리지 않아서?"

연경은 미칠 것 같았다. 지금 연경의 머리 속은 복잡하게 돌아가고 있었다. 경민을 피하기 위해 애썼는데 도리어 시선을 집중시켜 자신의 위치를 알리고 말았다. 지금 건우는 무척 화나 보였지만, 연경은 건우의 기분 따위 지금 신경 쓸 수가 없었다. 어서 빨리 이 자리를 벗어나 집으로 가고 싶은 마음뿐이다.

"집에…… 가고 싶어요."

"맘대로 해! 내가 돌아왔을 때 이 자리에 없었으면 좋겠군."

건우는 벌떡 일어나 화장실 쪽으로 성큼성큼 걸어갔고 연경은 그런 건우의 뒷모습을 안타까운 눈으로 바라보았다.

내가 잘못했는데……. 저 사람을 화나게 만들었어.

후회스러움이 밀려와 연경의 마음을 괴롭힌다. 잠시 망설이던 연경은 결국 자리에서 일어나 레스토랑을 빠져나왔다. 그때 울린 휴대폰 소리에 가방을 열어 휴대폰을 꺼내 들었다. 연경이 모르는 번호가 휴대폰 액정 화면에 떠 있었고 혹시 건우일지도 모른다는 생각에 통화 버튼을 눌렀다.

"여보세요."

―오랜만이지?

연경은 하마터면 휴대폰을 떨어뜨릴 뻔했다. 휴대폰을 움켜쥔 연경의 손은 심하게 떨린다.

―아까 무척 놀랐다. 연경이가 다른 남자와 있을 줄은 미처 생각해 보지 못했거든.

연인이었을 때 편하게 통화하듯 그렇게 경민은 연경에게 말을 하고 있었다. 연경의 눈에서 눈물이 흘러내렸고, 연경은 울음소리가 경민에게 들릴까 봐 손으로 입을 막았다.

―나 결혼한 거 후회하고 있다. 조만간 이혼할지도 몰라. 그럼…… 나한테 다시 기회를 주겠니? 너 없으면 안 될 것 같아. 역시 니가 최고였어.

경민의 뜻밖의 말에 연경은 가슴이 두근거린다. 경민의 말은 너무나 진실되게 들렸고, 아직 연경은 경민을 잊지 못하고 있었다. 입을 막았던 손이 힘없이 아래로 떨어지고 연경은 약간 쉰 듯한 목소리로 경민에게 말했다.

"그 말…… 정말이에요?"

—진심이야. 널 떠나고 내가 얼마나 힘들었는지 모를 거야. 나 아직도 너 사랑한다. 연경아, 널 사랑해.

"경민 씨……."

연경은 흘러내리는 눈물을 손등으로 닦으며 울먹인다. 역시 경민은 자신의 선택을 후회하고 있었다. 이런 경민의 마음을 모른 채 연경은 경민을 원망하며 엉뚱한 짓을 하려고 했다. 자신의 경솔함을 속으로 꾸짖으며 연경은 경민을 향한 미움이 점점 사라지는 걸 느낀다.

"정말…… 이혼할 거예요?"

—한 달 정도 걸릴 거야. 그 뒤엔 연경이와 평생 살고 싶어. 나…… 용서해 줄 거지?

"그럼요, 나도 경민 씨 없음 힘들어요."

—같이 있던 남자는 누구지?

"같은 회사에서 일하는 사람인데 오늘 저녁을 산다고 해서요."

어느 정도는 진실성을 담아 연경은 대답했다. 그러자 경민의 나지막한 웃음소리가 연경의 귀를 간지럽힌다.

—특별한 사람이 아니었음 좋겠군.

"아, 아니에요! 절대, 절대 아니에요."

절대라는 말을 강조하며 연경은 거의 소리치다시피 말했다. 경민의 웃음소리가 다시 연경의 귀를 간지럽혔다.

—쿡쿡. 알았어. 그럼 내일 다시 전화할게. 사랑해.

"저두요."

전화를 끊고 난 후에도 연경은 한동안 멍하니 휴대폰을 바라본다. 혹시 꿈을 꾼 건 아닐까 하고 연경은 손으로 자신의 얼굴을 세게 비틀어 꼬집었다.

"아얏!"

아픔을 느끼며 인상을 찡그리던 연경은 꿈이 아님을 깨닫고 행복한 미소를 짓는다.

역시 사랑의 힘은 위대한 거야. 육체적인 욕망 따윈 사랑보다 강하지 못해!

자신의 생각이 옳았다는 걸 깨달은 연경은 하늘을 날 것 같은 기분을 만끽하며 집으로 가기 위해 걸음을 옮겼다.

담배를 피우며 분을 삭히던 건우는 아까부터 휴대폰으로 통화를 하면서 자신을 향해 야릇한 미소를 짓는 남자가 기분 나쁘다. 꼭 한 대 먹여주고 싶은 얼굴이었다. 훔쳐 들을 생각은 아니었지만 들으라는 듯 얘기하는 남자의 통화 내용을 종합해 보면 아무래도 결혼 전에 사귄 여자를 다시 만나려는 것 같았다. 더군다나 남자가 간간이 말하는 여자의 이름이 연경이어서 기분이 더 나빠졌다. 건우는 연경과 같은 이름을 가진 그 여자가 불쌍하다고 생각하며 뻔뻔스러운 남자를 못마땅한 눈으로 잠시 응시하다 화장실을 빠져나왔다. 혹시나 하는 마음에 자신의 테이블 쪽을 쳐다봤지만 역시 연경은 가고 없었다. 건우는 왠지 씁쓸한 기분이 든다. 말은 그렇게 했지만 건우는 좀 더 연경과 시간을 보내고 싶었다. 그래서 그녀가 자신을 향해 웃는 모습을 눈에 담아두고 싶었다. 빈자리를 보며 건우는 한 번 더 연경은 자신을 열받게 하는 여자라고 생각한다.

제대로 먹지 못해 배에선 꼬르륵 소리가 난다. 배가 조금 고프지만 건우는 식어버린 음식을 먹고 싶진 않아 자리에서 일어났다. 아무래도 라면으로 대충 때워야겠다고 생각하며 계산대로 향하던 건우는 화장실에서 기분 나쁘게 쳐다보던 남자와 어깨를 살짝 부딪쳤다.

"어."

"미안합니다."

"이 사람이? 미안하면 다야?"

건우의 표정이 천천히 굳어지더니 눈빛이 무섭게 번뜩인다. 남자는 건우의 눈빛에 조금 주눅이 들었는지 아무 말도 못하고 있다.

"미안하다고 했습니다. 그만 하죠."

"그, 그러지. 젠장, 재수가 없으려니까."

최대한 자제심을 발휘해 건우는 주먹을 꽉 움켜쥐고 카운터에 카드를 내밀었다. 조금 전의 험악한 분위기 때문인지 계산을 하는 직원은 억지로 웃으며 건우와 남자를 번갈아 본다. 남자는 자신의 옆에 찰싹 달라붙어 있는 여자에게 능글맞게 웃으며 계속 뭐라고 속삭이고 있다. 건우는 영수증에 사인을 하고 카드를 집어 지갑에 넣으며 남자를 지나쳤다.

"오빠, 정말 부인이랑 한 달만 있으면 헤어지는 거야?"

"그렇다니까. 오빠만 믿어. 내가 사랑하는 거 알지? 수진이, 오늘은 안 보내줄 거야."

"몰라."

건우는 남자의 옆에서 교태를 부리는 여자가 자신을 유심히 보는 걸 느끼고 차가운 눈으로 여자를 노려보았다. 진한 화장으로 어려 보이는 얼굴을 감추긴 했지만 건우는 성숙한 여인이 아닌 아직 철없는 십대라는 걸 눈치 챘다. 건우는 화장실 안에서 남자가 통화하던 여자를 떠올린다.

정말 재수없는 놈한테 걸렸군. 아니야. 옛애인이라면 저놈과 별반 차이가 없겠지.

건우는 문을 열고 밖으로 나왔다. 건우의 뒤를 따라나온 남자와 여자는 찰싹 달라붙어 오른쪽 끝에 세워놓은 검은색 승용차로 걸어갔다.

"제길."

건우는 거칠게 내뱉으며 검은색 승용차 옆에 세워놓은 자신의 차로 성큼성큼 걸어가다 옆 차에서 벌어지는 광경에 냉소를 머금고 차에 올라탔다. 선팅도 제대로 되지 않은 차 안에서 남자와 여자는 진하게 키스를 나누고 있었고, 남자는 여자의 블라우스 안으로 손을 밀어 넣어 가슴을 주물럭대고 있었다. 금방이라도 차 안에서 섹스를 나눌 것 같은 남녀를 보며 건우는 처음으로 섹스라는 게 더럽게 느껴졌다.

　빵빵!!

　클랙슨 소리에 깜짝 놀란 남녀가 자세를 바로하는 걸 보며 건우는 입가에 미소를 띠고 차를 출발시켰다. 백밀러를 통해 남자가 삿대질을 하며 펄펄 뛰는 걸 보고 창문을 열어 가운뎃손가락을 세웠다.

　"열받지?"

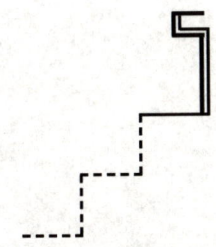

보기 좋게 세팅된 밝은 갈색 머리에 가슴이 깊게 파인 달라붙는 하얀색 끈 원피스를 입은 여자가 지나가자 공항 안에 있던 사람들의 눈이 모두 그녀에게로 향한다. 대부분이 남자였고 여자는 사람들의 시선을 즐기듯 입가에 섹시한 미소를 머금고 허리를 곧게 펴고 천천히 걸음을 옮긴다. 그녀에게선 향긋하고 시원한 향기가 풍겼고, 향기를 맡은 남자들은 좀처럼 그녀에게 시선을 떼지 못한다.

"유이야!"

누군가의 이름을 부르는 남자 목소리가 들리더니 사람들의 시선을 사로잡고 있던 여자가 방긋 웃으며 뛰어갔다. 그리고 여자는 조금 날카롭게 보이지만, 고급스러운 양복을 입고 있는 남자의 품에 안겨 해맑게 웃고 있었다. 그녀를 바라보던 남자들은 저마다 아쉬운 한숨을 쉬며 돌아선다.

"오빠, 그만 해. 후훗."

자신을 안아 올려 빙빙 도는 현우를 보며 유이는 투정 부리듯 말한다. 현우는 행복한 듯 웃고 있었다. 못 이기는 척하며 유이를 내려준 현우는 너무나 달라진 유이의 모습에 말없이 웃기만 한다.

"어때? 나 이뻐?"

"이뻐. 최고다."

170㎝ 정도 되는 늘씬한 키에 풍만한 가슴과 쭉 뻗은 다리는 모델을 해도 충분했다. 현우는 자신의 첫사랑 유이를 보며 아직도 가슴이 저려오는 걸 느낀다. 유이의 붉은 입술을 보며 현우는 지금 여기가 공항이라는 게 아쉽다. 공항만 아니었다면 유이가 원하든 원치 않든 현우는 그녀의 입술을 훔쳤을 것이다.

"남건우 돌아왔다며?"

젠장. 또 남건우니?

"응."

현우의 얼굴이 서서히 굳어져 간다. 선글라스를 벗고 현우를 응시하는 유이의 눈은 건우를 향한 그리움으로 반짝이고 있었다. 그 눈을 보며 현우는 아직도 유이가 건우를 사랑하고 있다는 걸 깨닫고 더 더욱 건우가 미워진다.

현우의 첫사랑은 유이였지만 유이는 한 번도 현우를 오빠 이상으로 봐주지 않았고 아이러니하게도 건우를 좋아했다. 만약 건우가 유이를 좋아했다면 현우는 늘 그래 왔듯이 유이를 건우에게서 빼앗아왔을 것이다. 그러나 건우는 한 번도 유이를 친구 이상으로 본 적이 없었고, 건우가 떠난 후 유이도 훌쩍 유학을 떠나 버렸다. 유이가 프랑스로 유학을 떠나던 날, 현우는 유이를 떠나보내며 어머니의 죽음 이후 두 번째로 눈물을 흘렸었다.

현우는 환하게 웃으며 프랑스에 있을 때 재밌었던 일을 실감나게 얘기해 주는 유이를 행복한 눈으로 응시했다.

이젠 널 보내지 않겠어. 한유이…… 넌 나만의 사람이니까.

며칠째 건우는 미결 서류 때문에 머리를 싸매고 있었다. 인수하기 전 미래백화점은 몇 년째 적자를 기록하고 있었고, 인수 후에도 반 정도 빚을 갚았을 뿐 힘들기는 마찬가지였다. 조금씩 매출이 오르고 있긴 하지만 건우는 만족스럽지 않았다. 답답한 마음에 한동안 피우지 않던 담배를 꺼냈다.

"후우."

하얗게 위로 올라가는 담배 연기를 멍하니 지켜보던 건우는 문득 연경을 떠올린다. 일주일 전 레스토랑에서 그렇게 헤어진 후 연경을 보지 못했다. 가끔 매장을 나가보지만 연경은 보이지 않았고, 연경과 같이 일하는 여직원만이 건우에게 상냥하게 웃어주었다. 별로 신경 쓰고 싶지 않지만 건우는 자신도 모르게 연경을 신경 쓰고 의식하기 시작했다. 레스토랑에서 거의 울 것 같은 눈으로 바라보던 연경이 떠오르자 건우는 문득 죄책감 비슷한 감정이 든다. 건우는 잠시 망설이다 수화기를 들어 연경의 휴대폰 번호를 하나하나 누르다 마지막 번호를 남겨놓고 그대로 수화기를 내려놓았다.

"젠장. 그런 골 때리는 여자는 내 취향이 아니야."

거칠게 담배를 비벼 끄며 건우는 다시 골치 아픈 서류 속에 파묻혔다.

지금 연경은 꿈같은 시간을 보내고 있다. 경민은 늘 그래 왔듯 연경에게 다정하게 대해주었고, 연경은 경민의 사랑을 다시 찾은 기쁨으로 행복하다. 조금 마음에 걸리는 게 있다면 경민이 아직 결혼한 상태라는 것이지만, 연경은 조금 후면 깨끗하게 헤어진다는 경민의 말을 굳게 믿고 자신의 앞에 앉아 있는 경민을 다정하게 바라본다.

"경민 씨, 오늘 저녁 고마웠어요."

경민은 전화하겠다던 약속을 지켰고, 그로부터 일주일 뒤 똑같은 레스토랑에 앉아 연경은 맛있는 저녁을 먹었다. 메뉴는 건우가 시켜줬던 것과 동일했고 연경은 개고기가 아니라 소고기라는 걸 알았다. 나중에 건우를 만나면 따져야겠다고 생각하곤 연경은 디저트로 나온 녹차를 마시며 경민을 본다.

"연경이는 변함이 없군. 예전처럼 사랑스럽고, 예쁘고, 다정

다감하고. 정말 결혼한 게 후회돼."

미안해하는 경민의 얼굴을 보며 연경은 가슴이 아파온다.

"괜찮아요. 지금이라도 깨달았으니까 된 거잖아요. 나 기다릴 수 있어요. 그러니까 힘내요."

"고마워. 역시 내겐 연경이가 최고야."

행복해하는 경민의 얼굴을 보니 연경도 행복해져서 저절로 미소가 넘쳐 났다. 오랜만에 만나서인지 경민은 연경에게 많은 얘길 들려주었고 연경은 간만에 신나게 웃었다. 디저트를 다 먹은 후 집에 가자는 연경의 제안에 경민도 순순히 일어났다.

"조심해서 들어가세요."

경민이 데려다 주길 바라지만 연경은 겉으론 혼자 가겠다고 말했다. 그러자 경민이 연경의 손을 잡는다.

"데려다 줄게. 내가 데려다 주는 게 싫어?"

"아니요. 그냥 불편할까 봐요."

"내가?"

"네."

연경의 수줍은 대답에 경민이 피식 웃더니 세워둔 검은색 승용차 쪽으로 연경을 잡아끈다. 그러자 연경은 못 이기는 체하며 경민의 손에 끌려갔고, 예의 바르게 경민이 차문을 열어주자 수줍게 웃으며 올라탔다. 운전석에 올라탄 경민은 손수 연경의 안전벨트까지 매준다.

"안전 운행을 위해서야."

"네."

경민의 숨결이 연경의 이마를 간지럽힌다. 그리고 조금씩 조금씩 아래로 내려왔고 연경의 입술에 가까워지고 있었다. 점점 클로즈업되는 경민의 입술을 보던 연경은 갑자기 온몸에 소름이 돋아나는 걸 느꼈다. 그러나 연경은 핀으로 고정된 나비처럼 얼굴을 감싸 쥔 경민의 손에서 꼼짝도 못한 채 아찔한 순간을 기다려야 했다.

싫어—!!

삐리리리. 삐리리리.

조용한 차 안에서 경민의 휴대폰이 시끄럽게 울어댔고 경민은 아쉬운 표정을 지으며 연경에게서 떨어져 휴대폰을 들고 차 문을 열어 밖으로 나갔다. 연경은 콩닥거리는 가슴을 진정시켰다. 정말 아찔한 순간이었다. 만약 휴대폰이 방해하지 않았다면 연경은 유부남과 진하게 키스신을 연출했을 것이다.

미쳤나 봐. 어쩌면 좋아.

통화를 끝내고 차문을 여는 경민을 보고 연경은 자신의 휴대폰을 꺼내서 통화하는 척 연기를 시작했다.

"여보세요? 그래, 지원아. 뭐라구? 미영이가? 알았어. 그래."

전화를 끊고 연경은 자신에게 다가오는 경민에게 무척 미안한 표정을 지으며 말을 꺼냈다.

"나 택시 타고 병원에 가봐야겠어요. 미영이가 교통사고를 당해서."

"그래? 그럼 내가 병원까지 태워다……."

"안 돼요!"

경민은 정색을 하고 외치는 연경을 이상하다는 눈으로 응시한다. 연경은 경민의 의심스러운 눈빛을 느끼며 최대한 태연하게 말을 했다.

"지원이는 아직 경민 씨랑 내가 다시 만난 거 몰라요. 만약에 지원이가 경민 씨를 보게 되면 절대 가만두지 않을 거예요."

연경이 지원의 이름을 들먹이며 말하자 경민은 망설이고 있었다. 경민과 사귈 때부터 지원은 경민을 못마땅하게 생각했고 다른 여자와 결혼한다는 말을 듣고 경민을 찾아가 주먹을 날릴 만큼 지원은 경민을 싫어했다. 연경은 경민의 망설임에 종지부를 찍기 위해 최후의 일격을 가했다.

"병원 앞에서 기다린댔는데 그래도 경민 씨가 같이 가주겠다면……."

"저기, 나도 급한 약속이 생겨서. 미안해. 다음에 집까지 데려다 줄게."

말을 조금 더듬으며 억지로 웃는 경민의 얼굴은 더 이상 연경에게 매력적으로 보이지 않았다. 연경은 아쉽다는 얼굴을 하며 차에서 내렸고, 연경이 내리자마자 경민은 바로 차를 몰고 가버렸다.

연경은 멀어지는 경민의 차를 보며 조금 전 경민과 키스할 뻔한 일을 떠올린다. 정말 사랑한다고 생각했던 사람이고 사귈 때

키스 정도는 했던 사이인데 왜 갑자기 소름이 돋을 정도로 싫었을까? 나중엔 다행이라는 생각까지 했었어.

아직도 경민을 사랑한다고 믿고 있는 연경으로선 이해할 수 없는 일이었다. 아직 경민을 원망하는 마음이 남아서일 거라고 결론짓고 다음엔 정말 잘해봐야겠다고 생각하며 연경은 오늘도 걸어서 10분 넘게 걸리는 버스 정류장까지 씩씩하게 걸어간다.

뻐근한 어깨를 주무르며 기지개를 켜던 건우는 시계를 보고 쓴웃음을 지으며 자리에서 일어났다.

"일벌레가 다 됐군. 10시가 넘도록 깨알 같은 글씨들만 쳐다보고 있으니."

양복을 챙겨 들고 건우는 사장실을 나와 엘리베이터에 올라탔다. 엘리베이터는 빠르게 아래로 내려갔고 금방 주차장에 도착했다. 은색 BMW로 걸어가던 건우는 자신의 차 옆에 세워진 흰색 스포츠카를 보고 고개를 갸웃거린다. 간부들 중 남아 있는 사람은 없었고 스포츠카를 타고 다닐 만한 사람도 없었다. 조금 찜찜한 기분이 들어 건우는 스포츠카로 성큼성큼 걸어갔다. 안에 사람이 있는지 확인하려고 고개를 숙이는 순간 검게 선팅된 스포츠카의 차창이 아래로 내려갔다.

"오랜만이지?"

건우는 운전석에 앉아 있는 여자를 뚫어져라 응시한다. 잠시 후 건우의 입술에 미소가 지어졌다.

"한유이?"

"날 알아봐 주다니 엄청 고맙네요, 남건우 씨?"

차문을 열고 밖으로 나온 유이는 건우와 닿을 듯 말 듯한 거리에 바짝 붙어서서 건우를 올려다본다. 유이의 새까만 눈동자에 건우의 얼굴이 비춰진다.

"공부는 다 끝난 거야? 진짜 굉장해졌는데? 몰라봤어. 동진이랑 상현이가 너 보면 피 튀기게 싸울지도 모르겠는걸?"

"그래? 그럼 넌?"

"응?"

건우의 목덜미에 유이의 따스한 숨결이 느껴졌다. 유이는 건우를 올려다보며 붉은 입술을 혀로 핥았다.

"둘이 피 튀기게 싸울 때 넌 가만히 있을 거니?"

"나? 나도 같이 싸워야지."

"그 말은 이젠 남건우가 한유이에게 관심이 생겼다는 걸로 접수해도 되는 거지?"

"뭐? 유이야, 그건…… 읍!"

유이의 가느다란 팔이 건우의 목을 감싸며 건우의 입술을 자신의 붉은 입술로 덮었다. 건우의 눈은 놀람으로 인해 커졌고 유이는 건우의 눈을 똑바로 보며 점점 깊게 건우의 입술을 빨아당겼다. 유이의 갑작스런 키스로 인해 잠시 평정을 잃어버렸던 건우는 점점 깊어지는 키스로 인해 평상시로 돌아가고 있었다. 그리고 머리 속엔 다른 키스를 떠올리며 유이를 살짝 밀쳐

낸다.

"그만 해."

건우와의 키스로 인해 약간 부어오른 유이의 붉은 입술은 가쁜 숨을 토해냈고, 유이의 새까만 눈동자는 건우의 표정을 훔쳐본다.

어때, 남건우. 이제 내가 여자로 보이지?

그러나 유이의 예상은 어김없이 빗나가 버렸다. 조금은 동요하고 있을 거라고 생각했던 건우는 너무나 침착한 눈빛으로 유이를 내려다보며 빙긋 웃고 있었다.

"뭐야? 왜 웃는 거야?"

"서양식 인사법치곤 꽤 격렬한 것 같다."

철썩!

건우의 뺨을 올려친 유이의 손엔 힘이 잔뜩 들어가 있었고, 조용한 주차장에 크게 울릴 만큼 손가락 하나하나가 선명하게 건우의 뺨 위에 새겨졌다.

"바보야! 내 맘이 어떤지 잘 알면서 그렇게 말하는 니 의도가 뭐니? 그렇게 내가 싫은 거야? 그런 거냐구!"

유이에게 맞은 자리를 손으로 쓱쓱 쓰다듬던 건우는 아무 말 없이 유이를 물끄러미 응시한다.

"내가 왜 떠났는데. 그리고 왜 내가 다시 돌아왔는데! 이제 니가 싫더라도 내 방식대로 널 가질 거야. 남건우, 곧 너와 난 늘 같이하게 될 거야. 그 이후부터는 내가 원망스럽겠지만 이건 니가 자초한 거야."

계속 쏟아지는 유이의 알 수 없는 말에 건우는 혼란스럽다. 유이를 원망하게 될 일이 생길 리 만무한데 유이는 건우가 자초한 일이라며 이상한 말들을 하고 있었다. 건우는 무슨 뜻인지 유이에게서 들어야 했다.

"내가 너와 같이하다니? 그게 무슨 말이야?"

"남 회장님과 우리 아빠가 서로 맺은 계약이라고나 할까? 그 정도만 알려줄게. 며칠 뒤면 알게 돼."

유이는 건우가 재차 묻기 전에 스포츠카에 올라타고 빠르게 주차장을 빠져나갔다. 뒤에 남겨진 건우는 유이의 말뜻을 파악하려고 머리를 굴려보지만 무슨 말인지 알 수가 없다.

내가…… 유이와 같이한다? 정말 알 수 없는 말이군.

차를 몰고 집으로 향하던 건우는 조금 전 유이와의 키스를 떠올린다. 몇 년 사이에 유이는 정말 성숙하고 아름다운 여자로 성장했다. 보통 남자라면 유이 정도의 여자와 키스를 나눌 땐 그녀만을 생각할 것이다. 그러나 건우는 유이의 입술이 달콤하게 느껴지지 않았다. 섹시하게 느껴지지도 않았고, 흥분되지도 않았다. 유이의 입술은 다른 누군가와 달랐고 건우는 유이를 밀쳐 낼 때 다른 누군가를 생각했다.

젠장. 하필이면 왜 그 여자지!

건우는 연경을 떠올렸다.

수경은 시계를 노려보고 있다. 아직 신혼 분위기를 내고 있어야 할 때인데 경민은 새벽 1시는 기본이었고, 어떨 땐 외박을 하기도 했다. 오늘도 자정이 훨씬 지났는데도 경민은 아무런 연락 없이 수경을 애태우고 있었다.

"들어오기만 해봐! 가만히 안 놔둘 테야!"

TV 위에 걸린 결혼 사진을 노려보며 앙칼지게 말하던 수경은 현관벨이 울리자 쏜살같이 달려간다. 문을 여니 경민이 환하게 웃으며 안으로 들어와 씩씩대는 수경을 덥석 껴안는다.

"우리 이쁜 자기, 늦어서 미안해."

"오늘은 뭐 하다가 이제…… 읍!"

현관문이 닫히자마자 경민의 입술이 수경의 입술을 짓누른다. 경민에게 화를 내야 된다고 생각하던 수경의 머리 속은 점점 하얗게 지워졌고, 능숙한 경민의 혀놀림에 점점 흥분을 하고 있었다. 경민은 연경의 입술을 맛보고 싶었지만 안타깝게 오늘은 실패로 끝났다. 끝내지 못한 욕구 불만에 경민은 평소엔 느껴보지 못한 흥분을 느끼고 있다.

"미안해. 화난 거 아니지?"

경민의 다정한 목소리에 경민에게 향하던 수경의 미움은 햇살 아래 눈이 녹아버리듯 금세 사라졌고, 경민을 꼭 껴안으며 속삭였다.

"방으로 들어가요."

분홍빛 네글리제만 걸친 수경을 거칠게 침대에 눕힌 후 경민의 애무가 시작되었다. 분홍빛 네글리제를 수경의 머리 위로 쉽게 벗겨낸 경민의 크고 보기 좋은 손가락이 수경의 젖가슴을 부드럽게 어루만지고, 축축한 혀끝으로 수경의 분홍빛 젖꼭지를 핥자 수경의 입술 사이로 신음 소리가 새어 나온다.

"하아…… 겨, 경민 씨."

신혼여행을 다녀온 후 경민과 나누는 두 번째 섹스였다. 수경은 자신이 어느 정도 섹스에는 자신이 있다고 생각했었다. 그러나 경민과 우연히 바에서 만나 바로 모텔로 직행해 섹스를 나눈 후 수경은 경민에게 사로잡혀 버렸다. 경민은 수경을 쉽게 흥분시키는 방법을 알고 있었고, 오르가즘을 몇 번씩 느끼게 해준 보기 드문 섹스 상대였기에 경민을 구속하고 싶어 결혼이라는 족쇄를 채워놓았다.

경민의 입술이 수경의 은밀한 여성을 세심하게 애무했고 수경의 몸은 미세하게 떨린다. 경민은 황홀감에 사로잡혀 가쁜 숨을 토해내는 수경을 건조한 눈으로 바라보며 기계적인 애무를 하고 있다.

더러워, 이경민. 다른 여자와 섹스한 지 한 시간도 지나지 않았는데 또 시작이야?

경민은 자신의 성욕을 저주하며 이제 거의 비명처럼 신음 소리를 지르는 수경의 여성에 자신의 남성을 집어넣었다. 반복적인 경민의 운동에 수경은 허리를 위로 치켜세우며 더 깊숙이 경민의 남성을 느끼며 자지러지는 비명을 지른다.

"아아…… 아, 경민 씨, 좀 더…… 하아…… 하아, 경민 씨!"

땀에 젖은 채 알몸으로 자신의 밑에서 신음 소리를 흘리는 수경을 경민은 경멸에 찬 눈빛으로 내려다보며 자신의 욕구를 만족시킨다.

더러운 자식. 니가 그러고도 인간이냐?

경민의 속에선 또 다른 이경민이 경민을 욕하고 있다. 경민은 이를 악물고 더욱 깊숙하게 수경의 여성으로 침입해 들어갔다.

경민의 첫 경험은 중학교 2학년 때였고 상대는 3살 많은 이웃집 누나였다. 어설픈 섹스였지만 경민은 그 이후 조금씩 조금씩 성에 눈을 떠 자신보다 나이가 많은 여자들도 충분히 만족시켜 줄 수 있는 단계에까지 이르렀다. 그러나 경민은 자신의 성욕이 두렵고 혐오스럽게 느껴져 잠시 마음을 접기 위해 이제껏 자신이 상대하지 않았던 순진하고 무경험의 여자를 찾아헤맸다. 그 뒤 경민이 만난 상대는 큰 눈에 미소가 예쁜 연경이었다. 처음으로 사랑이라는 감정도 느껴보았고 연경이라면 잘될 거라 생각했다. 그러나 경민은 우연히 수경을 만났고 곧 본성이 드러나고 말았다.

만약 널 만나지 않았다면 니가 누워 있는 곳에 연경이가 있었을 거야.

정말 연경과 결혼하고 싶었고 사랑했던 경민이지만, 연경을 배반했다는 죄책감에 결국 연경을 떠나보내는 선택을 했고 지금 경민은 후회하고 있다. 그래서 다시는 만나지 않겠다고 맹세

했는데 다른 남자와 같이 있는 연경을 보고 경민은 질투심에 미칠 것만 같아 맹세를 깨뜨리고 말았다. 다시 만난 연경은 예전과 똑같았고, 미소도 예전 그대로 경민을 편안하고 행복한 기분이 들게 했다.

한 달이다. 그 이후엔 너에게 갈게. 연경아, 꼭 너에게 갈게.

하룻밤의 섹스 상대로 택했던 많은 여자들에게 경민은 연경에게 했던 말을 똑같이 내뱉었다. 그러나 연경에게만은 진실이었다. 경민은 자신을 쉽게 용서해 준 연경에게 빨리 돌아가고 싶은 마음뿐이었다.

"경민 씨, 사랑해."

오르가즘을 느끼고 거의 탈진한 상태로 속삭이듯 내뱉은 수경의 말에 경민도 건조하게 대답한다.

"나도 그래."

나도 널…… 사랑해, 연경아.

경민은 수경의 얼굴 위로 겹쳐 보이는 연경의 얼굴을 보며 빙긋 웃으며 대답한다.

잠시 갈등하다 건우는 맨 마지막으로 연경이 일하는 〈신디〉에 들러본다. 그러나 연경은 보이지 않고, 같이 일하는 동생이 건우를 보며 생긋 웃는다.

"안녕하세요, 사장님."

"네. 여기 매니저는 어디 갔습니까?"

"연경 언니요? 전화 받고 잠깐 나갔는데요."

"그래요. 알겠습니다. 그럼 수고해요."

매장을 빠져나오며 건우는 영 마음이 이상하다. 계속 연경을 신경 쓰는 자신이 한심하고 이해되지 않지만 그녀가 그리웠다. 연경을 한 번 보게 되면 왠지 속이 시원할 것 같은 느낌이 든다. 연경이 입을 열면 울화통이 치밀어 오르지만 연경의 미소 하나만은 건우에게 피로 회복제나 다름없었다. 사장실로 올라가기 위해 엘리베이터에 타려던 건우는 휴대폰이 울려 번호를 확인한다. 낯선 번호에 그냥 무시하려다 통화 버튼을 누른다.

"여보세요."

—남건우! 나야, 유이.

주차장에서 뺨을 때리고 이상한 말을 하고 난 지 일주일 만이었다. 엘리베이터를 지나쳐 건우는 비상구로 걸어갔다.

"치료비 내려고 전화했냐? 너한테 맞고 나 진단서 끊었다."

—그래? 하긴, 내 주먹이 좀 세지. 나 지금 너희 백화점 커피숍에 와 있다. 9층에 〈일마레〉 알지? 거기로 와. 치료비 줄게.

"정말 왔어?"

—그렇다니까. 어서 와.

전화를 끊고 건우는 잠시 고민하다 엘리베이터 앞에 섰다. 주차장에서 했던 말이 무슨 뜻인지 오늘은 꼭 알아야겠다고 결심하며 천천히 내려오는 엘리베이터를 건우는 뚫어져라 노려본다.

"안 바빠요?"

외근 나왔다가 들렀다는 경민을 보며 연경은 내심 기쁘다. 그러나 애써 태연한 표정으로 경민을 본다. 경민은 커피를 마시며 연경을 향해 다정한 미소를 지으며 말했다.

"연경이 보려고 일부러 외근 신청했어. 그러니까 쫓아내지 마. 알았지?"

"치. 거짓말."

"정말이야. 너 보려고 왔어."

경민의 말에 연경은 감동하고 있다. 일부러 자신을 보러 와줬다는 경민의 말이 진실이든 아니든 예전처럼 자신을 다정하게 대해주는 경민이 너무나 좋다. 경민과 헤어진 뒤 쓰게 느껴지던 원두커피가 오늘은 너무나 달콤하고 향긋한 냄새가 난다.

유이가 와 있다는 〈일마레〉에 도착한 건우는 자신을 향해 살짝 손을 드는 유이를 보며 걸어가다 연경을 발견한다. 그리고 연경이 혼자가 아닌 양복을 입은 남자와 마주 앉아 즐겁게 웃고 있다는 것도 보았다. 건우는 갑자기 기분이 나빠져 연경을 잠시 노려보다 유이가 앉아 있는 곳으로 걸어간다.

"누굴 그렇게 보는 거야?"

건우가 앉자마자 유이가 묻는다. 건우는 고개를 가로저으며 유이를 본다.

"뭐 마실까? 오래 기다렸니?"

"아니, 조금."

유이는 일부러 거짓말을 한다. 건우를 만나기 위해 유이는 조금 전까지 두 잔의 커피를 마시고 건우가 오기 전에 깨끗하게 치워 버렸다. 1시간은 넘게 유이는 건우를 만나기 위해 기다렸다. 그런 걸 알 턱이 없는 건우는 유이에게 빙긋 웃어주고 주문을 한다.

"유이 너 원두커피 좋아하지? 여기 원두커피가 향이 꽤 괜찮은데 그걸로 할까?"

"응, 그렇게 해."

건우와 마시는 원두커피가 유이에겐 세 잔째가 된다. 그러나 유이는 아무 말 없이 건우가 주문해 준 커피를 마신다. 이상하게 건우와 같이 마시는 원두커피는 맛이 더 진했고, 향기도 더 좋게 느껴졌다.

"건우야, 이거 되게 맛있다. 앞으로 네가 추천해 주는 걸로 마셔야겠다."

"내가 원래 입맛이 까다롭잖냐."

"좀 띄워줬다고 거만한 척하기는. 참, 동진이랑 상현이는 뭐하고 지내?"

"뭐 하긴, 동진이는 컴퓨터에 미쳐서 살고 상현이는 자기 아버지 회사에서 일한다."

"그래? 언제 한번 뭉쳐야지."

"내가 자리 한번 마련해 볼게."

유이와 얘길 하면서도 건우는 가끔씩 연경이 앉아 있는 자리를 살핀다. 그리고 연경과 마주 앉아 있는 남자가 무척 낯이 익다는 걸 깨닫고 있었다.

어디서 봤더라. 기억이 안 나네.

"남건우, 남건우!"

"으응?"

조금 골이 난 듯한 표정을 짓고 유이가 건우를 노려본다.

"무슨 생각을 그렇게 하니! 내가 몇 번이나 불렀는 줄 알아?"

"미안, 미안. 복잡한 일이 있어서."

"회사 일이 힘드니?"

"조금. 그나저나 너 저번에 나한테 한 말이 뭐야? 너랑 나랑 늘 같이한다는."

"비밀이야. 나중에 알게 될 테니까 그때까지 기다려."

묻고 싶지만 건우는 더 이상 유이에게 묻지 않았다. 유이가 한번 마음을 먹으면 목에 칼이 들어와도 절대 입을 열지 않는다는 걸 알고 있기에 건우는 유이를 채근해 봤자 소용없다는 걸 알고 있다. 유학 가서 있었던 일을 얘기해 주면서 시간을 보내던 건우는 갑자기 뭔가 생각난 것 같아 고개를 돌려 연경과 마주 앉아 있는 남자를 응시했다.

맞아, 그때 화장실에 그 남자!

건우가 재수없다고 느꼈던 그 능글맞은 남자가 연경과 아주 다정하게 얘길 나누고 있었다. 건우는 자신이 생각하는 게 아니길 빈다. 그때 남자와 통화하던 옛애인이 연경이 아니길 마음속으로 빌지만 왠지 느낌이 좋지 않았다.

유이는 아까부터 건우가 힐끔거리는 곳을 보고 의아했다. 한번씩 쳐다볼 때마다 건우의 표정이 다양하게 변했고, 지금은 아주 무서운 얼굴을 하고 유이를 무시한 채 그곳을 응시하고 있었다. 조금 기분이 상하지만 도대체 왜 건우가 연인 같아 보이는 남자와 여자를 신경 쓸까 궁금해져 유이도 유심히 살폈다. 그때 건우가 벌떡 일어났다.

"나가자. 내가 조금 바쁜 일이 있어서 올라가 봐야 될 것 같아."

"정말…… 바쁜 일이니?"

유이의 의심스러운 말투에 건우의 표정이 굳어진다. 그러나 이내 유이는 생긋 웃었다.

"농담이야. 사장이니까 무척 바쁘겠지. 계산은 건우 니가 하는 거지?"

"그래, 다음에 애들이랑 한번 보자."

"응."

건우와 같이 걸어나가던 유이는 따가운 시선을 느끼고 고개를 획 돌렸다. 조금 전까지 건우가 무서운 표정을 짓고 노려보던 자리의 여자가 유이를 쳐다보다 고개를 숙인다. 유이는 조금 찜찜한 기분으로 〈일마레〉를 나와 건우와 헤어져 에스컬레이터를 탔다.

경민과 얘길 나누던 중 연경은 건우와 마주 앉아 있는 세련되고 예쁜 여자를 보고 눈을 동그랗게 떴다. 순간 연경은 자신의 가슴 한구석이 조금 욱신거리는 걸 느끼고 당황한다.

뭐야, 지금 나 질투하는 거야?

연경은 세차게 고개를 젓는다.

아니야, 저 사람이 나랑 무슨 상관이라고. 내 앞엔 경민 씨가 있어. 내가 사랑하는 사람이야. 그리고 앞으로 사랑할 사람이고, 저 사람은 그냥…… 그냥 아는 사람이고…… 그리고…….

그러나 부정하면 할수록 연경은 자신의 가슴이 아파옴을 느낀다. 건우의 옆에 서 있던 여자는 자신과는 너무나 차이나는 미인이었고 두 사람은 너무나 잘 어울렸다.

"뭐야, 나랑 저녁 먹는 게 그렇게 싫어?"

경민은 자신의 말이 끝나자마자 아무 말 없이 고개를 세차게 가로젓는 연경을 보며 조금 토라진 듯한 말투로 물었다. 그러나 연경에게선 아무런 대답이 없고 연경은 뭔가 생각에 빠진 사람처럼 커피 잔만 응시하고 있다.

"연경아!"

경민이 조금 목소리를 높이자 겨우 연경이 고개를 들어 경민을 본다. 경민의 조금 화난 듯한 표정에 연경은 얼굴을 붉혔다.

"미, 미안해요. 잠시 딴생각을 하느라."

"저녁 먹기 싫음 관둬. 다음에 먹지."

"아니에요. 오늘 같이 먹어요."

당황하며 얼굴을 붉히는 연경의 모습이 너무나 귀여워 경민은 다시 기분이 좋아져 피식 웃는다.

"그럼 8시 30분이면 될까?"

"네, 그때가 좋겠어요."

"그럼 백화점 앞에서 보는 거야. 8시 30분까지."

"네."

경민과 헤어지고 매장으로 내려가기 위해 엘리베이터로 걸어가던 연경은 조금 뻐딱한 자세로 벽에 기대어 서 있는 건우를 발견하고 걸음을 멈춘다.

"아, 안녕하세요."

꾸벅 인사를 하고 건우에게서 조금 떨어져 엘리베이터를 기다리던 연경은 건우의 따가운 시선을 느낀다.

"그 남자 애인인가?"

"보, 보셨어요?"

죄지은 것도 아닌데 연경은 무척 조심스럽게 대꾸한다. 순간 건우의 웃음소리가 조그맣게 들렸다. 분명히 비웃는 것같이 들렸고 실제로 고개를 들어 건우를 보았을 때도 입꼬리를 한쪽으로 치켜 올리고 비아냥거리듯 웃고 있었다.

"뭐예요? 지금 저 비웃는 거예요?"

"전에 차버렸다던 그 애인인가?"

"제가 왜 대답해야 되죠?"

연경의 도전적인 눈빛이 건우는 마음에 들지 않는다. 주위엔 아무도 없었고 솔직히 그런 걸 신경 쓰지 않는 건우는 연경에게 한걸음에 다가가 싸늘한 눈빛으로 내려다보며 말했다.

"바보 같은 여자야. 그 녀석 결혼한 거 아니었나?"

"그, 그걸 어떻게……?"

연경의 충격받은 얼굴을 보며 건우는 조금씩 신이 난다. 상관하고 싶지 않다고 머리 속으로 생각하고 있지만 건우는 그냥 지나치고 싶지 않았다. 연경의 충격받은 얼굴을 똑바로 보며 건우는 비아냥거린다.

"이렇게 어리숙하니까 그런 녀석이 꼬이지. 한 달 후면 부인과 헤어진다며 기다리라던가? 그 이후엔 같이 잘해보자고 하던가?"

연경은 너무나 세세하게 알고 있는 건우가 놀라우면서도 자신의 뒷조사를 한 것 같아 점점 기분이 나빠졌다. 누굴 시키지 않고서야 건우가 이렇게 자신의 일을 알 리가 없었다. 화가 난 연경은 건우를 쏘아본다.

"어쩜 그렇게 잘 아시죠? 제 뒷조사라도 한 것 같군요. 그렇다면 어쩔 건데요? 내가 사랑한 사람이에요."

"사랑한 사람? 그런 인간을?"

경민을 그런 인간이라고 부르는 건우에게 연경은 정말로 화가 났다. 연경은 화난 어조로 건우에게 따진다.

"그런 인간? 남건우 사장님! 그렇게 본인은 깨끗한가요? 적어도 경민 씨는 당신처럼 여자를 하룻밤의 노리개로 삼진 않아요. 다정하고 착한 사람이에요. 당신 같은 인간과는 차원이……."

철썩!

건우의 손이 연경의 뺨을 힘껏 내려쳤고 연경은 비틀대며 벽에 기대선다. 연경의 눈이 충격으로 인해 점점 커졌고 건우는 그런 연경을 보면서 할 말을 찾지 못해 당황한다. 이제 연경의 눈빛은 건우를 향한 분노로 가득했다.

"이렇게…… 손찌검까지 하는 당신을 그 여자는 무척이나 좋아하나 보죠?"

"내 말 들어! 나도 착한 사람은 아니지만 그 녀석은 더 나빠!"

아무 말 없이 건우를 노려보던 연경은 엘리베이터문이 열리자 바로 올라탔다. 건우는 연경을 붙잡기 위해 다가갔지만, 연경은 그런 건우를 외면하고 닫힘 버튼을 꾹 눌렀다. 건우의 혼란스러운 눈과 연경의 분노에 찬 눈이 서로를 응시하고 있었고 그들 사이로 엘리베이터문이 스르르 닫힌 후에야 각자의 갈 길로 향했다.

"짜증나! 도대체 경민 씨와는 왜 이렇게 어긋나기만 하는 거지?"

백화점 에스컬레이터를 타고 가며 수경은 날카롭게 중얼거린다. 실로 오랜만에 경민과 살을 맞대며 뜨거운 밤을 보낸 수경은 경민과 같이 점심이라도 같이 하려고 회사에 들렀다가 외근 나갔다는 회사 동료의 말에 기분이 상해 버렸다. 그래서 기분 전환이라도 할 겸 자신이 자주 애용하는 미래백화점으로 왔다. 예쁜 옷이라도 하나 장만할 겸 여기저기 둘러보던 수경은 누군 가와 어깨를 살짝 부딪치고 짜증스럽게 쳐다본다.

"좀 잘 보고 다녀요!"

"죄송합…… 혹시 윤수경?"

수경은 자신의 이름을 부르며 고개를 갸웃거리는 세련된 여 자를 찬찬히 훑어보다 눈을 동그랗게 뜨며 소리친다.

"한유이! 맞지?"

"수경이 맞구나? 기집애, 신경질적인 건 여전하네?"

고등학교를 졸업할 때까지 단짝처럼 붙어다니던 유이를 만난 수경은 너무나 달라진 유이를 조금은 부러운 눈으로 응시하며 생긋 웃는다.

"선머슴같이 짧게 커트 치고 다니던 한유이가 완전히 여자가 다 됐네. 이게 얼마 만이니?"

"글쎄, 고등학교 졸업하고 수경이 너 바로 유학 가는 바람에 연락 끊겼잖아. 나도 3년 전에 유학 갔었구. 벌써 우리 나이가 스물일곱인가?"

"많이 먹은 나이지, 스물일곱이면. 참, 이럴 게 아니라 우리 어디 들어가서 얘기하자. 시간 괜찮지?"

"아직까진 하는 일 없어. 시간 널널해. 후훗."

거의 8년 만에 만난 유이에게 수경은 지금 자기 머리 속에 담고 있는 짜증스러움을 다 쏟아내며 고민 상담을 하고 싶어졌다. 고등학교 시절 서로의 고민을 얘기하며 친하게 지냈던 그때로 돌아가고 싶은 수경은 백화점을 빠져나가기 위해 유이와 같이 에스컬레이터에 탔다. 순간 수경은 아래쪽 에스컬레이터에서 경민을 닮은 남자를 보고 숨을 멈춘다.

설마……?

"시간 많이 걸리겠…… 수경아?"

유이는 굳어진 수경의 얼굴을 보고 하던 말을 멈추고 걱정스러운 눈빛을 띤다. 수경은 아래쪽을 뚫어져라 응시하고 있었고 에스컬레이터 손잡이 부분을 꽉 움켜쥐고 있었다.

"수경아, 어디 아프니?"

"아, 아니, 괜찮아. 우리 조금 빨리 내려갈까? 천천히 내려가니까 조금 답답하다."

"그럴래?"

수경은 말을 끝내자마자 성큼성큼 엘스컬레이터를 걸어 내려갔고, 경민을 닮은 남자와 겨우 두세 걸음 차이에 서서 남자를 뚫어져라 쳐다보았다. 그리고 남자가 1층에 도착해 걸어갈 때 수경은 경민이 확실하다는 걸 알았다. 경민이 입고 있는 양복과 넥타이, 그리고 결혼 예물로 서로 나눠 낀 반지와 시계까지 보고 나서야 수경은 확신했다.

외근 나갔다는 사람이 여긴 왜 온 거지?

늘 늦게 들어오던 경민을 의심했던 수경이다. 수경은 확실히 알아보기 위해 휴대폰을 꺼내 들고 떨리는 손으로 버튼을 눌렀다. 잠시 신호가 가고 수경의 눈에 경민을 닮은 남자가 휴대폰을 꺼내더니 인상을 찌푸리는 게 포착됐다.

—여보세요.

"경민 씨, 지금 어디야?"

—어디긴, 회사지.

"회사? 아까 점심 먹으려고 회사 갔었는데 외근 나갔다던데?"

—회사 일로 거래처에 나와 있어.

"거래처? 그렇구나. 거래처가 어딘데?

—작은 계약 건 때문에 출판사에 왔어.

"아, 출판사? 일 언제 끝나? 나 미래백화점에 쇼핑하러 왔는데."

—백화점? 몇 층에 있어?

수경은 갑자기 경민이 두리번거리자 날쌔게 코너 쪽에 몸을 숨겼다. 수경의 눈은 위험스럽게 빛났고 입술은 보기 흉하게 비틀려 있었다.

"옷 보려고 3층에 있지. 왜?"

—3층? 그렇구나. 예쁜 옷 사 와. 나중에 집에 가면 보여줘야 돼.

"그건 그렇고, 오늘 일찍 들어올 거야?"

—미안해. 오늘 회식이 있어서.

"할 수 없지. 그럼 집에서 봐."

　—응. 사랑해.

"나두."

　전화를 끊은 후 수경은 손톱이 살에 박혀 상처를 내는데도 아픔을 전혀 느끼지 못한 채 주먹을 꽉 쥐고 있다. 입술을 잘근잘근 씹으며 유유히 백화점 정문을 나서는 경민의 뒷모습을 수경은 분노에 가득 찬 눈으로 노려본다.

"수경아, 왜 그래?"

　유이의 걱정스러운 목소리에 수경은 눈물이 그렁그렁한 눈으로 유이를 본다.

"수경아!"

"유이야, 나 어쩌면 좋니? 어떡해!"

　그대로 주저앉아 울어버리는 수경을 유이는 난감한 얼굴로 보며 어깨를 다독거린다. 그리고 옆에서 부축해 백화점을 빠져나와 근처 조용한 카페로 수경을 데려간 뒤 손수건을 건넸다. 유이에게서 손수건을 건네받은 수경은 얼룩진 마스카라를 닦아내고 입술을 바르르 떨며 잠시 울먹이다가 어느 정도 진정되자 유이에게 말을 꺼냈다.

"나, 결혼했어."

"정말? 축하해. 얼마나 됐니?"

"3개월 됐어."

"그래? 아직 신혼이라서 깨소금맛이겠다. 부러워."

"깨소금?"

유이의 말에 수경의 입술에서 바람 새는 소리가 들리더니 물컵을 들어 단숨에 들이킨다. 물을 다 마신 후 수경은 유이에게 거친 어조로 말을 했다.

"신혼여행 이후 경민 씨랑 섹스한 횟수가 몇인지 아니? 겨우 두 번이야! 그것도 어젯밤까지 포함해서! 매일같이 늦게 들어와서 사람 애태우게 만들어. 그런데 이제 나한테 거짓말까지 한다? 웃기지? 이런 게 신혼이니?"

"정말이야? 혹시 중매로 만났어?"

"연애결혼 했어. 첫눈에 그 사람한테 반해서 만난 지 두 달도 안 되어서 결혼했지. 사귀는 여자가 있다고 듣긴 했지만 별로 신경 안 썼어. 깨끗하게 헤어졌다고 했으니까. 그런데 이제 경민 씨를 믿을 수가 없어. 다른 여자가 생긴 게 분명해!"

유이는 흥분하는 수경을 안타까운 눈으로 바라본다. 남편을 너무나 사랑해서 수경은 더욱 지치고 힘들어 보였다. 언제나 수경은 웬만한 남자에겐 눈 하나 깜짝하지 않았다. 그러나 지금 수경의 모습에선 그 모습을 찾아볼 수 없었다. 유이는 수경을 이렇게 만든 남편이라는 사람이 도대체 어떤 사람인지 궁금해졌다.

"수경아, 피치 못할 일로 거짓말했을 수도 있잖니."

"아까 백화점에 있는 거 분명히 봤는데 거래처래. 만약 오늘 회사에 전화를 해서 회식이 아니라고 하면 어떡하지?"

"수경아, 너무 앞질러서 생각하는 거 아니니?"

수경은 불안했다. 만약 경민이 다른 여자와 관계를 맺고 있다는 사실을 알게 된다면 당연히 수경은 경민을 간통죄로 법정에 세워야 했다. 그러나 수경은 경민을 그렇게 보내고 싶지 않았다. 이제 수경에겐 경민은 없어서는 안 될 존재가 되었고 수경은 쉽게 경민을 놔주지 않을 작정이다. 이제 수경은 더 이상 울고 있지 않았다. 앞으로 자신이 해야 할 일이 어떤 건지 깨달았다.

"내 예감이 맞는지 확인하고 싶어. 미안한데 오늘 나랑 같이 있어주면 안 될까?"

"오늘?"

"오랜만에 만나서 이런 부탁 하는 거 염치없지만 부탁할 사람이 너밖에 없어."

"알았어. 저녁 사주면 니가 원하는 대로 해줄게."

유이의 말에 수경의 입술에 미소가 머금어졌다. 희미했지만 유이는 그것으로 만족한다. 너무 앞서 간다고 생각하지만 유이는 오랜만에 만난 단짝 친구를 그냥 둘 수 없다. 아무래도 수경은 백화점 앞에서 대기하고 있다가 남편의 불륜 현장을 잡으려는 것 같았다. 유이는 수경이 걱정하는 일이 생기지 않길 바랐다. 그러나 유이는 자신의 바람이 헛된 것이었다는 걸 수경과 함께 두 눈으로 직접 보고 말았다.

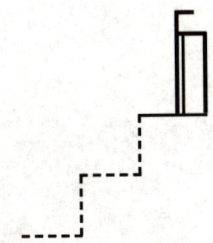

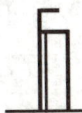

폐점 시간이 다 되어 구두를 사러 온 고객 때문에 평소보다 늦게 마친 연경은 8시 20분이 다 되어서야 로커실에 옷을 갈아입으러 올 수 있었다.

"큰일 났네. 늦겠어."

마음이 급해서인지 하늘색 블라우스의 단추를 채우는 손이 자꾸 미끄러진다. 서둘러 옷을 입고 거울을 보며 화장을 고치는데 휴대폰이 울린다. 연경은 경민의 전화일 거라고 생각하고 휴대폰을 받았다.

"경민 씨, 미안해요. 10분 정도 늦을 것 같은데."

—역시 그 친구 만나러 가는 건가?

낯익은 목소리에 연경의 얼굴이 굳어진다.

"무슨 일이시죠?"

―약속을 취소할 순 없겠지?

"네."

건우의 말에 연경은 바로 대답했다. 그러자 아주 미세하지만 건우의 한숨 소리가 연경의 귓가를 간지럽혔다.

―후우.

"하실 말씀 없으시죠? 끊겠습니다."

전화를 끊으려는 연경을 건우가 붙잡는다.

―잠깐만.

시간이 자꾸 흘러가고 있어 전화를 끊어야 된다는 걸 알면서도 연경은 쉽사리 전화를 끊지 못하고 건우의 다음 말을 기다리고 있다.

―마음이 바뀌면…… 전화해.

"무슨 말씀인지 모르겠네요."

―망설이지 말고, 생각도 하지 말고 전화하는 거야.

연경은 건우의 알 수 없는 말에 아무런 대답도 하지 않은 채 전화를 끊었다.

전화할 일 없을 거예요.

직원 출입구로 천천히 걸어가면서 연경은 〈일마레〉에서 건우와 너무나 잘 어울리던 여자를 떠올린다. 자신과 비교도 할 수 없을 만큼 아름답고 세련된 건우와 같은 부류처럼 보이는 여자

를. 연경은 가방 끈을 꽉 움켜쥐고 백화점 정문을 향해 씩씩하
게 걸었다.

"내가 왜 이러지?"

이미 끊어져 버린 수화기를 건우는 쉽사리 내려놓지 못하고
멍한 눈으로 수화기를 응시하며 중얼거린다. 정말 알 수 없는
일이었다. 연경은 단순히 자신의 백화점에서 근무하는 직원일
뿐이고 우연히 같이 술을 마셨고 같이 하룻밤을 보낼 뻔했던 사
이일 뿐이었다. 그런데 연경이 다른 남자를 만나러 간다는 사실
에 건우는 화가 나려 한다. 소리나게 수화기를 내려놓으며 건우
는 자리에서 벌떡 일어나 마음이 조급한 사람처럼 책상 앞에서
서성인다.

나와 상관없는 여자야. 그 여자 때문에 내가 왜 이렇게 고민
하는 거지? 남건우, 너답지 않아.

건우는 재킷을 집어 들고 사장실을 나와 엘리베이터로 향했
다. 10층에 머물러 있던 엘리베이터는 이내 15층에 도착했고 건
우는 텅 빈 엘리베이터에 올라타 지하 2층 버튼을 누른 후 벽에
기대섰다. 엘리베이터는 천천히 아래를 향해 내려갔고 건우는
멍하니 엘리베이터문만 응시하고 있다. 그런 건우의 머리 속에
갑자기 레스토랑 주차장에서 보았던 장면이 떠오른다. 그리고
경민의 진한 키스와 애무를 받으며 가쁜 숨을 내쉬고 있는 여자
는 진한 화장으로 나이를 감춘 십대가 아닌 연경이었다.

"젠장!"

때를 맞춰 엘리베이터가 지하 2층에 도착했고 건우는 자신의 차를 향해 빠르게 뛰었다.

수경은 초조한 기색이 역력한 표정을 지으며 경민의 차를 주시하고 있다. 그런 수경을 유이는 안쓰러운 눈으로 본다.

"수경아."

"용서하지 않을 거야."

"만약, 다른 여자를 만난다면 이혼할 거니?"

유이의 말에 수경이 웃음을 터뜨린다.

"후후, 이혼? 내가 용서하지 않는다는 건 경민 씨가 아니라 상대 여자야!"

수경의 격앙된 어조에 유이는 이해할 수 없다는 표정으로 수경을 바라보며 말한다.

"널 배신한 건 경민 씨 아니니? 경민 씨를 용서하지 말아야지."

"유이야, 나 경민 씨 없음 못살아. 그래서 나 경민 씨 못 버려."

가라앉은 수경의 목소리에서 유이는 수경이 경민을 너무나 사랑하고 있음을 깨달았다. 유이는 아무 말 없이 수경의 어깨를 감싸준다.

"널 보니 나도 누군가가 생각나. 나도 그런 마음이거든."

아주 조그맣게 중얼거리며 유이는 수경이 주시하고 있는 곳을 바라본다. 그러다 경민의 차 쪽으로 걸어가는 젊은 여자를 발견했다.

"수경아."

핸들을 잡은 수경의 손에 잔뜩 힘이 들어가 있다. 수경은 믿기지 않는다는 듯 경민의 창에 올라타는 젊은 여자를 뚫어져라 응시하며 입술을 질끈 깨문다. 경민의 차가 천천히 백화점 정문을 빠져나가자 수경도 천천히 경민의 차를 따라간다.

감미로운 피아노 반주에 맞춰 붉은색 원피스를 입은 여가수가 피아노 옆에서 노래를 부르고 있다. 그리고 조금은 어스름한 조명 아래 투명 글라스에 담긴 촛불이 조금씩 흔들린다. 연경을 보고 있는 경민의 입가엔 미소가 가득하다.

"여기 기억나?"

"네."

입가에 살짝 미소를 지으며 연경은 경민을 바라본다. 경민은 정말 아무것도 변한 게 없었다. 변한 게 있다면 이 장소에서 경민이 연경과 나눠 낀 커플링이 경민과 연경의 손가락에서 사라졌다는 것뿐이다.

"여기 스파게티 많이 좋아했잖아. 포크로 돌돌 말아서 내가 먹여주기도 했지."

"내가 못하니까 경민 씨가 해줬죠. 후후."

연경은 경민과 같이 저녁 식사를 했던 기억을 떠올리며 행복한 미소를 지었다.

그땐 세상을 다 가진 기분이었어요.

두 사람의 추억을 하나씩 하나씩 얘기하는 경민을 보며 연경은 옛날로 돌아간 것 같은 착각을 한다. 테이블 위에 놓인 연경의 손을 경민이 살며시 잡았을 때에도 연경은 뿌리치지 않고 경민의 눈을 똑바로 응시하며 미소를 지었다. 수경과 결혼한 이후 허전함과 목마름을 느끼던 경민은 연경의 입가에 머무른 미소에 너무나 마음이 편안해지는 걸 느끼며 오늘 밤을 연경과 함께 하고 싶은 충동에 사로잡혔다.

"연경아, 사랑해."

경민의 사랑한다는 말에 연경은 자신도 모르게 눈물을 흘린다. 연경의 뺨 위로 흘러내린 눈물을 경민은 손으로 연경의 뺨을 감싸고 엄지손가락으로 살며시 닦아주었다.

"연경이는 아직도 울보구나. 바보같이."

"경민 씨."

자신의 이름을 불러주는 연경의 도톰한 입술을 훔치고 싶은 충동을 느끼며 경민은 황급히 자리에서 일어나 연경을 일으켜 세운다.

"그만 나가자."

"경민 씨?"

경민은 연경의 손목을 꽉 움켜쥔다. 연경은 손목이 아려오는 걸 느끼며 경민의 손을 떼어내려 하지만 그럴수록 경민은 손에 힘을 준다. 카운터에서 계산을 치를 때 겨우 경민의 손에서 풀려난 연경은 팔목에 붉은 자국이 생긴 걸 보고 조금씩 불안한 마음이 생기기 시작한다.

"나갈까?"

분명히 조금 전과 같은 미소를 짓고 있고 다정한 눈빛으로 바라보고 있지만, 연경은 더 이상 경민의 미소가 다정하고 부드럽게 느껴지지 않았고 눈빛도 달라 보였다. 마치 마법에 걸렸다가 시간이 다 되어 마법이 풀린 것처럼 연경은 경민이 다르게 느껴지고 있다. 경민은 급한 일이 있는 사람처럼 연경을 끌고 차로 향한다.

"겨, 경민 씨, 잠깐만!"

멈춰 서서 경민에게 연경은 무언가를 말하려고 했지만 경민은 연경의 말을 무시한 채 계속 걷기만 한다. 그리고 차문을 열어 연경을 태운 다음 자신도 올라타 문을 닫고 거친 신음 소리를 내며 연경의 얼굴을 두 손으로 감싼 뒤 입술을 갖다 댄다. 경민의 입술이 가까이 다가오자 연경은 다시 온몸에 소름이 돋는 걸 느꼈고 온 힘을 다해 경민에게서 벗어났다.

"그만!"

연경의 말에 경민이 잠시 멈칫한다.

"날 사랑하지 않니?"

"경민 씨, 너무…… 너무 빨라요. 그리고 지금은 이러면 안 되잖아요."

"우리 사랑하잖아! 그럼 된 거 아냐?"

어둠 속에서 빛나는 경민의 눈빛엔 욕망이 가득했다.

연경은 두려움을 느끼며 차문을 열고 나가기 위해 몸을 돌렸다. 그러자 경민이 연경의 몸을 끌어당긴다.

"아악!"

"사랑해. 정말이야. 널 사랑해, 연경…… 뭐야?"

경민은 정면으로 쏟아져 들어오는 환한 헤드라이트 불빛에 반사적으로 연경에게서 손을 뗀다. 그때를 틈타 연경은 차 밖으로 뛰쳐나왔다.

연경이 차 밖으로 나가자 경민도 밖으로 나와 연경에게 성큼성큼 다가온다. 연경은 두려움을 느끼며 뒷걸음질치다 누군가에게 부딪쳐 고개를 돌렸다.

"어떻게……."

놀라서 눈을 동그랗게 뜬 연경의 눈동자 속에 무섭게 경민을 노려보고 있는 건우의 모습이 비춰진다. 눈을 깜빡이며 연경은 건우의 모습을 지워 버리려 했다. 그러나 고개 숙여 자신을 뚫어져라 응시하는 건우의 눈동자 속에서 연경은 자신의 모습을 보았다.

"저기 서 있는 남자와 날 비교했던가?"

허스키한 건우의 목소리는 연경에게 겨우 들릴 만큼 아주 작았다. 거의 중얼거림에 비슷했지만 연경은 건우의 목소리에서 배어 나오는 차가움과 분노에 꼼짝도 할 수 없었다.

멍청히 건우를 응시하며 서 있는 연경을 건우는 천천히 자신의 등 뒤로 보낸 뒤 황당하다는 표정에서 억지로 미소 짓는 얼굴을 한 경민을 노려보며 입을 열었다.

"우리 구면인 것 같은데."

경민은 이를 살짝 드러내며 자신에게 미소를 보내는 건우가 눈에 거슬린다. 분명히 웃고 있는 것 같은데 자신을 바라보는 건우의 눈빛은 당장이라도 경민을 때려눕힐 것같이 위험해 보였다. 애써 태연한 척하며 경민은 건우에게 한 발 다가선다.

"글쎄요. 기억이……."

기억을 더듬어보려는 경민을 향해 건우는 자신의 어깨를 툭툭 치며 말했다.

"실수로 부딪친 적이 있죠. 하마터면 크게 싸울 뻔했는데."

그제야 경민은 레스토랑에서 연경과 함께 있던 남자라는 걸 기억해 냈다. 경민의 입가에서 웃음기가 사라졌다. 그리고 건우의 뒤에 서 있는 연경과 건우를 번갈아 노려본다.

"구연경, 많이 영악해졌는데?"

경민의 목소리는 더 이상 다정하지 않았다. 연경은 자신을 향해 조롱기 가득한 목소리로 비아냥거리는 경민을 가만히 바라본다.

"레스토랑에서 나와 같이 있던 여자에 대해 저 남자가 말해 줬겠지. 그리고 넌 날 시험한 거야. 어리석게도 넌 내가 감쪽같이 속은 줄 알았겠지. 널 아직 사랑하고 너에게 미련을 못 버렸다고 생각했을 거야. 그렇지?"

경민과 다정한 연인이었던 한때 연경은 경민의 목소리가 자신을 사로잡았다고 생각했다. 다정하고 부드러운 경민의 목소리는 늘 연경을 편안하고 행복하게 했었다. 그러나 지금 자신을 향해 비아냥거리는 경민의 목소리는 더 이상 감미롭지 않았다. 경민의 목소리는 소름이 돋을 만큼 가식적으로 들렸고, 지금 경민이 하고 있는 모든 말들이 연경의 믿음을 한순간에 허물어뜨렸다.

"넌 고지식하니까 아직까지 처녀일 거라고 생각했지. 그게 조금 미련이 남아 오늘 밤 같이 있어볼까 했더니 날 속였군. 넌 깨끗한 처녀가 아니야. 그렇다면 내가 널 사랑할 이유가 없지. 왜냐하면."

경민은 입술을 비틀며 연경에게 비웃음을 날렸다.

"처녀가 아닌 이상 넌 매력이 요만큼도 없거든."

건우는 몸에 직접 닿진 않았지만 뒤에 서 있는 연경의 몸이 배신감으로 떨리고 있다는 걸 느낀다.

울지 마. 인간 같지도 않은 놈 때문에 울 거 없어!

건우는 고개를 돌려 연경의 눈을 똑바로 보며 마음속으로 외쳤다. 그러나 건우는 연경의 뺨 위로 흘러내리는 눈물을 보고 말았다. 연경의 눈물에 건우는 강한 분노를 느끼며 경민이 미처 피할 새도 없이 주먹으로 정확히 경민의 얼굴을 가격했다.

"크윽!"

"이 새끼!"

얼굴을 감싸 쥐고 주저앉는 경민을 향해 건우의 가차없는 발길질이 이어졌다. 경민은 몸을 잔뜩 웅크린 채 속수무책으로 건우에게 맞고 있다.

"그만…… 그만 해요!"

연경은 건우를 뒤에서 안으며 소리를 질렀고, 그제야 경민을 향한 건우의 발길질이 멈췄다. 그러나 건우는 아직 분이 다 풀리지않은 듯했다.

"여기 있는 거 싫어요. 가고 싶어요. 아무 곳이나……."

울먹이는 연경을 보며 건우는 가슴 한구석이 욱신거리는 걸 느낀다. 건우는 매서운 눈으로 경민을 잠시 노려보다 연경의 어깨를 감싸고 자신의 차로 향했다.

"큭큭. 겨우 이거야? 이걸로 끝이야? 시시하군. 시시해!"

건우를 조롱하는 경민의 목소리가 뒤에서 들려왔고, 그 때문에 건우의 눈빛이 심상치 않게 변하자 연경은 조심스레 건우의 뺨에 자신의 손을 갖다 댔다. 연경의 뜻밖의 행동에 건우가 흠칫 놀란다. 그런 건우에게 연경이 힘없이 웃는다.

"어서 가요."

건우는 고개를 끄덕이며 뒤에서 계속 소리를 질러대는 경민의 말을 무시한 채 연경을 자신의 차에 태워 그 자리를 벗어났다.

건우의 차가 점점 멀어지자 소리를 질러대던 경민은 더 이상

소리를 지르지 않았다. 가만히 서서 슬픔이 가득한 눈으로 바라보기만 한다.

네겐 더 이상 내 자리가 없구나. 내 자리를 뺏겨 버렸어.

힘없이 돌아서는 경민의 뒷모습은 모든 걸 잃어버린 사람처럼 허무해 보였다.

충격이 가득한 얼굴로 아무 말 없이 앉아 있는 두 사람이 있었다. 경민의 배신을 알게 된 수경과 뜻밖의 장면을 목격한 유이였다. 수경은 유이의 어깨에 기대어 흐느끼고 있었고, 유이 또한 조금 전 충격에서 벗어나지 못하고 있다.

유이는 아직도 믿기지 않았다. 괴로울 만큼 유이는 건우를 사랑했다. 그래서 건우에게 어울리는 여자가 되기 위해 노력했고 건우와 함께하기 위해 돌아왔다. 그러나 유이는 오늘 건우에게 크나큰 실망을 하고 말았다.

니가 겨우 그 정도라면 나 망설이지 않겠어!

주차장에서 있었던 키스 사건 이후 행여나 건우가 자신을 밀어낼까 두려워 조심스럽게 대했지만, 유이는 더 이상의 망설임 없이 건우에게 다가서기로 굳게 결심했다.

무작정 달리다 인적이 드문 강가에 차를 세운 건우는 연경이 실컷 울 수 있도록 일부러 차 밖으로 나와 담배를 입에 물었다. 건우의 발 주위로 서너 개의 담배꽁초가 나뒹굴었고, 다시 건우가 담배를 꺼내 들었을 때 연경이 차문을 열고 밖으로 나왔다.

건우는 피우지 않은 담배를 바닥에 버리며 연경에게 다가갔다.

"이제 다 울었어?"

연경은 고개를 말없이 고개를 끄덕였다. 건우는 그런 연경에게 다가가 고개 숙여 연경을 똑바로 바라보았다. 조금씩 물기가 배어 나오는 큰 눈동자와 홀쩍거리는 작은 코를 보며 건우는 피식 실소를 터뜨렸다.

"쿡. 외계인이 따로 없군. 잠깐 울었다고 얼굴이 완전 맛갔네."

"뭐라구요!"

연경이 큰 소리로 말하자 건우는 깜짝 놀란 듯 오버액션을 취하며 뒤로 물러선다. 그런 건우의 모습에 연경은 웃을 수밖에 없었다.

"훗."

"이런, 이런. 울다가 웃으면 어떻게 되는지 알아?"

"알아요. 어디어디에 털이 난다는 거. 근데 원래 있는 거 아닌가요?"

"맞아. 다 있는 거지. 당신은 말이야, 내가 말할 때마다 꼬박꼬박 말대답하는 게 잘 어울려."

차에 기대어 하늘을 올려다보며 말하는 건우를 연경은 조금 놀랍다는 얼굴로 본다. 그러나 연경은 이번엔 건우의 말에 대꾸하지 않았다. 건우가 자신을 놀리기 위해 한 말이 아니라 자신을 위로하기 위해 던진 말이라는 걸 알기 때문이다. 연경은 건우의 옆에 다가서서 건우처럼 차에 기대어 건우가 보고 있는 하늘을 올려다보았다.

말없이 하늘을 바라보던 건우가 갑자기 짧은 탄성과 함께 손가락으로 하늘의 오른쪽 방향을 가리킨다.

"엇! 저기 보여? 방금 별똥별이 지나갔어."

연경은 건우가 가리킨 방향을 보고 꼬리를 길게 늘어뜨리며 아래로 떨어지는 별똥별을 발견한다.

"어머, 진짜네?"

"얼른 소원 빌어. 별똥별을 보고 소원을 빌면 이뤄진대."

"아직도 그런 말을 믿어요? 그거 다 뻥이에요."

어울리지 않게 동심에 젖어 있는 건우를 보며 연경은 장난스러운 표정을 지으며 놀린다. 그러나 건우가 진지한 얼굴로 별똥별을 바라보며 조그맣게 중얼거리자 머쓱해진 연경도 속는 셈치고 눈을 꼭 감은 채 속으로 소원을 빌었다.

내게 어울리는 멋진 사람을 보내주세요. 볼품없는 내 모습을 사랑할 수 있는 사람을 보내주세요. 한평생을 같이 보낼 수 있는 그런 사람을…… 보내주세요.

건우는 눈을 감고 진지하게 소원을 빌고 있는 연경을 물끄러미 바라보다 천천히 손을 들어 연경의 머리를 어루만졌다. 건우의 손길에 놀란 토끼처럼 눈을 동그랗게 뜬 연경은 짙은 어둠 때문에 잘 보이지 않던 건우의 얼굴이 점점 자세히 보이며 가까워지자 빠르게 뛰기 시작한 자신의 심장 소리를 들었다.

"싫으면…… 싫다고 해."

거의 닿을 듯 말 듯 연경의 입술 위에 있는 건우의 입술이 연경의 의사를 묻고 있었다. 연경은 아주 짧은 시간 동안 고민을 했고 고민이 끝난 뒤 가만히 눈을 감았다. 그리고 연경은 자신의 입술을 감싸는 부드러운 건우의 입술을 느꼈고, 조심스럽게 입 안으로 들어오는 건우의 따뜻하고 촉촉한 혀의 감촉에 온몸이 나른해졌다. 키스가 깊어질수록 연경은 나른함에 빠져들며 온몸이 가벼워지며 기분 좋은 행복감을 느꼈다. 건우의 입술이 연경의 입술을 벗어나자 연경은 아쉬운 한숨과 함께 눈을 떴다. 건우와 눈이 마주치자 연경은 갑자기 밀려오는 부끄러움에 고개를 옆으로 돌리며 건우의 눈을 피했다. 그러자 건우가 나지막하게 웃으며 연경의 귓가에 대고 속삭인다.

"별똥별을 보며 빌었지, 연경이와 키스할 수 있게 해달라고. 이래도 뻥인가?"

건우의 웃음소리가 연경의 귓가를 맴돌고, 연경은 어쩌면 자신도 소원을 이룰지 모르겠다고 생각하며 건우에게 들키지 않게 살짝 미소 지었다.

이 사람이…… 제가 바란 멋진 사람인 것 같아요. 기가 막히게 키스를 잘하는……. 홋

책상 위에 놓인 서류를 뒤적거리던 현우는 피곤함을 느끼며 힘껏 기지개를 켰다. 사소한 결재 서류라도 대충대충 보는 법이

없었고 퇴근 후에 집에까지 가져와서 살펴볼 정도로 꼼꼼했다. 평소에도 꼼꼼하게 챙기느라 늘 피곤했지만 건우가 미국에서 돌아오고 미래백화점의 경영을 맡으면서 현우는 더욱 예민해져 밤을 새서라도 하나하나 다시 살펴보게 되었다.

손으로 뻐근한 목을 안마하며 현우는 조금 전 보고 있던 서류를 다시 검토하기 시작했다.

삐리리. 삐리리.

현우는 충전기에 꽂아놓은 자신의 휴대폰이 울리자 눈살을 찌푸리며 책상 위에 놓인 시계를 쳐다본다.

"12시가 다 되어가는데 누구지."

휴대폰을 무시하고 다시 서류를 살펴보던 현우는 끈질기게 울려대는 휴대폰에게 지고 만다. 신경질적으로 휴대폰을 들고 통화 버튼을 눌렀다.

"여보세요."

—하이~ 현우 오빠?

뜻하지 않은 사람의 전화에 현우는 당황하며 휴대폰을 떨어뜨릴 뻔했다. 간신히 미끄러지는 휴대폰을 바로잡고 최대한 태연한 목소리로 전화를 받는다.

"유이니? 유이가 나한테 전화를 다 하다니 영광인걸?"

—정말? 괜히 쑥스럽네. 후훗.

너무나 밝은 목소리로 말하는 유이가 현우는 조금 이상하다. 통화하는 사람마다 기분이 좋을 정도로 유이의 목소리는 밝고 상냥했다. 그러나 오늘은 지나치게 밝았다.

"술 마셨니?"

—응! 오빠도 나올래? 술 마시니까 막 하늘을 나는 것 같아.
기분 좋아!

"어디니? 오빠가 데리러 갈게."

—여기? 건우랑 자주 오던 칵테일 바 알지? 〈크리스탈〉이라
구.

"알았어. 조금만 기다려."

—응.

이미 통화가 끝났음을 알려주는 신호음이 계속해서 현우의
귓가를 맴돌지만 현우는 휴대폰을 그대로 들고 있다. 오늘 유이
에게 무슨 일이 있는 것이 분명했고, 그 일은 남건우 때문일 거
라고 현우는 직감한다.

유이에게 가기 위해 주차장으로 걸어가던 현우는 막 주차장
에서 걸어나오는 건우를 본다. 기분 좋은 일이 있는지 콧노래를
흥얼거리는 건우를 보며 현우는 있는 힘껏 한 대 때려주고 싶은
충동을 느꼈다.

건우도 자신을 쳐다보는 시선을 느꼈는지 고개를 든다.

"지금까지 회사에 있진 않았을 테고. 요즘 바쁜가, 남건우 사
장?"

빈정거리는 현우의 말에 건우는 피식 웃으며 그냥 지나친다.
무시당한 것 같은 기분이 든 현우는 뒤로 돌아서 건우의 어깨를

잡아챘다. 건우는 얼굴 가득 미소를 띠며 천천히 현우를 향해 돌아선 뒤 삐딱한 자세로 서서 현우를 쳐다보며 말했다.

"왜 그러십니까?"

"지금은 니가 웃을지 몰라도."

건우의 어깨에 올린 손을 내려놓으며 현우는 천천히 말한다.

"그리 오래 가진 못할 거다."

"할 말 다 한 겁니까? 피곤해서 그만 들어가 봐야겠네요."

삐딱한 자세로 서서 현우를 보던 건우는 웃음을 잃지 않은 얼굴로 아주 정중한 어투로 말한 뒤 현관으로 걸어갔다. 건우의 뒷모습을 현우는 이를 악문 채 적대감이 가득한 눈길로 노려보다 몸을 돌려 주차장으로 향했다.

"외로워 보이는데 한잔할까?"

유이는 자신에게 치근거리는 젊은 남자를 차가운 눈으로 한 번 쳐다본 뒤 그대로 고개를 돌렸다. 그러나 젊은 남자는 아랑곳하지 않고 유이의 옆 자리를 차지하고 앉았다.

"미인이 이런 시간에 혼자 있다니 너무 가슴 아픈 일이야. 내가 술 한잔 살게. 어이!"

젊은 남자가 손가락으로 바 안에서 유리잔을 닦고 있는 바텐더를 부른다. 유이는 관심없다는 듯 젊은 남자에게 등을 돌린 채 역삼각형의 글라스에 담긴 푸른빛 칵테일을 단숨에 입 안에 털어 넣었다.

"꽤 터프한걸? 정말 맘에 들어."

"시끄럽게 굴지 말고 꺼져."

인내심이 한계에 다다른 유이는 옆에 앉은 젊은 남자를 매섭게 노려보며 차갑게 쏘아붙였다. 그러나 젊은 남자는 능글맞게 웃으며 더욱 유이에게 바짝 다가앉는다. 유이는 어이없다는 표정을 지으며 의자에서 일어섰다.

"내가 꺼져 주지."

차갑게 내뱉으며 돌아서는 유이를 젊은 남자가 어느새 막아선다.

"그냥 술 한잔하자니까? 그렇게 냉랭하게 굴 건 없잖아, 서로 외로운 처지에."

"뭐라구? 미친 새끼!"

유이가 욕설을 내뱉자 젊은 남자의 얼굴이 험악하게 변했다.

"얼굴 반반하다고 좀 놀아주려 했더니 뭐? 미친 새끼? 이년이!"

젊은 남자가 손을 치켜들며 유이를 노려본다. 그러나 유이는 젊은 남자의 시선을 피하지 않고 똑바로 응시한다. 그런 유이의 태도에 더욱 열받은 젊은 남자는 유이를 향해 손을 날렸다. 그러나 젊은 남자의 손은 허공에서 허우적대다 아래로 내려왔다.

"뭐, 뭐야!"

"이제 내가 시작해도 될까?"

자신감이 넘쳐 보이는 현우의 출현에 젊은 남자는 슬금슬금 뒤로 물러나며 혼자 중얼거리다 도망치듯 다른 곳으로 가버렸다. 현우는 비틀대며 의자에 앉는 유이를 걱정스런 눈으로 바라본다.

"괜찮니?"

"응."

"저 녀석이 너한테 무슨 짓 한 건 아니지?"

"아니야, 무슨 짓 할 뻔했는데 오빠가 도와줬잖아."

유이는 현우를 보며 살짝 미소 지었다. 취기가 올라 발그레한 얼굴의 유이는 무척 사랑스럽게 보였다. 현우는 유이를 따라 미소 지으며 유이의 옆 자리에 앉았다.

"고마워."

"고맙긴."

유이를 데려다 주기 위해 차를 가져온 현우는 술 대신 쥬스를 주문했고 유이는 칵테일을 한 잔 더 주문했다.

칵테일을 한 모금 마신 후 뭔가 고민이 있는 사람처럼 한곳만 응시하는 유이를 가만히 지켜보던 현우는 유이의 기분을 풀어 주기 위해 입을 열었다.

"너 그때 기억나니? 너 고등학교 갓 입학했을 때 맥주 한번 마셔보고 싶다고 나한테 졸랐었지."

"아직도 기억해?"

놀랍다는 듯 눈을 크게 뜨고 유이는 현우를 보았고 현우는 유이가 관심을 가지자 빙그레 웃으며 말을 이어 나갔다.

"그래서 내가 여섯 캔인가, 다섯 캔인가? 내가 대신 맥주 사다 주니까 너 심심할 때 마신다고 플라스틱 물통에 부어서 가져갔던 것까지 기억한다."

"안 들킬 수 있었는데 건우 때문에 걸렸잖아. 내가 방에 갖다 놓고 먹다가 잠시 나갔다 왔는데, 건우가 물인 줄 알고 한꺼번에 남은 거 반 이상 다 마시고 헤롱거리다가 걸렸어. 얼마나 혼났는지. 그래도 오빠가 사다 준 거라는 거 나 안 불었다."

조금 어두워 보이던 유이의 표정이 밝아지자 현우는 건우의 이름이 나와 주먹에 힘이 들어갔지만 태연한 척 웃었다.

"오빤 나한테 진짜 잘해줬어. 공부도 잘 가르쳐 주고 누가 나 못살게 굴면 맨발로 달려가서 혼내줄 정도였으니까. 오빠 좋아하던 애들이 정말 부러워했어."

"그래? 넌?"

"나? 나도 오빠 되게 좋아했어. 알지?"

유이의 사랑스러운 미소에 현우는 행복감을 느낀다. 한 손으로 턱을 괴고 게슴츠레한 눈으로 자신을 바라보는 유이에게 손을 뻗어 오른뺨 위로 흘러내린 머리카락을 쓸어 올려주었다. 그 순간 유이의 눈동자가 흔들린다.

"오빠 반만큼이라도 건우가 해준다면…… 난 세상에서 제일 행복할 거야."

흔들리는 유이의 눈동자에서 투명한 빛이 보이더니 어느새 유이의 사랑스러운 볼을 타고 흘러내린다. 현우가 유이의 눈물을 닦아주기 위해 손을 들자 유이는 현우의 손을 피하며 자신의 손으로 눈물을 닦는다.

"미안, 미안. 오빠한테 이럴려구 나오라고 한 거 아닌데. 집에 가자."

비틀대며 일어나는 유이를 현우는 뒤에서 조심스레 부축해 준다. 〈크리스탈〉을 나와 주차장까지 걸어가면서 현우는 유이가 건우의 이름을 계속 부르는 걸 들어야 했다.

"남건우, 이 나쁜놈. 내가…… 내가 얼마나 좋아하는데…… 건우야, 내가 너를 얼마나 사랑하는데…… 건우야…… 남건우, 건우야."

건우의 이름이 유이의 입에서 흘러나올 때마다 현우는 건우가 자신의 가슴을 날카로운 송곳으로 찌르는 것같이 아팠다. 유이를 보조석에 태우고 운전석에 올라탄 현우는 유이가 건우의 이름을 부르지 않을 때까지 기다렸다.

"건우야……."

평온한 얼굴로 잠든 유이를 슬픈 눈으로 바라보던 현우는 조심스레 손을 뻗어 유이의 얼굴을 만져 본다. 현우는 자신의 손 끝에 닿은 유이의 살결이 너무나 부드럽고, 매끄럽다는 걸 느끼며 서글픈 미소를 짓는다. 건우를 바라보는 너의 눈. 건우의 이름을 부르는 너의 입술. 건우를 향해 달려가는 너의 몸까지 난 사랑한다. 그래서 난 널 보면 가슴이 아프다.

현우는 유이의 얼굴에서 손을 떼고 운전대를 잡은 뒤 시선을 정면으로 고정시킨다. 현우의 눈빛엔 증오가 가득 담겨 있다.

"남건우, 유이를 아프게 한다면…… 절대 널 가만두지 않을 거다. 절대!"

뻐꾹.

거실에 걸려 있는 뻐꾸기가 처량맞게 한 번 울더니 자기 집 속으로 쏙 들어가 버린다. 수경은 잔뜩 웅크린 채 소파 위에 앉아 경민을 기다리고 있다. 2시간 전부터 수경은 경민을 기다리며 많은 생각을 하고 있었다. 경민이 왜 자신을 배신하고 다른 여자를 만나게 되었는지 생각해 보다 수경은 하나의 결론을 내리게 되었다.

경민이 만나는 여자는 경민을 만나면서 다른 남자도 만나고 있을 정도로 영악한 여자라고 단정 짓고 경민은 피해자일 뿐이라고 생각하니 수경은 한결 마음이 편해지는 걸 느낀다. 그래서 수경이 내린 결론은 그 여자를 경민에게서 떠나도록 해야 된다는 것이었다.

"내가 이러고 있을 때가 아니지."

수경은 쏜살같이 방으로 달려가 화장대에 앉아 얼룩진 화장을 닦아내었다. 그리고 욕실로 들어가 머리를 감고 샤워를 한 뒤 양귀비 향의 샤워코롱을 살짝 뿌리고 아주 얇고 투명한 슬립을 걸쳤다. 전신 거울에 자신의 모습을 비춰본 뒤 수경은 만족스러운 미소를 짓는다.

"매력적인 아내가 되는 거야. 궁상맞고 처량해 보이는 아내 따윈 되기 싫어!"

몸단장을 하고 30여 분을 더 기다린 뒤에야 잔뜩 술에 취한 경민이 집으로 돌아왔다. 수경은 매력적인 미소를 지으며 경민을 맞았다.

"술냄새. 자기 회식 자리에서 이렇게 마신 거야?"

"응."

수경은 경민을 부축하며 겉으론 걱정스러운 표정을 지으며 침실로 경민을 데려갔다. 스르르 침대 위로 쓰러진 경민의 옷을 벗겨내고 양말도 벗겨낸 뒤 잠옷으로 갈아입히고 수경은 침실을 빠져나왔다. 침실문을 닫고 돌아서는 수경의 손에 경민의 휴대폰이 들려 있다. 문 앞에 가만히 서서 경민이 잠든 걸 확인한 후 수경은 서재겸 작업실로 쓰고 있는 방으로 들어가 경민의 휴대폰에 남겨진 수신자 번호를 조회해 본다. 경민의 휴대폰에 남겨진 수신자 번호는 채 열 건도 되지 않았다. 그러나 대부분이 같은 사람과 통화를 한 것이었다.

"연경?"

어디선가 들어본 이름이라고 생각하며 수경은 메모지를 꺼내 휴대폰 번호와 전화번호를 기재했다. 그리고 경민이 눈치 채지 못하게 침실로 들어가 침대 옆 화장대 위에 놓인 충전기에 경민의 휴대폰을 꽂은 뒤 천천히 경민의 옆 자리에 몸을 뉘었다.

경민의 숨소리가 아주 조그맣게 수경의 귓가를 맴돈다. 수경은 경민에게 몸을 밀착시켰다.

"경민 씨, 사랑해."

아무런 대답도 들려오지 않았지만 하고 싶은 말을 하고 난 수경은 만족스러운 얼굴로 경민의 품에 파고들어 잠을 청한다.

섹스=사랑

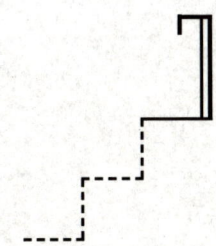

ㄱ

서영은 출근하고부터 혼자 실실 웃어대는 연경이 이상하다. 진열대 정리를 하면서도 넋 빠진 사람처럼 멍하니 어딘가를 보고 있는 것도 이상했고, 평소답지 않게 조금 진해진 화장도 수상했다. 궁금한 건 못 참는 성격의 서영은 결국 연경에게 묻는다.

"언니, 좋은 일 있어요?"

"응? 아, 아니야."

"그래요? 수상한데."

"뭐, 뭐가?"

연경이 말까지 더듬자 서영은 더욱 의심스럽다.

"혹시 남자 생겼어요?"

"뭐? 아, 아냐!"

"강한 부정은 강한 긍정! 내 예감이 맞는 것 같네요."

"아니라니까!"

서영은 일부러 화난 척하며 소리를 지르는 연경을 보며 피식 웃었다. 완전히 잘 익은 토마토처럼 붉어진 연경의 얼굴이 너무나 재밌었기 때문이다.

연경은 꼬치꼬치 캐묻는 서영에게 혹시나 말실수를 할까 봐 더 이상 캐묻지 못하게 일부러 창고에 가서 물건을 찾아오라고 시켰다. 의미심장한 미소를 지으면서도 순순히 창고로 물건을 가지러 가는 서영의 뒷모습을 보며 연경은 안도의 한숨을 쉬며 돌아섰다.

삐리리.

전화벨이 울리자 연경은 최대한 목소리를 가다듬으며 전화를 받는다.

"전화 주셔서 감사합니다. 〈신디〉 매니저 구연경입니다."

─반갑습니다. 남건우입니다.

"어, 어쩐 일이세요?"

갑작스런 건우의 전화에 연경은 당황한다. 그리고 혹시 주위에서 자신을 주의깊게 보지 않을까 조심스럽게 둘러봤고, 다들 각자의 일을 하느라 정신이 없는 걸 보며 안심한다.

─어제 잘 잤나 해서.

"코 골면서 잤어요. 어찌나 잠이 잘 오던지."

─그래? 난 잠이 안 와서 죽는 줄 알았는데.

"왜요?"

─키스 한번 했더니 흥분이 되어서 밤에 잠이 안 오더라고.

자신을 놀리는 게 분명한데 연경은 부끄러움에 아무런 대답을 못했다. 연경이 아무 말도 안 하자 건우가 다시 말을 꺼낸다.

─우리 진도 좀 빨리 나가면 안 될까?

"수, 수고하세요."

통화가 길어졌다간 연경은 온몸에서 열이나 쓰러질 것만 같아 황급히 전화를 끊어버렸다. 그러나 연경은 이런 건우가 밉지 않다. 오히려 가슴이 두근거리며 잘생긴 건우의 얼굴과 어젯밤 둘이서 나눴던 대화가 머리 속에 떠올랐다.

"거긴 어쩐 일로 온 거예요?"

"열받아서."

"네?"

영문을 몰라 쳐다보는 연경에게 건우는 한참을 망설이다 입을 열었다.

"다른 남자가 널 만지고 키스까지 한다고 생각하니 화가 나서 미칠 것 같았어. 그래서 미행했지."

건우의 말에 연경은 환한 미소를 지으며 물었다.

"날 사랑하는 거예요?"

"그건 아니야."

사랑이 아니라는 건우의 말에 연경은 실망한 투로 되물었다.

"사랑이 아니면 뭐예요?"

"지금은 한 여자에게 관심을 가졌을 뿐이야."

"그래요."

연경의 목소리에 힘이 없자 건우는 피식 웃으며 연경에게 듣기 좋은 말을 해줬다.

"하지만 지금의 내겐 니가 유일한 여자야."

건우에게서 유일한 여자라는 말을 들었을 때 연경은 경민에게서 완전히 해방되었다. 더 이상 연경의 마음엔 이경민이라는 사람은 존재하지 않았고, 남건우라는 남자가 자리 잡아 버렸다.

"그렇다면 저도 사장님이 제게 유일한 남자여야 되나요?"

건우는 대답 대신 연경이 정신을 못 차릴 정도로 진하고 감미로운 키스를 해주었다.

눈을 감고 어제 일을 떠올리며 흐뭇해하던 연경은 또다시 전화가 울리자 의미심장한 미소를 지으며 상냥한 목소리로 전화를 받는다.

"전화 주셔서 감사합니다. 〈신디〉 매니저 구연경입니다."

—거기가 어디쯤인가요?

젊은 여자의 목소리에 연경은 실망감을 느끼면서도 바짝 정신을 차리고 더욱 상냥한 목소리로 응대한다.

"여긴 미래백화점 2층에 있습니다. 혹시 구두를 주문하신 손 님…… 여보세요? 손님?"

—뚜. 뚜. 뚜.

연경은 끊어진 전화를 내려놓으며 고개를 갸웃거린다.

"내가 실수한 게 있나?"

조금 찜찜한 기분이 들어 물끄러미 전화기를 바라보던 연경 은 전화가 울리자 황급히 달려가 수화기를 들었다.

"전화 주셔서……."

—오늘 저녁 어때?

"이런."

—혹시 다른 약속이라도 있나?

"아뇨. 저녁에 시간 괜찮아요. 맛있는 거 사줄 거죠?"

—뭐 먹고 싶은 거 있어?

일방적으로 끊어진 전화가 조금 신경 쓰였던 연경은 건우와 통화를 하며 끊어진 전화에 대해 더 이상 신경 쓰지 않았다.

이미 잠은 달아나 버렸다. 그러나 유이는 침대에 가만히 누워 천장만 응시한다. 어젯밤 현우를 불러낸 것까진 기억이 나는데 그 이후는 전혀 기억 못하는 유이였다.

"다신 술 안 먹을 거야. 휴, 실수했으면 어떡하지?"

늘 편안하게 대해주던 현우에게 유이는 혹시나 이상한 실수 라도 한 게 아닐까 걱정이 태산이었다. 그렇다고 현우에게 전화를 걸어 확인을 할 수는 없는 노릇이라 유이는 자책하며 깊은 반성을 하고 있다.

몇 분 정도 시간이 흐른 뒤 유이는 어젯밤 무척 상심하던 수경이 떠올라 휴대폰을 집어 들었다. 그러나 유이가 버튼을 누르기도 전에 전화가 걸려왔고, 상대는 수경이었다.

"여보세요? 수경이니?"

—응. 어젠 고마웠어.

"고맙긴. 기분은 좀 어때?"

—고민거리를 해결하고 나면 기분이 나아질 것 같아. 지금 바쁘니?

"아니? 왜?"

—나 그 여자 만나러 갈 거야. 어딘지 알아냈거든.

"뭐? 정말이야?"

—같이 갈래? 혼자 가기가 좀 그래.

유이는 잠시 갈등한다. 수경이 만나러 가는 여자는 건우의 여자이기도 했다. 확실한 건 모르지만, 누가 보든 간에 어제 두 사람의 모습을 봤다면 보통 사이가 아니라고 이구동성으로 말할 정도로 친밀해 보여 유이는 건우의 여자라고 단정 짓고 있었다. 분명히 수경은 그 여자를 톡톡히 망신 줄 것이다. 그 자리에 같이 있다는 게 조금 껄끄럽긴 하지만 유이는 보고 싶었다. 자신이 사랑하는 남자 남건우의 여자를 가까이서 보고 자신이 월등하게 낫다는 걸 건우가 느껴야 한다고 생각했다.

"알았어. 나도 그 여자 한번 보고 싶으니까."

　수화기를 내려놓는 건우의 입가엔 흐뭇한 미소가 가득 머금어져 있다. 어제 홧김에 연경을 쫓아갈 땐 무슨 바보 같은 짓거리냐며 자신을 책망했고, 괜히 어울리지도 않는 기사도정신을 발휘했다. 그러나 그 덕분에 건우는 늘 머리 속에 떠올리던 연경의 입술을 맛볼 수 있었다.

　처음부터 의도한 일은 아니었지만 결론적으론 너무나 만족스러워 건우는 결재 서류들을 훑어보면서도 피식피식 웃을 만큼 기분이 좋다. 눈앞엔 순순히 눈을 감던 연경의 얼굴과 물기를 촉촉이 머금은 붉은 입술이 맴돈다.

　젠장. 저녁까지 못 기다릴 것 같은걸. 한심하게 이게 뭐냐.

　이렇게까지 누군가를 원한 적이 없던 건우로선 당혹스러운 일이지만 당혹감이 유쾌하게 느껴져 더욱 한심스럽게 느껴졌다. 건우는 시계를 힐끔 본다.

　아직 4시밖에 안 됐군. 나참, 사장이 퇴근 시간을 기다리나? 미치겠네, 미치겠어.

　고개를 절레절레 흔들며 담배 케이스를 꺼내 담배를 피우려던 건우는 전화가 울려 그대로 책상 위에 내려놓고 전화를 받는다.

　"네, 남건우입니다."

　―나야, 유이.

"웬일로 전화를 다 했냐? 혹시 저번에 나 궁금하게 했던 거 말해 주려고 전화했어?"

건우는 피식 웃으며 농담조로 말했다. 그러나 건우와는 달리 유이는 아주 진지한 목소리로 짧게 답변했다.

—그래.

"무슨 얘긴데?"

예감이 별로 안 좋아 건우는 느릿느릿 묻는다. 건우의 물음에 유이는 잠시 침묵을 지키다 천천히 말을 꺼낸다.

—나와 아저씨, 그리고 우리 아버지가 연관되어 있어. 그래서 좀 만나야 될 것 같아.

"뭐?"

남 회장과 한 회장이 연관되어 있다는 말에 건우의 말투가 달라진다.

"내가 그 사람들을 왜 만나지? 난 할 얘기 없어!"

건우는 차갑게 대답했다.

—그럼 너 없이 멋대로 결정 내려도 되겠네? 군말없는 거지?

어떤 내용인지 알 길이 없는 건우는 답답함을 느끼며 유이를 재촉한다.

"넌 알고 있는 것 같은데 말해 봐. 한유이, 말해 줄 수 있지?"

—미안하지만 아주 중요한 얘기라서 다같이 참석한 자리에서 얘기해야 될 것 같아. 윤 변호사님도 오실 거야. 현우 오빠도 올 거구.

윤 변호사와 남현우까지 참석한다는 말을 듣고 건우는 눈을 질끈 감으며 인상을 쓴다.

"무슨 수작을 부리는 거지? 남 회장을 만날 일도 없고, 더군 다나 남현우 그 자식까지 만날 이윤 없어!"

―맘대로 해. 니가 안 온다면 우리끼리 결정지을 테니까. 아 저씨 병실에서 5시에 모이기로 했어. 나중에 후회하지 마.

유이는 일방적으로 전화를 끊어버렸다. 건우는 거칠게 수화 기를 내려놓으며 의자에 몸을 기댄다.

후회? 뭘 결정짓는다는 거야!

도무지 감이 안 와 건우는 미칠 것만 같다. 그러나 남 회장을 만나러 가는 일은 없을 것이다. 건우는 그렇게 마음속으로 다짐 하며 책상 위에 펼쳐진 서류에 시선을 주지만 전혀 눈에 들어오 지 않는다. 답답한 마음에 건우는 긴 한숨을 쉬며 손으로 뒤를 주무른다.

미치겠어. 조금 전까지 난 기분이 좋았어. 아주 좋았다구. 그 런데 이게 뭐야, 뭐냐구!

건우는 책상을 주먹으로 힘껏 내려친다. 충격으로 인해 책상 위에 놓여 있던 볼펜이 바닥에 굴러 떨어졌다.

"젠장, 젠장! 날 끝까지 괴롭히는군!"

자신이 저주하는 모든 사람들을 향해 건우는 악을 쓰며 소리 를 지른다. 머리를 헝클어뜨리고 정서가 불안한 사람처럼 사장 실 안을 왔다 갔다 하던 건우는 책상 위에 놓인 휴대폰이 울리자 동작을 멈추고 시끄럽게 울려대는 휴대폰을 뚫어져라 응시한다. 그리고 천천히 걸음을 옮겨 휴대폰에 떠오른 번호와 이름을 살피고 휴대폰의 통화 버튼을 눌렀다.

"여보세요."

―아, 안녕하세요.

불안정하게 높은 톤으로 말까지 더듬거리는 연경의 목소리가 조금 웃긴 것 같다고 건우는 생각하며 말없이 가만히 연경의 다음 말을 기다린다. 예상대로 건우가 아무런 말을 하지 않자 연경이 조심스레 말을 꺼낸다.

―여보세요? 여보세요? 이상하네. 안 들리나? 여보세요!

점점 목소리가 커지며 결국엔 귀가 아플 정도로 소리를 내지르는 연경에게 건우는 일부러 신경질적인 목소리를 낸다.

"귀청 떨어지겠어! 무슨 여자가 이렇게 목소리가 크지?"

―미, 미안해요. 난 전화 상태가 별로 안 좋은 줄 알구.

금세 풀이 죽어버리는 연경의 목소리를 듣고 건우는 무척 변화무쌍한 여자라고 생각하며 터져 나오는 웃음을 억지로 참는다.

―그런데 기분이 별로인가 봐요.

"기분? 왜 그렇게 얘기하는 거지?"

―처음에 전화받을 때 목소리가 영 심상치 않았거든요. 며칠 굶은 사람처럼 목소리에 힘이 없더라구요.

"쿡. 그렇게 힘이 없었나?"

─네. 무슨 일 있는 거 아닌가요?

"글쎄."

연경의 물음에 묘한 뉘앙스를 남기며 건우는 말끝을 흐린다. 솔직하게 말하며 고민 상담을 하고 싶은 마음이 조금 생겨나 건우는 더 이상 아무 말도 하지 않았다. 그러자 연경이 이것저것 묻기 시작한다.

─회사 일 때문이에요? 아님 여자 문제? 그것도 아님 친구 문제? 아님 사채업자한테 돈이라도 빌려 썼어요?

쉴 새 없이 재잘재잘거리는 연경의 목소리에 건우는 위로를 받는 것 같은 기분이 든다. 듣고 있는 사람의 기분이 좋아질 정도로 너무나 밝고 명랑한 연경의 목소리에 건우는 반하고 있다.

"아니야. 내가 무슨 고민이 있겠어. 이따 저녁에 보자구."

─오늘은 제가 맛있는 거 사드릴게요. 어제 일의 보답으로.

"어제 일? 흠, 그건 그냥 몸으로 한번 때워도 되는데."

─끄, 끊겠습니다.

건우의 농담을 진지하게 받아들인 연경이 당황하며 전화를 뚝 끊어버린다. 끊어진 휴대폰을 보며 건우는 기분이 나아짐을 느낀다. 다시 시계를 보고 건우는 큰 결심을 한 듯한 표정을 지으며 성큼성큼 책상 쪽으로 걸어가 수화기를 들고 버튼을 눌렀다.

"접니다. 병실이 몇 호실인지 말씀해 주십시오."

환한 미소를 지으며 매장으로 들어오는 연경을 지켜보는 두 사람이 있었다. 남편의 여자를 만나기 위해 최대한 멋을 부린 수경과 건우의 여자를 보기 위해 자신의 매력을 충분히 살린 유이가 매장에서 다른 직원과 웃으며 얘기하는 연경을 자세히 살펴보고 있다.

이미 마음의 준비를 한 수경과는 다르게 유이는 망설이고 있었다. 자신의 눈에 비춰진 연경은 경민에게 꼬리칠 만한 여자처럼 보이지 않기 때문이다.

"준비됐지? 가서 다시는 경민 씨한테 얼씬도 못하게 망신을 톡톡히 줄 거야."

"수경아, 만약 우리가 생각한 것처럼 그저 그런 여자가 아니면 어떡하지?"

유이의 말에 수경이 무슨 소릴 하냐는 듯 눈을 매섭게 치켜뜨며 목소리를 높인다.

"유부남이랑 단둘이 만났어. 내 눈엔 애인처럼 보일 만큼 친밀했구. 겉으론 순진해 보여도 속은 꼬리 아홉 개 달린 여우일 거야."

"그래도 이건……."

"알았어. 그럼 넌 여기서 기다려. 그건 괜찮지?"

망설이는 유이가 답답하게 느껴진 수경은 차갑게 말하며 연경이 있는 매장 쪽으로 당당하게 걸어갔다. 그런 수경을 말없이 지켜보던 유이는 내키지 않는 걸음을 내딛으며 수경을 따라간다.

자신에게 무슨 일이 닥쳐 올지 전혀 예상도 못한 연경은 늘 하던 대로 환한 미소를 지으며 수경과 유이를 맞이한다.

"어서 오세요, 손님. 매장 한번 둘러보시겠습니까?"

연경의 미소 띤 얼굴을 수경이 차가운 눈빛으로 힐끔 쳐다본다. 수경의 눈빛에 연경은 왠지 섬뜩한 느낌이 들어 자신도 모르게 뒷걸음질치고 말았다. 그런 연경의 행동에 수경이 입꼬리를 살짝 올리며 웃는다.

"내 마음에 드는 게 있을지 모르겠네? 한번 골라봐 줄래요?"

연경은 육감적인 몸매에 명품으로 온몸을 도배한 완벽한 화장에 세련된 외모의 수경을 보며 주눅이 드는 걸 느끼며 잠시 망설이다 신상품 중 제일 반응이 좋은 갈색 하이힐을 수경에게 보여줬다.

"이번에 나온 신상품입니다. 사이즈가 어떻게 되세요?"

"240 정도?"

"사이즈가 딱이시네요. 한번 신어보시겠습니까?"

"아가씨가 직접 신겨준다면요."

거만한 표정을 지은 수경이 의자에 앉아 한쪽 다리를 꼰 채 다른 쪽 다리를 건들거리며 말하자 연경은 한쪽 무릎은 세우고 다른 한쪽은 무릎을 굽힌 자세로 해 수경의 발에 구두를 신겨주었다.

"거울을 보시겠습니까?"

"됐어요. 다른 걸로 보여줘요."

아예 보지도 않고 어서 구두를 벗기라는 제스처를 취하는 수
경의 발에서 연경은 구두를 벗겨내었다.

"저기 저거 보여줘요."

손가락으로 가리키는 구두를 굳은 표정을 한 서영이 가져오
자 연경이 다시 수경의 발에 신겨준다.

"어때요. 마음에 드세요?"

"잘 모르겠네. 저걸로 보여줘요."

"알겠습니다. 잠시만 기다려 주세요."

한참 동안을 연경은 수경의 발에 구두를 신겨주었고 수경은
번번히 퇴짜를 놓았다. 연경은 점점 다리에 힘이 풀리는 걸 느
끼면서도 절대 미소를 잃지 않고 수경이 원하는 대로 구두를 가
져다 주었다.

1시간여 동안 수경은 〈신디〉 매장에 진열되어 있는 상품은 죄
다 신어보았고 쳐다보지도 않고 퇴짜를 놓았다.

"다 촌스럽고 내 맘에 안 드네. 아가씨가 매니저 아닌가?"

"제가 매니저인데요. 상품이 맘에 안 드신다니 정말 죄송합니
다."

"매니저부터 촌스러운데 상품이 세련될 리가 있나."

수경의 비아냥거리는 말에 서영이 발끈해 연경을 본다. 서영
의 표정은 당장이라도 수경을 한 대 칠 것처럼 무섭게 변해 있
었다. 그런 서영을 향해 연경은 참으라는 눈빛을 보냈고 서영은
주먹을 꽉 움켜쥐고 몸을 돌렸다.

"죄송합니다. 다음에 방문하실 땐 좀 더 나은 상품을 만나보실 수 있도록 최선을⋯⋯."

"아가씨부터 맘에 안 드는데 내가 여길 올 것 같아?"

수경의 말에 연경은 자신이 실수한 게 있는지 곰곰이 되짚어본다. 그러나 전혀 떠오르는 게 없었고 연경은 일단 수경의 마음을 달래기 위해 미안한 표정을 짓는다.

"죄송합니다. 제가 거슬리는 행동을 하거나 기분을 상하게 했다면 정말 죄송합니다."

"정말 죄송해?"

"네, 제가 사과드리겠습니다."

"그래? 그렇다면."

수경의 눈빛이 차가운 빛을 뿜어내며 연경을 쏘아본다. 연경은 수경의 눈빛을 차마 마주하지 못하고 고개를 약간 숙여 수경의 눈빛을 피했고, 그런 연경의 머리 위로 수경의 목소리가 흘러나왔다.

"무릎 꿇고 싹싹 빌어, 잘못했다고."

연경이 반응을 보이기 전에 서영이 먼저 나선다.

"이거 너무 심하신 거 아니에요? 언니가 무슨 잘못을 했다고 무릎을 꿇으라는 거예요!"

"철없는 아가씨네? 지금은 나설 자리가 아니야."

서영을 무시하는 듯한 투로 말하며 수경은 멍하니 서 있는 연경을 재촉한다.

"어떻게 할 거야? 난 지금 당장이라고 했어. 무릎 꿇고 싹싹 빌라구. 어서?"

"수경아, 이건 너무……."

가만히 보고만 있던 유이가 수경을 말리려고 나서 보지만, 수경은 자신의 계획대로 진행되고 있었기에 유이의 말을 무시한 채 연경의 어깨를 툭툭 친다.

"할 거야, 안 할 거야? 아까는 말도 잘하더니 이제 벙어리가 되셨나?"

수경이 어깨를 툭툭 치자 연경의 입가에 다시 미소가 어리고 수경을 향해 환한 미소를 지으며 입을 연다.

"제가 무슨 잘못을 했는지는 모르지만 원하신다면 그렇게 해드리겠습니다."

연경은 천천히 수경의 앞에 무릎을 꿇었다. 수경은 예기치 못한 상황에 조금 당황하다 더욱 분한 마음이 들어 연경을 매섭게 노려본다.

"죄송합니다. 앞으로는……."

철썩!

힘이 가득 실린 수경의 손에 뺨을 맞은 연경이 그대로 옆으로 쓰러진다. 그러자 씩씩대며 분을 못 참고 있던 서영이 수경에게 달려들어 수경의 뺨을 때린다.

"그만 해! 수경아!"

수경에게 달려들어 머리채를 휘어잡은 서영은 수경의 머리를 마구 흔들었고 수경도 긴 손톱을 이용하여 서영의 팔과 얼굴을 마구 할퀴었다. 다른 매장 직원들이 깜짝 놀라 〈신디〉로 달려왔고 쇼핑을 하러 온 고객들도 싸움 구경을 하려고 모여들었다.

"너! 순진한 얼굴로 남의 남편을 꼬셔? 나쁜 년!"

서영과 몸싸움을 하면서 악을 쓰는 수경의 말에 연경은 수경이 자신에게 왜 그랬는지 깨닫게 되었다. 자신을 모욕하며 뺨까지 때린 수경은 경민의 아내였던 것이다. 갑자기 할 말이 없어진 연경은 수경에게서 서영을 떼어놓기 위해 안간힘을 썼다.

"서영아, 그만 해! 그만!"

"내가 그만두더라도 너 같은 년은 혼나봐야 돼! 싸가지없는 년!"

수경에게서 서영을 떼어놓긴 연경 혼자로선 역부족이었다. 결국 오 조장과 정 부장이 달려왔고 보안 요원 둘이서 서영을 수경에게서 떼어놓았다. 둘 다 머리가 엉망이 되었고 수경의 손톱에 서영의 얼굴은 온통 상처투성이고 수경은 애써 차려입고 온 블라우스의 단추 몇 개가 뜯겨져 있다.

"죄송합니다. 저희 직원이 정신이 어떻게 됐었나 봅니다."

씩씩거리는 수경에게 허리를 굽신거리며 먼저 사과를 한 정 부장은 수경과 맞붙었던 서영을 험악한 얼굴로 노려보았다. 정 부장은 어이없는 사태에 주변을 둘러보다 싸움의 원인이 연경이라는 걸 알게 되자 연경을 노려보며 손짓을 했다. 연경은 고개를 푹 숙이고 서영과 함께 정 부장을 따라갔고 오 조장도 수경을 진정시키며 유이와 함께 사무실로 가도록 유도했다.

사무실에 들어서자 수경은 거만하게 앉아 죄인처럼 서 있는 연경과 서영을 노려보며 정 부장에게 쏘아댔다.

"직원들 교육을 어떻게 시키는 거죠? 손님을 이런 식으로 취급하는 백화점이 있다니 정말 우습군요."

"죄송합니다. 평소에도 말썽이 많아서 우리도 속을 많이 끓고 있습니다. 이런 사태까지 벌어졌으니 합당한 조치를 취하도록 하겠습니다."

"그 합당한 조치라는 게 뭐죠? 전 다시는 이 백화점에서 저 직원들 얼굴 보고 싶지 않아요!"

수경은 연경과 서영을 손가락질하며 소리쳤다. 그러자 정 부장의 입가에 만족스러운 미소가 떠오른다.

"오늘 이후부턴 절대 보지 못하실 겁니다. 정말 죄송하게 됐습니다."

정 부장의 말에 수경 또한 만족스러운 미소를 지었고 옷매무새를 추스린 뒤 자리에서 일어났다. 그리고 연경에게 천천히 걸어가 연경의 귀에 대고 소곤거린다.

"경민 씨 또 만나면 망신 톡톡히 당할 줄 알아."

연경의 얼굴이 서서히 굳어졌고 수경은 어깨를 쭉 펴고 당당하게 사무실을 빠져나갔다. 시종일관 굳어진 얼굴로 지켜보고 있던 유이는 금방이라도 눈물을 떨굴 것 같은 연경을 복잡한 마음으로 지켜보다 천천히 돌아서서 수경을 뒤따라 나갔다.

수경과 유이가 나가자 정 부장의 예의 바른 얼굴이 험악한 얼굴로 바뀌었다.

"정신들이 있는 거야, 없는 거야! 매장에서 싸움질을 해? 구연경! 너 사회생활 그 따위로밖에 못해? 사장실 들락거릴 때부터 보통이 아니라고 생각하고 있었어. 남건우 사장도 참 보는 눈이 없어. 너 같은 걸 교육 강사 시킬 정도니."

"사장님 욕하지 마세요! 재수없게 생겨 가지고."

서영이 발끈하며 정 부장에게 소리를 지르자 정 부장의 험악한 얼굴이 굳어졌다.

"너 같은 인간보다 사장님이 훨씬 나아. 알아? 나가라구? 내가 못 나갈 줄 알아? 나도 너같이 더러운 인간 밑에선 일 안 해!"

"너, 너!"

너무 화가 나서 말도 제대로 못하는 정 부장에게 서영은 몸을 돌렸다. 그리고 말없이 서 있는 연경의 손을 잡았다.

"언니, 나가자! 치사하고 더러워서 여기 못 있겠어!"

서영은 연경을 거의 끌고 가다시피 하며 사무실을 빠져나갔다. 사무실을 나가는 두 사람의 등 뒤로 정 부장의 욕설이 터져나왔다.

"뭐라구요? 말도 안 돼!"

"그게 무슨 말입니까!"

남 회장의 병실 안에서 두 남자의 목소리가 흘러나왔다. 경악에 찬 목소리의 주인공들은 건우와 현우였다. 현우는 건우를 분노에 가득 찬 눈초리로 노려보며 억지로 분을 참으며 말했다.

"유이와 건우가…… 약혼을 한다구요?"

"그래, 현실적으로 미래백화점은 부도를 면하기 어렵다. 건우가 매출을 많이 올리려고 노력하고 있지만 워낙 부채가 많아 밑빠진 독에 물 붓기야. 매출이 많이 신장되지 않으면 3개월을 넘기기 힘들어."

한 회장의 말에 남 회장이 수긍하는 듯 고개를 끄덕였고 건우는 두 사람을 보며 코웃음을 쳤다.

"그래서 저보고 돈에 팔려가란 말입니까?"

"팔려가는 게 아니라 동업자가 되라는 거네. 유이도 차차 내 사업을 인수받기 위해서 공부를 해야 하고 자네가 경영에는 소질이 있는 것 같으니 난 자본을 대고 자네는 유이를 가르치는 거야."

"쿡쿡. 싫다면요."

차갑게 웃으며 건우는 한 회장을 불만이 가득한 시선으로 바라보았다. 한 회장은 그런 건우를 향해 빙긋 웃으며 짧게 대답했다.

"그럼 넌 망하는 거지."

건우는 왜 남 회장이 자신에게 미래백화점의 경영을 맡겼는지 이제야 이해가 되었다. 이미 한 회장과 모종의 거래를 했고 건우는 그 희생양이었다. 유이와의 결혼을 담보로 남 회장은 한 회장의 돈을 끌어들여 미래백화점의 번성을 꿈꾸는 것이다.

"유이는…… 널 좋아한다…… 오래전부터 널…… 좋아했어."

아무 말 없이 지켜만 보고 있던 남 회장이 아주 힘겹게 입을 열었다. 건우는 그런 남 회장을 차가운 눈빛으로 노려보며 대꾸했다.

"좋아한다…… 전 사랑하는 사람이 아니면 결혼하지 않습니다. 누구처럼 상처 주기 싫거든요."

건우는 남 회장의 눈을 똑바로 노려보며 한 마디 한 마디에 힘을 주며 말했다. 남 회장의 건우의 말에 피식 웃는다.

"사랑이…… 밥 먹여주냐."

"밥 먹여주냐구요? 전 사랑하는 사람과 밥을 먹고 사랑하는 사람과 같이 아침을 맞이하고."

건우는 자신의 주위에 서 있는 한 회장, 윤 변호사, 남현우, 그리고 남 회장을 차례차례 둘러보며 말을 이었다.

"사랑하는 사람과 삶의 마지막 순간을 맞이할 겁니다. 누구처럼 외롭게 보내지 않을 거란 말입니다!"

더 이상 참지 못하고 건우는 병실 밖으로 뛰쳐나왔다. 마지막 순간까지도 남 회장의 이름을 부르며 외롭게 세상을 뜬 어머니의 얼굴이 떠올랐다. 늘 남 회장과 만난 그 순간이 행복했다며 입버릇처럼 말하던 어머니.

행복해? 행복했다면서 왜 울었어. 왜! 왜!!

문득 어머니가 보고 싶어졌다. 그리고 어머니의 얼굴 위로 연경의 얼굴도 겹쳐 보였다. 건우는 휴대폰을 꺼내 연경에게 전화를 했다. 그러나 연경의 휴대폰은 전원이 꺼져 있다. 건우는 다시 매장으로 전화를 걸었다. 한참 동안 신호음이 간 뒤 낯선 목소리가 전화를 받는다.

—〈신디〉입니다.

"구연경 씨 계십니까?"

건우의 물음에 상대방이 잠시 뜸을 들인다.

"구연경 씨 안 계십니까?"

—구연경 씨…… 오늘부로 그만두셨는데요.

"네? 오늘 근무했잖습니까!"

너무나 황당한 대답에 건우는 신경질적으로 되물었다. 그러자 상대방이 망설이며 대답했다.

—자세한 건 모릅니다. 정 부장님이 그만두라고 했다는 것밖에는…….

건우는 거칠게 휴대폰의 종료 버튼을 누르고 이를 갈며 급하게 주차장으로 걸어가 자신의 차에 올라타고 시동을 걸었다.

모든 신호를 무시하고 건우는 미친 듯이 차를 몰았다. 백화점 지하 주차장에 주차를 한 뒤 2층에 위치한 정 부장의 사무실로 향했다. 사무실문을 막 열고 들어서니 느긋하게 녹차를 음미하며 낄낄거리면서 컴퓨터 모니터를 보고 있는 정 부장이 눈에 들어왔다.

"부장님."

사무실에 있던 여직원 중 한 명이 정 부장에게 건우가 왔음을 알리자 건우는 정 부장의 얼굴에 당혹감이 스쳐 지나가는 걸 보았다. 건우는 정 부장을 무섭게 노려보며 성큼성큼 책상 앞으로 걸어가 자리에서 일어나는 정 부장의 멱살을 잡았다.

"컥. 무, 무슨······."

숨이 막혀 제대로 말을 못하는 정 부장을 건우는 분노에 가득 찬 얼굴로 내려다보았다. 분노에 가득 찬 건우의 눈빛을 대하며 정 부장은 두려움을 느끼며 건우의 손아귀에서 벗어나려고 버둥거렸다. 그러나 건우의 손아귀에서 벗어나긴 역부족이었다.

"왜 그랬지? 남현우가 시켰나?"

"무, 무슨 소린지······."

목이 졸린 상태라 정 부장은 힘겹게 말을 하고 있다. 목소리 또한 자세히 듣지 않으면 들리지 않을 만큼 작았다. 정 부장이 딱 잡아떼고 있는 거라 생각하며 건우는 다시 한 번 묻는다.

"대답해. 대가는 뭐였나?"

"대, 대가라뇨······ 헉!"

건우가 정 부장을 힘껏 밀쳐 내자 정 부장은 구석으로 나가떨어졌다. 바닥에 부딪친 충격으로 끙끙거리는 정 부장을 노려보며 건우는 조용하지만 다분히 협박성이 담긴 말을 내뱉었다.

"각오해야 할 거다. 여긴 남현우의 회사가 아니라 내 회사니까. 오늘 일로 당신의 업무적 능력을 평가할 것이고 거기에 합당한 조치를 내릴 것이다."

와이셔츠 깃에 스쳐 벌건 자국이 생긴 목을 손으로 주무르며 정 부장은 건우를 향해 비아냥거리는 표정을 지었다. 건우를 향한 말투도 무시하는 투다.

"말썽 피운 여직원이 사장님과 아주 특별한 관계였나 봅니다? 한낱 여직원 때문에 제 업무 능력을 평가하신다니 말입니다. 아주 우습군요."

"그래? 언제까지 그렇게 웃을 수 있을까 한번 기대해 보지."

들어왔을 때와 마찬가지로 건우는 큰 걸음으로 단숨에 정 부장의 사무실을 나갔다. 닫힌 문을 노려보던 정 부장은 사무실 여직원이 자신을 힐끔힐끔 쳐다보자 신경질을 낸다.

"일 안 하고 뭐 하는 거야! 그렇게 할 일이 없어?!"

화들짝 놀라며 고개를 컴퓨터 모니터에 고정시키는 여직원을 잠시 노려본 뒤 정 부장은 책상을 힘껏 내려치며 이를 벅벅 간다.

남건우, 나도 니가 언제까지 그렇게 큰소리를 칠지 두고 보겠다!

잔뜩 화가 난 얼굴로 사장실에 들어온 건우는 총무팀장을 맡고 있는 신 부장을 방으로 불렀다. 부르자마자 신 부장이 사장실로 들어왔고 건우는 방 안을 왔다 갔다 하며 다급하게 신 부장에게 말한다.

"부탁할 일이 있습니다. 오늘 매장에서 갑자기 해고를 당한

여직원이 있는데 부당하다고 생각되니 다시 복직할 수 있도록
조치를 취해주십시오."

평소 자신이 보아왔던 신 부장이라면 당장 시행할 것이라고
생각했던 건우였다. 그러나 신 부장에게선 대답이 없다. 건우가
의아해하며 대답을 기다리는 듯 뚫어져라 응시하자 신 부장이
조용히 입을 열었다.

"기분이 상하시더라도 끝까지 들어주십시오."

"무슨 문제가 있습니까?"

"사장님께선 개인적인 이유 때문에 구연경 씨의 복직을 시행
하라고 하십니다. 그러나 전 할 수 없습니다."

신 부장의 말을 듣고 있던 건우의 눈썹이 치켜 올라간다. 건
우의 날카로운 눈빛이 신 부장을 노려보았고, 신 부장도 지지
않고 건우를 염려하는 눈빛으로 건우를 마주 보았다.

"왜 못한다는 겁니까! 그녀는 저 때문에 부당하게……."

"백화점이란 곳에선 두 가지를 잘해야 합니다. 판매를 잘해야
하고 고객을 많이 확보해야 합니다. 그러나 구연경 씨는 고객
확보에서 실패했습니다. 이번 일은 정 부장이 아주 옳은 판단을
한 겁니다. 백화점은 이미지가 좋아야 하는데 구연경 씨는 미래
백화점의 이미지를 실추시켰습니다. 해직은 마땅한 처사입니
다."

"신 부장님, 부장님은 제 편인 줄 알았습니다! 그런데……."

정의롭고 자신에게 많은 도움을 줄 것 같은 사람이라고 생각

되었던 신 부장이 정 부장이 오늘 한 일을 옳다고 말하고 있었다. 건우는 신 부장의 이런 행동이 이해가 되지 않았고 적잖게 배신감도 든다. 건우가 신 부장을 향해 원망스럽다는 듯 말하자 신 부장이 자식을 야단치듯 건우를 향해 냉정하게 말한다.

"제가 사장님 편이기 때문에 이렇게 하는 겁니다! 사적인 일로 팀장들에게 심어줬던 신뢰감을 잃고 싶으십니까?"

"사적인 일이 아닙니다. 전 다만……."

"제겐 다분히 사적인 일로 보입니다. 정말 구연경 씨에게 조금도 개인적으로 관심이 없다고는 말 못하실 겁니다. 아닙니까?"

신 부장의 날카로운 눈초리와 정곡을 찌르는 말에 건우는 대답하지 못했다. 힘없이 책상 쪽으로 걸어가 의자에 털썩 주저앉아 한숨을 쉬는 것 말고는 어떠한 말도 신 부장에게 하지 못한 채 그렇게 잠시 침묵을 지켰다.

"여기서 제게 하셨던 말씀은 못 들은 걸로 하겠습니다. 현명한 분이 되셨으면 합니다. 사장님께서 짊어져야 하실 가족들은 훨씬 많다는 걸 잊지 마십시오. 그럼 나가보겠습니다."

정중하게 고개 숙여 인사한 뒤 사무실을 나가는 신 부장을 보며 건우는 자신이 너무 성급했고 이기적이었다는 걸 깨달았다. 그러나 신 부장의 말이 옳음에도 연경을 떠올리니 가슴이 아팠다. 건우는 다시 연경의 휴대폰에 전화를 걸어보지만 연경은 전화를 받지 않았다.

또 울고 있겠군. 젠장, 우는 모습 보기 싫은데.

두 손으로 머리를 감싼 채 건우는 눈을 꼭 감고 고개를 숙였다. 마치 연경이 자신의 앞에서 울고 있어 차마 볼 수 없다는 듯.

오늘만큼은 마음껏 취해보고 싶어 서영이 따라주는 술을 연경은 단숨에 입 안에 털어 넣는다. 시끄러운 음악과 정신없이 돌아가는 색색조명을 흐릿해진 눈으로 바라보며 언젠가 한번 와본 적이 있던 곳이라는 걸 떠올린다. 여기 왔던 날 무슨 마음으로 왔는지도 기억해 냈다.

그래, 미영이랑 지원이랑 왔던 곳이야. 경민 씨 때문에…… 그래, 그 사람 때문에…….

손에 쥔 술잔에 힘을 주며 연경은 울지 않으려 눈을 감았다. 연경은 알고 있었다. 그날 이후 자신이 경민을 향한 사랑은 잊혀졌다는 걸. 남은 미련 때문에 잘못된 것인 줄 알면서도 경민을 만났다. 그래서 연경은 경민이 자신을 떠나 아파했을 때처럼 경민의 아내에게도 똑같은 아픔을 주고 말았다. 거만한 자세로 자신을 내려다보고 있었지만, 연경은 수경의 눈에서 슬픔을 읽어냈다. 경민의 배신으로 인해 자신이 슬펐던 것처럼 그녀도 슬퍼했다.

나 왜 이러니.

연경은 자신에게 키스하던 건우의 얼굴도 떠올렸다. 아마 건우도 오늘 일을 알 것이다. 그리고 지난밤 자신과 있었던 일을 후회했을지도 모른다고 생각하니 연경은 심장을 날카로운 유리로 찌르는 것처럼 아팠다.

더럽게 느껴졌을까? 추하게 느껴졌을까?

"언니, 그만 마셔! 술도 못 마시면서."

"서영아, 나 때문에 너 어떡하니? 나, 너한테 미안해서 어떡하니? 나 같은 것 때문에."

"언니가 왜! 다 그 여자가 나쁜 거야. 지가 돈 좀 있으면 다야? 어디서 사람 무시하는 것만 배워 가지고. 싸가지없는 년."

조그맣게 욕설을 지껄이며 서영은 술잔에 담긴 술을 들이킨다. 연경은 서영에게 술을 따라주고 자신의 잔에도 따랐다. 서영에게 모든 사실을 얘기하고 용서를 빌고 싶었지만, 연경은 말할 수 없는 자신의 비겁함이 너무나 싫다.

점점 빈 병의 개수가 늘어가면서 연경은 자신의 몸에서 힘이 빠져나가는 걸 느낀다. 사물도 흐리게 보이고 왠지 기분이 좋아 히죽거리며 웃었다.

"언니, 기분 되게 좋아?"

"응! 기분 넘 좋아."

연경을 향해 씩 웃던 서영이 테이블 위에 엎드리더니 그대로 잠들어 버렸다. 연경은 점차 희미해지는 의식을 간신히 붙잡고 서영을 흔들어 깨우려 했다. 그러나 서영은 꿈쩍도 하지 않았고 연경도 점점 몸이 깊은 늪 속으로 가라앉듯 무거워지는 걸 느꼈다. 흐릿하게 보이던 시야도 점점 어둡게 변하고 있었다.

"내가 분명히 봤…… 어머! 연경이 맞잖아?"

"연경 씨가 왜 여기 있는 겁니까?"

"나도 모르죠. 근데 얘가 술이 떡이 됐네? 연경아, 일어나 봐!"

낯익은 목소리와 자신의 뺨에서 느껴지는 따끔한 아픔에 연경은 눈을 살짝 떴다. 연경은 잘못 본 것이라고 생각하며 다시 눈을 감는다.

"미영이가…… 보이네."

"이 기집애가! 구연경!"

조금 강도 높은 아픔에 연경은 다시 눈을 떴고 자신의 옆에 앉아 어이없다는 듯 쳐다보고 있는 미영을 확인했다.

"진짜 미영이네…… 안녕?"

"안녕? 웃기셔! 집에 가자. 집에 가서……."

"싫어. 더 마실래. 나…… 괴롭다? 무지무지……."

"알았어. 일단 집에 가자. 거기서 마시자. 응?"

"미영아, 보고 싶어…… 그 사람……."

"누구? 응?"

연경의 말에 의아해하며 미영은 연신 누구냐고 채근하지만 연경은 그대로 눈을 감아버렸다. 미영이 연경을 깨우려고 할 때 동진이 미영을 가로막는다.

"왜요?"

"누군지 알 것 같아요."

동진의 의미심장한 미소에 미영은 아리송하다. 연경이 새롭게 만나는 남자가 있다는 말을 한 적이 없었고, 동진이 경민에 대해 알 리 만무하다. 그러나 미영은 동진이 전화를 거는 상대를 확인한 뒤에야 연경의 상대를 알 수 있었다.

"건우냐? 여기 저번에 연경 씨 처음 만났던 곳이다. 내가 왜 전화했냐고? 와보면 알겠지?"

장난스럽게 전화를 끊고 미영을 향해 씩 웃어 보이는 동진을 보며 미영도 따라 웃었다.

연경아, 인연 한번 끝내준다. 그치?

동진과의 전화를 끊고 건우는 대충 옷을 챙겨 입은 뒤 후닥닥 아래층으로 내려왔다. 그러나 아래층엔 현우가 있었고 지금은 피하고 싶은 사람도 현우와 함께 있었다.

"건우야."

벌떡 일어나 자신에게로 다가오는 유이를 건우는 손을 들어 제지한다. 유이는 더 이상 다가서지 못한 채 복잡한 눈빛으로 건우를 바라본다.

건우는 유이의 얼굴을 외면한 채 냉정한 목소리로 말했다.

"지금은 할 얘기 없다. 나중에 얘기하자."

할 말을 끝내고 나가려는 건우를 현우가 뒤에서 부른다.

"남건우! 유이가 할 말이 있다잖아!"

그러나 건우는 현우의 말을 그냥 무시한 채 문을 열고 밖으로 뛰쳐나왔다. 행여나 현우가 쫓아나와 자신을 붙잡을까 봐 건우는 주차장으로 뛰어갔고, 자신의 차에 올라타자마자 시동을 걸었다. 주차장을 빠져나가면서 힐끔 쳐다본 백미러에 얼굴을 일그러뜨리는 현우의 모습이 비춰졌고 건우는 현우의 모습을 잠시 노려본 뒤 시선을 정면으로 고정시켰다.

정말 정신없이 달려왔다. 속도 위반으로 카메라에 찍히든 말든 연경을 보기 위해 건우는 신호란 신호는 다 무시하고 달렸다. 주니어호텔 주차장에 도착하자마자 건우는 차를 대충 대놓고 동진에게 전화로 위치를 확인한 뒤 급하게 걸었다.

"여기다!"

건우를 발견한 동진이 손을 흔든다. 그러나 건우는 동진을 보고 있지 않았다. 하루 종일 연락이 되지 않았던 연경을 눈앞에서 보게 되자 건우는 반가움에 그녀의 작은 몸을 으스러지게 안아주고 싶었다. 그러나 동진이 피식 웃으며 이상한 눈빛을 보내자 건우는 간신히 자제를 하며 애써 태연한 척했다.

"너 집에 있었냐?"

"응? 그래, 집에 있었다."

"그래? 급하긴 급했네. 너희 집에서 여기까지 30분도 넘게 걸리는데 지금이…… 우와! 20분도 안 걸렸네? 막 밟았구나?"

정곡을 찌르는 동진의 의미심장한 말에 건우는 대꾸없이 동진을 노려보았다. 조금 어색하면서도 난처해하는 건우의 행동에 미영은 간신히 웃음을 참으며 동진을 부른다.

"동진 씨, 나 피곤해요."

"피곤해요? 이런, 집에 모셔다 드리죠. 뒷좌석에 누워 있는 연경 씨 일행 분도 제가 책임지고 모셔다 드려야겠군요. 연경 씨는 건우가 잘 데려다 줄 겁니다. 그렇지?"

건우는 대답없이 동진이 부축하고 있는 연경을 자신의 품으로 끌어당겼다. 동진은 스스럼없이 건우에게 넘겨주었고, 건우는 동진과 미영에게 짧게 인사를 한 뒤 자신의 차로 향했다. 술에 취해 축 늘어진 연경을 부축하며 건우는 자신에게 화가 난다.

당신에게 해줄 수 있는 일이 아무것도 없군. 당신은 내게 해주는 게 많은데 말이야.

연경의 집을 모르는 건우는 연경이 정신을 차릴 때까지 기다리기로 했다. 옆 자리에 눈을 꼭 감고 잠이 든 연경의 모습을 가만히 지켜보다 고른 숨소리를 내고 있는 연경의 입술을 훔치고 싶은 생각이 들어 자신의 마음속에 자리 잡은 늑대를 몰아내려 애쓴다.

미쳤어? 저 여자 지금 많이 슬프고 괴롭다구, 이 변태 색마야!

건우는 속으로 자신의 이런 욕망을 욕하며 핸들을 손으로 탁탁 내려쳤다. 그러나 그것으론 욕망을 잠재우기 힘들어 고개를 푹 숙이고 자신에게 주문을 걸듯 조그맣게 중얼거렸다.

"참자, 참아야 한다. 난 사람이야. 짐승이 아니다. 난 사람이다."

그러나 건우는 주문을 외우면서도 다시 연경이 있는 쪽으로 고개를 돌리고 만다. 그리고 눈을 뜬 채 자신을 보고 있는 연경을 발견하고 화들짝 놀란다.

"어, 언제 일어났어?"

"여긴…… 어떻게 왔어요?"

가라앉은 연경의 목소리가 너무나 힘없이 들려 건우는 또다시 마음이 아파왔다.

"얘기 들었어."

"그래요."

건우의 다음 말이 두려워 연경은 차 밖으로 뛰쳐나가려고 차 손잡이에 손을 갖다 댔다. 그러나 건우가 더 빨랐고 어느새 연경은 건우의 품 안에 있었다.

"사장…… 님?"

"널 보자마자 이렇게 해주고 싶었어. 많이 힘들었지? 많이 울진 않았니?"

고통스러워하는 건우의 음성에 연경은 참았던 눈물이 쏟아지고 있다는 걸 느꼈다. 연경의 눈물이 건우의 가슴을 적셨고 건우는 더욱 힘껏 연경을 안아주었다.

연경은 소리 내어 건우의 품에서 울음을 터뜨렸다. 너무나 서럽게 우는 연경을 건우는 다정한 키스로 달래주었다. 연경의 울음소리를 건우가 삼켰고 연경의 뜨거운 눈물을 함께 나눴다. 연경의 눈물이 멈출 때까지 건우는 연경과 함께했다. 건우의 입술이 연경의 입술에서 멀어지자 연경은 믿기지 않는다는 눈으로 건우를 바라보았다.

"날 경멸할 줄 알았어요. 그날 밤 내게 해준 키스를 후회할 줄 알았어요. 그것 때문에 더 괴롭고 슬펐어요."

울먹이는 연경의 머리를 부드럽게 쓰다듬으며 건우는 동진과 상현이 외엔 절대 보여준 적 없는 진심 어린 미소를 지으며 대답했다.

"연경의 입술은 내가 특허냈어. 내 거야. 그런데 내가 후회한다고?"

"사장님."

"백화점에서 잘렸잖아! 건우 씨라고 불러!"

장난기 어린 건우의 말에 연경은 팔을 뻗어 건우의 목을 끌어안았다. 건우의 품은 넓고 아늑하면서도 부드러웠다. 연경은 건우를 꼭 끌어안고 자신의 심장과 똑같이 뛰고 있는 건우의 심장을 느끼며 행복한 미소를 지었다.

이 사람…… 진심이야. 거짓말이 아니야!

연경은 큰 결심을 했다. 자신을 진실로 대해주는 특별한 사람과 특별한 순간을 함께하고 싶다는 맹세를 지키기로 말이다.

차마 입 밖으로 꺼내기 민망하지만 연경은 이미 건우에게 한 번 시도한 적이 있었다. 침을 꿀꺽 삼키며 연경은 어색한 미소와 함께 건우에게 조심스럽게 말을 꺼냈다.

"저…… 오늘 밤……."

연경은 말을 끝맺지 못했다. 매력적인 미소를 지으며 건우가 손가락으로 연경의 입술을 누르며 말을 막았기 때문이다. 연경이 다시 말을 이어가려고 했지만, 건우는 연경의 입술에서 손가락을 떼어내지 않았다. 건우는 부드러운 눈빛으로 연경을 응시하며 입을 열었다.

"오늘은 내가 할 거야. 숙녀에게 또다시 그런 말을 하게 할 수 없잖아?"

건우의 미소가 점점 깊어졌고, 부드러운 눈빛도 점점 깊어졌다. 연경은 심장이 걷잡을 수 없게 뛰기 시작하자 행여나 심장이 터지지 않을까 긴장한다. 긴장으로 굳어버린 연경의 얼굴을 향해 건우의 입술을 내려왔고 눈을 꼭 감은 연경의 이마에 건우의 입술이 닿았다. 그리고 건우의 부드러운 목소리가 연경의 귓가를 부드럽게 맴돌았다.

"오늘 밤…… 나와 같이 있어주겠어?"

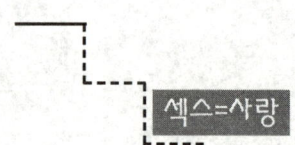
섹스=사랑

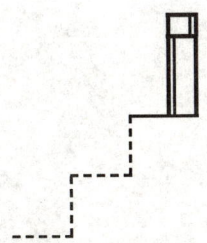

새하얀 침대 시트 위에 누워 있는 연경의 모습은 그녀를 처음 본 그날과는 전혀 달랐다. 매력적인 모습은 여전했지만, 지금은 다른 남자를 잊기 위해서가 아닌 남건우 자신을 받아들이기 위해 그녀는 그를 향해 손을 뻗고 있었다. 자칫 잘못하다 쉽게 깨어져 버릴 것 같은 유리그릇을 다루듯 연경의 블라우스 단추를 천천히 풀어내렸고, 스커트도 벗겨내었다. 건우는 자신의 눈앞에 펼쳐진 연경의 아름다운 모습에 잠시 넋을 잃고 바라보았다. 그런 건우의 눈빛에 연경은 수줍은 듯 얼굴을 붉히며 말했다.

"보지 말아요. 창피해요."

"싫어. 오늘 난 너의 모든 걸 내 눈 속에 담아 간직할 거야. 그러니까 널 보지 말라는 말은 하지 마."

"알았어요."

레이스가 전혀 없는 순면의 브래지어와 팬티엔 각각 작은 리본이 달려 있었고 새하얀 순백색이었다. 건우는 화려하지 않은 속옷이 연경과 너무나 잘 어울린다고 생각하며 천천히 자신의 옷을 벗었다. 자신이 먼저 알몸이 되어 연경에게 자신을 보여준 다음 연경의 속옷을 벗겨내었다. 두려움을 덜어주려는 건우의 배려였고, 연경은 건우의 알몸을 신기한 듯 바라보았다. 그러나 이내 건우의 몸이 자신의 몸에 와 닿자 잔뜩 긴장한 얼굴이 되었다. 연경의 긴장을 풀어주려는 듯 건우는 천천히 연경의 몸을 어루만지며 연경의 눈과 콧등, 입술에 차례차례 키스를 했고 그 다음 목덜미로 내려왔다. 건우의 입술이 연경의 새하얀 살결에 닿을 때마다 연경은 가쁜 숨을 토해냈다.

"마음이 바뀌면 언제든지 얘기해. 난 참을 수 있으니까."

"시끄러워요. 계속하기나 해요."

나지막한 건우의 웃음소리를 들으며 연경은 또다시 무아지경에 빠져든다. 자신의 가슴과 젖꼭지를 희롱하는 건우의 부드럽고 따뜻한 혀와 길고 가는 손가락이 자신의 몸 구석구석을 애무하자 연경은 몸이 공중에 붕붕 나는 듯한 느낌에 정신을 못 차리고 있다. 아주 긴 시간 동안 건우는 연경을 세심하게 어루만져 주었고, 자신의 인내력이 한계에 다다랐을 때 연경의 입술에 키스를 하며 연경의 신음 소리를 삼켰다. 짧은 고통에 연경은 얼굴을 찌푸리며 아파했지만, 건우가 입술을 떼어냈을 땐 만족스러운 신음 소리를 내며 건우와 함께 정상으로 달려가고 있었다. 그리고 긴 한숨과 함께 건우와 연경은 힘없이 무너져 내렸다.

난생처음 경험한 섹스에 연경은 너무나 만족스러웠다. 옆에서 가쁜 숨을 내쉬며 땀범벅이 된 건우를 지그시 바라보며 연애소설에서 읽었던 섹스에 관한 얘기를 건우에게 해준다.

"몸이 하나가 되면 하늘을 나는 듯한 기분이래요. 키스는 꿀처럼 달콤하고 섹스 후 몸에선 향기로운 냄새가 난대요."

"그래? 다 좋은 말들뿐이군. 소감을 물어보면 실례인가?"

연경은 슬그머니 건우의 탄탄한 허벅지를 어루만지며 능청스럽게 말했다.

"아직은 잘 모르겠는데요?"

"그렇다면."

"꺄악!"

건우가 연경을 덮쳐 누르자 연경이 소리를 지른다. 연경을 의미심장한 눈빛으로 응시하며 건우는 속삭였다.

"역시 한 번으론 부족하단 뜻이겠지?"

"사장…… 읍, 뭐예요!"

"건우 씨! 그렇게 불러!"

"건우 씨…… 하아."

"한 번 더."

"건우…… 씨…… 하아, 하아."

상기된 얼굴로 가쁜 숨을 내쉬는 연경을 부드러운 눈빛으로 바라보며 건우는 난생처음 편안하고 향기로운 밤을 보내고 있다.

밤새 한숨도 자지 않고 거실에 앉아 건우를 기다린 유이의 얼굴엔 피곤의 기색이 역력했고, 현우 또한 피곤한 얼굴로 유이의 곁을 지키고 있다. 금방이라도 울음을 터뜨릴 것 같은 유이의 얼굴을 지켜보는 현우의 가슴이 아려온다.

"오빠, 건우가 나 미워하나 봐. 그래서 안 들어오는 거야."

"그 녀석 원래 잘 안 들어와. 내 방 가서 눈 좀 붙이자. 응?"

"혹시 어제 일 알아버린 걸까? 나도 같이 있었다고 그런 걸까?"

"어제 일이라니? 병원에서 있었던 일?"

"아니, 건우가 맘에 두고 있는 여자."

불안한 듯 고개를 이리저리 돌리고, 입술을 잘근잘근 씹는 유이를 보며 현우는 정 부장이 건우에 대해 알려주던 정보 중 판매 사원에 대한 내용이 머리 속에 떠오른다.

"미래백화점에 들어온 이래 계속 구두 판매만 하던 여직원입니다."

혹시……?

"백화점에 근무하는 그 여자?"

현우의 말에 유이가 충격을 받은 듯 입을 살짝 벌리고 현우를 응시한다. 유이의 입술이 가늘게 떨리고 있다.

"오, 오빠도 알고 있었어?"

유이의 깜짝 놀란 표정에 현우는 속으로 회심의 미소를 짓는다.

"내가 모르는 일이 어딨겠어. 건우가 아주 특별하게 생각한다던데. 니가 그걸 알아버리다니 충격이 컸겠구나."

유이는 현우의 품에 얼굴을 묻고 흐느낀다.

"건우는 바보야! 겨우…… 겨우 그런 여자를……."

"그래, 너와는 비교도 안 되는 그런 여자를!"

절대 비교가 안 돼! 건우도, 그 여자도. 유이야, 나와 넌 그들과는 다른 부류야.

눈물이 그렁그렁 맺힌 눈으로 올려다보는 유이를 현우는 강한 인내력을 발휘해 가만히 내려다본다.

"오빠가 좀 도와주면 안 돼? 건우에게서 그 여자를 쫓아줘! 건우 지금 제정신 아니야. 유부남이랑 놀아났던 여자야. 건우랑은 안 어울려. 응? 도와줘!"

건우 때문에 자신에게 간절하게 애원하는 유이를 보며 현우는 유이를 사랑하는 자기 자신을 원망했다. 유이를 조금만 덜

사랑했다면 지금의 부탁을 거절했을 것이다. 그러나 현우는 자신의 심장을 도려내어 피가 나는 걸 알면서도 유이에게 다정하게 웃어주며 고개를 끄덕였다.

"어떻게 도와줄까?"

"건우를 다시는 못 만나게 해줘. 수단과 방법을 가리지 말고."

현우는 쓸쓸한 미소를 지으며 너무도 변해 버린 유이의 모습을 바라보았다. 슬프다. 불쌍한 사람 돕는 걸 좋아하고 남들에게 해가 되는 일은 절대로 하지 않던 유이가 남건우라는 인간 때문에 검은물이 들어버렸다. 질투에 눈이 먼 유이는 옛날의 유이가 아니었다.

"그게 니가 바라는 일이라면……."

그게 니가 행복해지는 일이라면 그렇게 해줄게.

푹신하고 매끄러운 감촉과 몸을 감싸고 있는 따뜻함에 연경은 흐뭇한 미소를 지으며 몸을 길게 뻗었다. 그러나 평소와는 뭔가 다르다는 걸 깨닫고 연경은 천천히 눈을 떴다. 그리고 자신의 몸을 따뜻하게 만들어주는 원인이 남건우라는 사실과 어젯밤의 일을 떠올리며 몸을 벌떡 일으킨다.

세상에…… 나 한 거야?

온몸에서 열이 나고 얼굴이 화끈거려 연경은 두 손으로 얼굴을 감싸고 아직 잠들어 있는 건우를 조심스럽게 훔쳐본다. 베개

위에 흐트러진 건우의 머리카락과 편안한 미소를 짓고 있는 입술이 제일 눈에 띄었다. 얼떨결에 손가락을 밀어 넣었던 건우의 머리카락은 믿기지 않을 만큼 부드러웠고, 입술은 능숙하게 연경을 흥분시켰다. 아주 얄밉게도 말이다. 연경은 시트를 가슴까지 끌어 올리고 이번엔 자세하게 건우를 관찰했다. 인정하긴 싫지만 너무나 멋있고, 섹시하고, 자신에게 과분한 상대라는 결론을 내려지자 연경은 건우를 외면한 채 길게 한숨을 내쉬었다.

"휴, 내가 무슨 짓을 한 거람."

"후회하는 거야?"

허스키한 건우의 목소리가 들리자 연경은 화들짝 놀라며 고개를 돌려 건우를 내려다본다. 연경은 어느새 눈을 뜨고 자신을 바라보고 있는 건우를 발견했다.

"깨, 깼어요?"

연경은 건우와 눈이 마주치자마자 황급히 시선을 피하며 고개를 돌린다. 그러나 오래가지 않았고 이내 건우의 부드러운 손길에 의해 그와 눈을 마주쳐야 했다.

"후회하냐고 물었어. 그런 거야?"

"아니에요. 단지……."

"계속해."

도중에 말을 끊은 채 머뭇거리는 연경을 건우의 조금 화난 듯한 목소리가 채근한다. 연경은 머리 속에 맴돌던 의심들을 정리한 뒤 건우에게 말했다.

"건우 씨가 후회하는 게 아닐까 생각했어요. 그런 거라면 걱정하지 말라는 말도 해주고 싶어요. 난 그냥 한 번의 경험이라고 생각하고 건우 씨도……."

"뭐! 한 번의 경험?!"

건우가 갑자기 버럭 소리를 지르자 연경은 눈을 동그랗게 뜨고 하려던 말을 멈춘 채 건우의 눈치를 봐야 했다. 연경의 눈에 건우는 무척 화가 난 것 같았다. 그리고 실제로도 건우는 연경의 말에 화가 나 있다. 어젯밤의 일을 없었던 것처럼 하자는 연경의 말에 저절로 화가 났다. 그냥 평범한 섹스라면 신물이 날 정도로 즐겼던 건우였다. 그러나 어젯밤 연경과 나누었던 섹스는 이제껏 건우가 해왔던 그저 그런 섹스가 아니었다. 뚜렷하게 뭐라고 설명할 순 없지만 처음으로 건우는 너무나 완벽한 느낌을 받았고, 자신의 온몸을 따뜻하게 감싸주고, 편안하게 해주는 기분을 느꼈다. 그래서 조금은 특별한 것이라고 생각했는데 눈을 뜨자마자 특별하다고 생각한 여자가 없던 일로 하자는 말을 건우에게 하고 있는 것이다. 건우는 연경을 무섭게 노려보았다.

"어제가 당신에겐 그저 그런 밤이었나? 한 번도 경험해 보지 못했기 때문에 그냥 시험 삼아 몸을 던진 거였어?"

건우의 물음에 연경은 속 시원히 대답하고 싶었다. 자신이 어떤 맘으로 건우에게 자신의 순결을 내어준 것인지. 그러나 연경은 그런 말로 건우를 구속하고 싶지 않았다. 연경은 건우의 시선을 피한 채 힘없는 목소리로 대답했다.

"그렇…… 다면…… 요?"

건우는 자신의 귀를 의심했다. 죄인처럼 고개를 숙인 채 들릴 듯 말 듯한 작은 목소리로 대답하는 연경은 건우의 화를 부채질하고 있었다.

그래, 오늘로 인연을 끝내자. 이 여자에게 난 단순한 시험 상대였을 뿐이야. 다른 남자를 위해 준비하려는 시험 상대. 나도 어젯밤 뭔가에 홀린 거야.

더 이상 바보가 되기 싫다고 생각하며 건우는 연경과의 관계를 끝내기 위해 황급히 침대에서 내려왔다. 그리고 벗어놓은 속옷과 바지를 입으며 연경에게 시선조차 주지 않은 채 냉정하게 말했다.

"무슨 말인지 충분히 알겠어. 시험 상대를 아주 잘 고른 것 같군. 충분히 만족했겠지? 어젯밤처럼 남자에게 몸을 맡기면 분명히 사랑받을 거야. 당신은 아주 완벽……."

잠시 연경에게 차가운 시선을 준 건우는 연경의 손등 위로 떨어지는 투명한 눈물방울과 가늘게 떨리는 어깨를 보고 입을 다물었다. 말을 계속 이어 나가는 대신 천천히 건우는 연경에게 다가갔다. 건우가 다가오자 연경은 황급히 손등으로 눈가를 문질러 마치 아무 일 없었던 듯 시치미를 뗐다. 그러나 이미 건우는 모든 것을 파악해 버렸다.

"왜 거짓말했지? 우린 어젯밤 특별한 감정으로 한몸이 된 거야. 왜 그걸 부인하려는 거지?"

"아니에요. 아무런 감정 없었⋯⋯."

그러나 연경은 자신의 턱을 들어 올리고 이제 다 안다는 눈빛으로 자신을 응시하는 건우의 얼굴 앞에 더 이상 자신을 속일 수 없었다. 다시 눈물이 고이기 시작한 연경의 눈가를 건우가 부드러운 손길로 닦아냈다. 부드러운 손길만큼이나 연경의 귓가에 조용히 들려오는 건우의 목소리는 부드러웠다.

"특별하게 생각하는 건 맞지만 그게 무슨 마음인진 모르겠어. 그러나 지금 내 눈에 연경이 말곤 아무도 눈에 들어오지 않아. 이 정도론⋯⋯ 안 될까?"

연경은 욕심이 없었다. 별똥별이 떨어지던 날, 자신이 빌었던 소원처럼 건우가 자신의 옆에 있어주겠다고 했다. 연경은 양팔을 벌려 건우를 힘껏 안았다.

"그 정도면 돼요. 많이 바라지 않아요. 그냥 잠시라도 좋으니 내 옆에만 있어줘요."

"긴 시간이 될 거야, 쫓아내지만 않으면."

장난스럽게 말하며 싱긋 웃는 건우를 보며 연경도 따라 웃었다. 건우의 따뜻한 체온을 느끼며 연경은 점차 마음의 안정을 되찾았다. 마음이 안정되자 연경은 평소대로 되돌아왔다. 그리고 자신이 아직도 알몸인 것을 깨닫고 작게 비명을 지르며 시트로 몸을 친친 감았다.

"보지 말아요!"

"이미 다 본 건데 계속 보고 있을 거야."

그러나 말과는 다르게 건우는 장난스러운 미소를 지으며 연경에게 등을 돌렸다. 연경은 조심스레 침대 밖으로 나와 흩어진 옷들을 챙겨 입었다. 그리고 옷을 다 입은 후 손목시계를 차려다 짧게 외마디 비명을 질렀고 연경의 비명 소리에 건우가 뒤돌아섰다.

"무슨 일이야?"

"나 지각했어요! 어떡해!"

"뭐? 하하하."

갑자기 건우가 웃음을 터뜨리자 연경은 영문을 모른 채 초조한 듯 입술을 깨물며 발을 동동 구른다. 그런 연경의 모습에 건우는 간신히 웃음을 멈췄다.

"어제부로 잘린 것 기억 안 나?"

"맞다! 그랬지."

건우 때문에 연경은 어제 있었던 일을 잊고 있었다. 서서히 연경의 얼굴 위로 먹구름이 뒤덮였고 시무룩해진다. 그런 연경의 모습에 건우는 잠시 뭔가 생각하는 듯하다 무작정 연경의 손목을 잡고 방을 나서려고 한다.

"왜 이래요?"

"기분이 우울할 땐 바람 쐬러가는 게 최고야."

"건우 씨는 출근 안 해요?"

"내가 사장인데 누가 날 자르겠어?"

건우가 너무나 태연하게 대답하자 할 말을 잃은 연경은 멍하니 건우를 쳐다본다. 건우는 멍하니 자신을 쳐다보는 연경에게 살인윙크를 날려준 뒤 연경을 데리고 방을 나왔다. 복도를 지나 엘리베이터에 탄 뒤 건우는 연경에게 물었다.

"가고 싶은 데 없어?"

"많긴 한데…… 어디가 좋을까?"

연경은 머리 속에 평소 가고 싶어하던 곳들을 떠올렸다. 그러나 대부분 찻집이나 밥집이었다. 머리를 이리저리 굴려보던 연경은 아주 짧게 스쳐 지나간 장소를 입 밖으로 내었다.

"놀이동산."

"뭐? 애들도 아니고."

"혹시 놀이기구 못 타는 거 아니에요? 놀이기구 타면서 소리 지르면 스트레스도 확 풀리고 좋을 텐데."

난감해하는 건우의 표정을 보고 장난기가 발동한 연경은 엘리베이터가 로비에 도착할 때까지 계속 건우를 졸랐다. 결국 건우는 연경의 제안을 거절하지 못했다. 엘리베이터에서 내려 로비를 걸어가며 건우는 연경과 자신의 옷차림을 살펴보다 피식 웃는다.

"왜 웃어요?"

"놀이동산 가는데 한 명은 정장에 한 명은 스커트 차림이니."

"그럼 우리 편한 옷 한 벌 사요. 이왕이면……."

"이왕이면?"

잠시 후 두 사람은 호텔 근처에 위치한 백화점을 빠져나오고 있다. 짙은 청색의 청바지에 같은 색깔의 면티를 입고 청색 스니커즈를 신은 두 사람.

"정말 젊어 보여요. 귀엽기도 하구."

커플룩을 입은 두 사람은 서로 마주 보며 웃는다. 건우는 난생처음 입어보는 커플룩이 생각보다 괜찮다고 생각하며 자신과 똑같은 옷과 신발을 신은 연경의 머리를 귀엽다는 듯 쓰다듬어 준다.

"연경이가 더 귀여워. 그럼 출발할까?"

"네!"

놀이동산을 향해 차를 몰면서 건우는 자신의 비서에게 전화를 했다. 힘이 다 빠진 듯한 목소리로 아픈 연기를 하며 오늘 출근 못 할 것 같다는 말을 남기고 전화를 끊었다. 태연하게 전화하는 건우를 향해 연경은 혀를 쏙 내밀며 놀렸다. 소리는 내지 않고 입 모양으로.

거.짓.말.쟁.이.

에버랜드에 도착하자마자 연경이 건우에게 같이 타자고 우긴 건 〈독수리요새〉라는 놀이기구였다. 처음엔 씩씩하게 먼저 앞장서서 연경을 데려갔다.

"무섭다고 소리 지르면 알지?"

"노력해 볼게요."

그러나 〈독수리요새〉를 타는 내내 연경은 건우의 비명 소리를 들어야 했다. 그리고 계단으로 내려오면서 거의 사색이 된 건우를 보며 연경은 웃음을 참아야 했다. 그 이후부턴 건우는 먼저 앞장서는 일이 없었고, 오히려 연경에게 혼자 타라고 하는 게 더 많았다. 〈바이킹〉을 타고 온 연경은 갑자기 사라진 건우를 찾느라 한참을 헤매다 즐거운 듯 〈회전목마〉를 타고 있는 건우를 발견했다. 무척이나 행복해 보이는 건우를 보며 연경은 조금은 어이없지만 의외의 면을 보게 되어 재밌다는 미소를 지었다. 〈회전목마〉를 다 타고 흐뭇하게 웃으며 나오던 건우는 연경을 발견하고는 화난 듯한 표정을 지으며 연경에게 씩씩하게 걸어와 투덜댔다.

"가만히 서 있는데 꼬마애들이 같이 타자고 어찌나 졸라대던지."

거짓말이라는 게 뻔히 보이는데도 연경은 건우의 말에 맞장구를 쳐주듯 고개를 끄덕였다. 그 이후부터 연경은 건우와 함께 탈 수 있는 어린이용을 일부러 타고 싶어하는 제스처를 취했고 건우는 마지못해하며 즐겁게 놀이기구를 탔다. 〈사파리공원〉을 구경하며 건우는 애들마냥 곰이 재롱부리는 모습에 입을 크게 벌리며 놀라워했다.

"이런 거 처음 봐요?"

"딱 한 번 본 적이 있지. 아주 오래전에."

말끝을 흐리는 건우의 옆모습이 갑자기 어둡게 느껴져 연경은 당황한다. 〈사파리공원〉 관람이 끝나고 걸어가면서도 연경은 갑자기 달라진 건우의 얼굴이 신경 쓰인다. 애써 밝은 척하지만 건우는 왠지 슬퍼 보였다.

여러 가지 꽃들이 가득한 정원이 보이는 음식점으로 들어간 두 사람은 음식이 나오기 전까지 침묵을 지킨 채 서로 창밖만 바라보았다. 먼저 침묵을 깬 것은 연경이었다.

"아까 왜 그랬어요?"

"뭐가?"

"딱 한 번 봤다고 한 뒤부터…… 이상해요."

"내가?"

"네."

연경의 말에 건우가 피식 웃으며 물컵을 입가에 갖다 댄다. 물을 한 모금 마시고 잔을 내려놓으며 건우의 얘기가 시작되었다.

"옛날에 가난하지만 열심히 사는 여대생이 있었어. 얼굴도 예쁘고 마음씨도 착해서 그녀를 좋아하는 사람들이 많았지. 그러다 그녀는 자신을 좋아하는 사람들 중 한 남자를 알게 되었어. 두 사람은 서로를 무척 사랑했고 여자는 그 남자의 아이를 낳게 되었지."

주의깊게 듣고 있던 연경은 점점 건우의 얼굴이 험악해져 가는 걸 보며 두려워지기 시작했다.

"여자는 남자를 사랑했기 때문에 그 아이를 소중하게 키웠어. 그러나 남자는 여자와 아이를 등한시하기 시작했어. 남자는 이미 결혼한 사람으로 아내가 있고, 자신의 아내와의 사이에서 아이까지 있는 사람이었지. 여자는 나중에 그 사실을 알게 되지만 사랑 때문에 남자를 용서하고 그 남자를 기다렸어. 아이의 생일 때마다 기다렸지. 한 번쯤 와줄 거라고…… 꼭 와줄 거라고."

건우의 주먹이 부르르 떨리는 걸 보며 연경은 손을 뻗어 건우의 주먹을 감쌌다. 건우를 바라보는 연경의 눈동자가 투명하게 변했고 눈가에 투명한 물방울이 맺히기 시작했다.

"아이가 일곱 살이 되었을 때 남자는 아이를 놀이동산에 데려가기로 여자와 약속했어. 여자는 행복한 미소를 지으며 아이와 함께 놀이동산에서 남자를 기다렸지. 그러나 약속 시간에서 한 시간, 두 시간, 세 시간이 지났지만 남자는 오지 않았어. 폐장 시간이 될 때까지도 남자는 오지 않았고, 아이는 아이스크림을 사 오겠다며 뒤돌아서는 여자의 어깨가 떨리는 걸 보았지."

"그만…… 그만 해요."

"내가 왜 이얘기를 하는지 알아? 바보 같은 그 여자가…… 우리 어머니야. 그 남자는 빌어먹을 남 회장이고, 내가…… 내가…… 어머니를 불행하게 만든 그 아이야."

울고 있진 않았지만 연경은 건우가 울고 있다고 느꼈다. 연경은 건우의 손을 꼭 잡으며 눈물 젖은 눈으로 응시했다. 울고 있는 연경을 보며 건우는 당황스럽다.

"왜 우는 거지? 내가 불쌍해서? 그런 거야?"

"불행하지 않아요. 건우 씨 어머니께 감사드리는걸요? 제가 건우 씨와 이렇게 마주 앉아 있는 건 세상에서 제일 기분 좋은 일이에요."

말없이 건우는 자신을 보며 웃고 있는 연경을 응시한다. 눈물을 떨구면서도 연경의 입술은 건우를 향해 웃고 있다. 비웃음이 아니라 진심에서 우러난 미소였다. 자신의 손을 감싸고 있는 연경의 따뜻한 손을 느끼며 건우는 마음속으로 이미 이 세상 사람이 아닌 어머니께 감사의 말을 전하고 있다.

제가 불행한 줄 알았습니다. 어머니께 해만 끼치는 불행의 씨앗이라고 생각했습니다. 그러나 제게 세상의 빛을 보게 해주신 걸 정말 감사드립니다. 제 앞에 앉은 바보 같은 여자를 만나게 해준 걸 정말 감사드립니다. 정말…… 정말…….

"이 말 안 하려고 그랬어요. 부담 줄까 봐 안 하려고 했는데 해야 될 것 같아요."

뭔가 단단히 각오한 듯 심호흡을 한 뒤 연경은 건우를 똑바로 응시하며 천천히 입을 열었다.

"건우 씨, 사랑해요."

귓가를 맴도는 연경의 부드러운 목소리는 건우의 마음을 따뜻하게 해주면서 마음의 평온까지 찾게 해주었다. 건우는 대답하지 않았다. 그러나 건우는 언젠가 자신도 연경이 듣고 싶어하는 말을 해줄 것이라 믿었다. 그만큼 그녀는 자신에게 특별하기 때문에.

현우가 출근할 때까지도 돌아오지 않은 건우가 걱정되어 유이는 건우의 회사로 전화를 걸었다. 그러나 오늘 출근하지 않았다는 말을 듣고 천천히 수화기를 내려놓았다.

어디로 숨은 거니? 영영 나 안 볼 생각이야?

유이는 건우가 돌아올 때까지 한 발짝도 움직이지 않겠다고 결심하고, 건우의 방으로 올라가 그의 침대에 누웠다. 건우의 체취가 물씬 풍기는 베개에 머리를 대고 유이는 조그맣게 중얼거린다.

"이렇게 네 옆에 잠드는 게 꿈이었는데. 애들이 개코라고 놀릴 만큼 네 냄새는 기가 막히게 잘 맡곤 했어. 우습지? 나도 이런 내가 우스워."

아무도 없는 텅 빈 방에서 유이는 건우에게 하고 싶었던 말들을 쏟아냈다. 들어줬으면 하는 주인공은 없었지만 하고 싶은 말을 다 하고 나니 속이 후련해지고 마음이 편해져 유이는 건우의 침대에서 잠이 든다. 건우의 체취를 마음껏 맡으며 단잠에 빠져든 유이의 입가엔 행복한 미소가 가득하다.

집에 남아 있을 유이를 생각하니 일이 손에 잡히지 않아 일찍 퇴근한 현우는 현관 앞에 가지런히 놓인 유이의 구두가 그대로 있는 걸 보고 황급히 거실로 들어섰다. 그러나 유이의 모습은 보이지 않았다. 혹시나 하는 마음에 건우의 방으로 올라간 현우는 건우의 침대에서 행복한 얼굴로 잠이 든 유이를 슬픔과 분노가 섞인 눈빛으로 잠시 응시하다 주먹을 꼭 쥔 채 건우의 방을 빠져나왔다. 힘없이 아래층으로 내려오며 현우는 입술을 꼭 깨문다.

내가 모든 걸 줘도 아깝지 않은 사람이 너야. 그런데 넌 고작 텅 빈 남건우의 방에서 그런 얼굴로 잠들어 있다니. 너의 사랑이 그런 거냐!

자신보다 절대 나은 것이 없는 건우에게 미쳐 있는 유이 때문에 현우는 더욱 미쳐 버릴 것만 같았다. 건우에 대한 분노로 이를 갈고 있을 때 전화가 울린다. 전화 벨소리에 유이가 깨어날까 봐 현우는 황급히 수화기를 들었다.

"여보세요."

─현우 군인가?

"아, 한 회장님이시군요. 유이 때문이라면…… 제가 죄송합니다."

─유이 때문이 아니야. 자네한테 할 말이 있어서 전화했네."

"제게 하실 말씀이?"

─전화상으론 조금 그렇고 만나서 얘기했으면 좋겠구만. 단, 다른 사람한테는 비밀이네.

"다른 사람이라면……."

─자네 쪽 사람은 물론이고, 유이에게도 말해선 안 되네. 언제 시간이 되겠나?

"전 할 말 없습니다."

─아쉽군. 자네에겐 아주 득이 될 텐데.

"제게 득이 되는 일은 한 가지밖에 없습니다."

—남건우와 관련된 일 아닌가?

"쿡. 그건 다른 사람도 다 아는 일 아닙니까?"

—남건우의 파멸과 유이를 자네와 결합시켜 준다면…… 구미가 당기나?

한 회장의 말에 놀란 현우는 바로 대답하지 못한다. 건우의 파멸은 늘 바라던 일이지만, 건우를 사윗감으로 여기던 한 회장의 자세가 돌변해 버렸다는 사실이 놀라웠다. 그러나 현우는 두 가지 모두가 정말 마음에 들었다. 현우의 입가에 잔인한 미소가 감돈다.

"오늘도 시간이 충분합니다만 괜찮으시겠습니까?"

서로의 체온을 느낄 수 있는 것 중에 하나가 손을 맞잡는 것이다. 집으로 오는 내내 건우는 연경의 손을 놓지 않았다. 연경도 싫지 않았기에 건우의 체온을 느끼며 집으로 돌아왔다. 연경이 살고 있는 곳은 골목이 좁아 건우의 차가 들어오지 못했다. 대신 건우는 걸어서 연경을 집까지 바래다주었다. 걸어오는 내내 연경은 머리 속으로 작별키스를 떠올렸다.

분명히 하겠지? 누가 보면 어떡하지? 떨려서 주저앉기라도 하면…….

집 앞에 다다랐을 때 건우는 천천히 연경의 손을 놓았다. 연경은 수줍은 듯 건우를 올려다보았고, 건우는 빙긋 웃으며 연경

의 얼굴을 손으로 어루만진다. 저절로 연경의 눈이 감겼고 입술
이 살짝 앞으로 내밀어졌다. 그러나 아무 일도 일어나지 않았
다. 당황해서 연경이 눈을 뜨자 장난스럽게 웃고 있는 건우의
얼굴이 눈에 들어온다.

"순진한 줄 알았는데 꽤나 밝히시는군요."

"어머! 누, 누가?"

"손 줘봐."

자신을 놀린 건우가 얄미워 흘겨보면서도 연경은 바로 손을
내밀었다. 건우는 연경의 손을 잡아 손바닥에 자신의 입술을 살
짝 갖다 대곤 손을 놓아준다. 그리고 말없이 돌아섰다. 건우의
뒷모습을 어리둥절한 표정으로 지켜보던 연경은 조금 걷다 뒤
돌아서서 건우가 외치는 말을 들었다.

"뽀뽀하고 싶을 때마다 하라고 도장 찍었어! 손 씻지 마!"

화끈거리는 얼굴을 두 손으로 감싸며 연경은 도망치듯 집 안
으로 뛰어들어 왔다. 작별키스를 기다린 자신이 한심스러워 창
피하다. 그러나 세수를 하기 위해 욕실에 들어서던 연경은 잠시
망설이다 욕실을 나와 주방으로 들어가 무언가를 꺼낸다. 잠시
후 다시 욕실로 들어선 연경의 한쪽 손엔 투명 위생 장갑이 끼
워져 있다.

한 회장과의 약속 장소에 도착한 현우는 종업원이 안내해 주
는 방으로 들어섰다. 먼저 도착해 자리를 잡고 앉은 한 회장의

모습이 보였고, 현우가 한 회장의 맞은편에 앉자마자 음식이 들어왔다.

"일찍 오셨나 봅니다."

"때가 되니 배가 고프더군. 이 집 생선회가 아주 싱싱하고 맛있지. 자네 생선회 좋아하나?"

"네, 좋아합니다."

"잘됐군. 많이 들게나."

음식을 먹으러 온 건 아니었지만 현우는 한 회장의 기분을 맞춰주기 위해 눈앞에 펼쳐진 푸짐한 생선회와 여러 가지 음식에 관심을 기울이는 척했다. 먹성이 좋은 한 회장은 흡족한 표정을 지으며 쉴 새 없이 생선회를 입에 가져갔다. 어느 정도 접시들이 바닥을 드러내자 티슈로 입가를 닦으며 한 회장이 조그맣게 트림을 한다.

"꺼억. 정말 맛있게 먹었어. 혼자 먹으면 맛이 없는데 자네와 먹으니 정말 맛있군."

"저도 잘 먹었습니다."

벨을 누르자 종업원 두 명이 들어와 빈 접시들과 남은 음식들을 밖으로 내갔고, 녹차 두 잔을 들여왔다. 문이 닫히고 한 회장은 녹차를 한 모금 입 안에 머금더니 천천히 잔을 내려놓았다.

"남 회장은 거의 가망이 없어 보이더군. 얼마 전까지만 해도 정정하더니만, 사람의 일이란 한 치 앞도 내다볼 수 없는 거야. 안 그런가?"

"회장님도 건강 조심하십시오. 연세가 들수록 건강에 유의하셔야 합니다."

"참 예의 바른 사람이야. 겉으로 보기엔 말이지."

한 회장의 말에 현우가 고개를 든다.

"무슨 말씀이신지……."

"본색을 드러내란 말이다, 야망으로 가득 차 있는 자네 모습을. 남 회장을 원망하고 남건우를 죽이고 싶을 정도로 미워하는 것 다 알고 있어."

"알고 계십니까?"

현우의 입가에서 서서히 미소가 걷히고 차갑고 냉정한 표정으로 바뀐다. 그런 현우의 얼굴을 보며 한 회장은 무척 흡족한 미소를 지었다.

"그래, 자네는 그 모습이 어울려. 어줍잖게 연극할 필요는 없네."

"알겠습니다. 그럼 본론을 말씀해 주시죠."

한 회장의 얼굴에서도 어느새 미소가 사라졌고, 먹잇감을 노리는 하이에나처럼 눈을 가늘게 뜨고 현우를 뚫어져라 응시했다. 현우도 지지 않고 한 회장을 맞받아보았다. 잠시 동안 두 사람의 눈싸움이 벌어졌고, 먼저 물러난 것은 한 회장이었다. 너털웃음을 날리며 한 회장은 녹차 잔을 들며 웃음기 섞인 목소리로 말을 꺼냈다.

"역시 자넨 나와 닮았어. 뭔가를 얻어내기 위해 수단과 방법을 가리지 않는 성격 말이야."

계속 말을 빙빙 돌리는 한 회장에게 현우는 슬슬 짜증이 나기 시작했다. 유이와의 일이 아니라면 능구렁이 영감과 말장난을 하며 앉아 있진 않았을 것이다. 그러나 현우는 짜증을 밀어내며 한 회장의 말장난을 받아주고 있다. 현우의 이런 생각을 한 회장도 알고 있었고 본론을 입 밖으로 꺼내기 시작했다.

"미래백화점이 힘들다는 건 알고 있지?"

"한 회장님이 도와주지 않으면 부도의 위기를 맞는다는 건 알고 있습니다."

"미래백화점의 주식 중 20%가 내게 있네. 남건우가 30%를 가지고 있고. 몇몇의 주주들이 가진 게 30%고."

"나머지 20%는 누가 가지고 있습니까?"

"글쎄, 그걸 아무도 모른다는 게 문제야. 그것만 손에 넣으면 경영권을 남건우에게서 빼앗아올 수 있는데 말이지."

"건우를 망하게 할 수 있다고 하셨습니다. 방법이 뭡니까?"

"미래백화점을 인수할 땐 남 회장이 경영권을 장악하고 있었지. 명성그룹에서 투자 명목으로 미래백화점을 인수할 때 상당한 금액의 자금을 빌린 것으로 되어 있어."

"그래서요?"

한 회장의 말이 이해가 되지 않아 현우는 되물었다. 그러자 한 회장이 혀를 차며 현우를 한심하다는 눈으로 본다.

"내가 다 설명해 줘야 하나? 난 남건우를 망하게 할 수 있는 중요한 정보를 제공한 거야. 머리를 굴려보라구!"

곰곰이 한 회장의 말을 곱씹어보던 현우의 얼굴이 환하게 펴진다.

"그걸 남건우에게 갚으라고 하면 끝나는 겁니까?"

"이제야 깨달았나? 회사가 부도 위기에 처하면 주주총회를 열 걸세. 남건우는 주식을 팔든지 아니면 그 자리에서 물러나겠지. 경영권을 박탈당하는 건 한순간이야. 그리고 그 자리에…… 우리 유이를 앉힐 걸세."

"유이가 순순히 허락할까요?"

"지금은 멋모르고 남건우한테 목을 매지만 그 애는 내 딸이야. 나만큼 야망이 있는 애라구. 곧 남건우를 차버리고 자네에게 올 걸세. 실세가 자네라는 걸 깨닫고 말이지."

"그럼."

현우의 얼굴이 기대감으로 빛나고 있다. 한 회장은 그런 현우의 기대를 저버리지 않고 얼굴가득 미소를 띠며 말했다.

"자넨 내 사위가 되는 거야. 유이는 자네 거란 말이지!"

지금 이 상황이 도무지 믿기지 않아 현우는 한 회장이 눈치채지 못하게 손으로 허벅지를 비틀어보았다. 아픔이 전해져 왔고 현우는 현실이라는 걸 깨달았다.

늘 꿈꿔왔던 일이다. 남건우를 짓밟고 유이와 남은 평생을 함께하길 내가 얼마나 원했던가.

"모든 일이 성사될 때 우린 마음 편히 웃을 수 있네. 난 자네의 장인이 되는 거고, 자네는 하나뿐인 내 사위가 되는 거야."

"장인어른!"

아직 이르다는 걸 알고 있지만 기쁜 마음에 현우는 한 회장을 향해 넙죽 절을 한다. 현우의 이런 행동이 싫지 않은 듯 한 회장은 너털웃음을 날렸다. 예상외로 든든한 후원자가 생긴 현우는 쇠뿔도 단김에 빼라는 속담을 떠올리며 바로 작업에 착수해야겠다고 생각했다.

"일주일 안에 처리하겠습니다, 장인어른."

"고맙네, 사위. 그날 우리는 축하주를 마시는 거야."

비밀리에 모종의 계약을 맺은 한 회장과 현우는 회심의 미소를 지었다.

깜빡 잠들었던 유이는 밝은 불빛과 잔잔하게 흘러나오는 음악 소리에 서서히 잠에서 깨어났다. 이불을 젖히고 고개를 내미니 전원이 들어온 오디오에서 감미로운 피아노곡이 흘러나오고 있었고 욕실 안에서 물소리가 들렸다.

"건우가 돌아왔어!"

반가운 마음에 침대에서 내려와 일인용 소파에 앉아 건우가 나오길 기다렸다. 잠시 후 욕실문이 열리자 허리에 수건을 두르고 콧노래를 흥얼거리며 걸어나오는 건우의 모습이 보였다. 유이는 그의 품으로 달려들었다. 그러자 건우의 인상이 굳어지더니 거칠게 유이를 밀쳐 냈다. 건우의 거친 손길로 인해 바닥에 쓰러진 유이는 당혹스러운 표정으로 건우를 올려다본다.

"나가."

건우의 차가운 말투에 유이는 온몸이 얼어붙는 것 같다. 그러나 유이는 건우를 하루하고도 반나절을 기다렸다. 그냥 순순히 물러날 수는 없는 일이었기에 아무렇지도 않은 척 옷을 털고 일어섰다.

"안 피곤해? 저녁은 먹었니? 내가 차려줄까?"

쉴 새 없이 말을 하며 다가오는 유이에게 건우는 조금씩 뒷걸음질을 친다. 그리고 어느 정도 거리를 두고 손을 뻗어 더 이상 유이가 다가오지 못하게 막아섰다. 건우의 이런 행동에 유이의 눈빛이 슬퍼진다. 그러나 애써 태연한 척 웃으며 유이는 다시 재잘거린다.

"나도 아직 안 먹었어. 너랑 같이 먹으려고 안 먹었어. 배고프지? 요리하긴 그러니까 우리 뭐 시켜 먹을까? 짜장면 먹을까? 아님 피자를 먹을까? 아님."

"그만 하자. 너 이러는 거……."

"치킨 먹을까? 그래, 그게 좋겠다. 너 치킨이라면 사족을 못 쓰니까. 오늘은 내가 쏜다. 고맙지? 조금만 기다려. 내가 금방 전화해서 배달해 달라고 할게. 알았지?"

방을 나가려고 건우에게서 등을 돌리는 유이를 건우가 붙잡는다. 유이는 그대로 멈춰 선 채 떨리는 음성으로 말을 꺼냈다.

"치킨도 싫은 거야? 너 그거 좋아하잖아."

"한유이, 날 봐."

"싫어."

그러나 건우는 강제로 유이를 돌려세웠다. 두 손으로 얼굴을
가리는 유이를 보며 건우는 가슴이 답답해 오는 걸 느낀다. 감
추려고 얼굴을 가렸지만 눈물범벅이 된 유이의 얼굴을 보고 말
았기 때문이다.

"너 왜 이러니! 왜 나를 힘들게 해!"

유이는 대답하지 않았다. 힘들다는 건우를 향해 한마디 쏘아
붙이고 싶지만 유이는 참았다. 자신보다 더 힘들겠냐고 말하고
싶었지만 유이는 참아야만 했다. 유이는 건우와 동등한 입장이
될 수 없었기 때문이다. 유이는 건우의 마음을 구걸해야 한다.
건우의 마음을 자신의 것으로 돌리기 위해 무슨 짓이든 다 해야
했다. 그렇게 해서라도 유이는 건우의 곁에 머물고 싶었다.

아무런 대답이 없는 유이를 보곤 건우는 한숨을 쉬며 애원조
로 말했다.

"이러지 말자. 응? 너와 난 좋은 친구야. 늘 그래 왔던 것처
럼. 응?"

이번에도 유이는 대답하지 않았다. 유이의 가슴을 칼로 후벼
파는 말을 서슴지 않는 건우가 미웠지만, 유이는 건우를 용서하
기로 했다. 자신만의 이기적인 생각으로 유이의 마음을 우정으
로 치부해 버리는 건우를 유이는 무시하고 있다. 답답함을 느끼
며 건우가 이번엔 화를 낸다.

"말 좀 해봐! 내가 미치는 거 보고 싶니? 이 얘기는 하고 싶지 않았지만…… 난 여자 있어. 어젯밤 그 여자랑 함께 있었어."

드디어 유이는 반응을 보였다. 분노가 가득한 눈빛으로 건우를 쏘아본다. 유이의 눈빛이 섬뜩하게 느껴졌지만, 차라리 아무 반응이 없는 것보다는 낫다고 생각하며 건우는 솔직하게 모든 걸 털어놓았다. 연경을 향한 자신의 마음을.

"사랑하는지는 잘 모르겠어. 하지만 그 여자와 함께일 땐 정말 좋아. 내 인생 중 제일 행복하게 느껴져. 스스로 상처 입히는 행동 하지 마. 유이야, 네 자신을 아껴."

"아악!"

짧게 비명을 지르며 유이는 머리카락을 쥐어뜯었다. 머리 속에 자신을 향해 조롱 섞인 미소를 보내는 연경의 모습이 떠올랐다. 건우의 품에 안겨 자신을 향해 웃고 있는 연경을 떠올리자 유이는 미칠 것만 같다.

원망이 가득 섞인 유이의 눈동자에 눈물이 그렁그렁 맺혔다. 그러나 건우는 유이의 눈물을 닦아주지 않았다. 건우는 독하게 마음을 먹었다. 사소한 자신의 행동이 유이에게 오해를 불러일으킬까 봐 건우는 슬픔과 분노에 가득 찬 유이를 그냥 내버려 두었다. 유이는 자신을 외면한 건우를 한참 동안 바라보았다. 그리고 자신의 손으로 눈물을 닦으며 건우에게서 등을 돌렸다. 건우는 마음이 아팠지만, 유이와 자신을 위한 최선의 방법이라고 생각하며 마음을 다잡았다.

"친구로 다시 만나게 되면 그땐 웃으면서 볼 수 있을 거야."

그러나 건우의 이런 바람은 산산히 부서졌다.

"더 이상 난 너의 친구가 될 수 없어. 남건우, 무슨 수를 써서라도 널 내게 오도록 할 거야. 다른 사람을 슬프게 하고 상처 주더라도…… 난 그렇게 할 거야. 날 나쁘다고 말한다면."

소름 끼칠 정도로 차가운 유이의 목소리에 건우는 유이가 너무나 낯설게 느껴졌다. 밝고 상냥하면서 여리던 유이는 더 이상 없었다.

"난 이렇게 말할 거야, 남건우 때문이라고."

건우의 눈앞에서 문이 열리고 유이가 천천히 걸어나갔다. 그리고 조용히 문이 닫혔다.

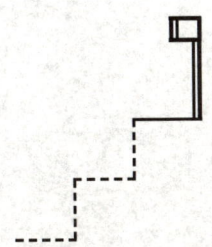

문을 열고 들어서자마자 연경은 환호성을 지르며 침대로 달려가 벌렁 드러누웠다. 낡은 침대가 거슬리는 소리를 내며 요동을 친다. 그러나 그조차도 지금 연경에겐 너무나 황홀하게 들린다.

보고 싶어. 미치도록 보고 싶어. 나 미친 걸까? 홋, 미쳐도 좋아.

침대에 누워 헤벌쭉 웃으며 발끝을 모아 천장을 향해 뻗었다. 오늘따라 얼룩진 꽃무늬 벽지도 향기롭고 예쁘게 보인다. 잠시 동안 혼자 실실 웃다가 연경은 건우의 목소리가 듣고 싶어져 전화기를 향해 달려갔다. 그러나 수화기를 막 집어 드려는 순간

벨이 울렸다. 건우일 거라고 생각한 연경은 최대한 목소리를 가다듬고 전화를 받았다.

"여보세요."

—기집애야! 너 언제 들어왔니?

"미영이구나."

건우가 아니라는 실망감에 연경의 목소리가 단번에 바뀐다.

—내가 얼마나 걱정했는 줄 알아? 집에 전화하니 전화도 안 받고, 휴대폰도 안 되고, 백화점에 전화하니까 너 그만뒀다고 하더라? 정말 그만둔 거야?

"응, 그렇게 됐어."

—그만두라고 꼬실 땐 악착같이 붙어 있어야 된다더니. 다른 일자리라도 생긴 거야?

"그건 아니고, 미영아, 미안한데 나 기다리는 전화 있거든? 나중에 또 통화하면 안 될까?"

—니가 전화 올 데가 어딨어! 설마…… 남자야? 그렇다면 남건우?

"응? 니가 어떻게 알아?"

—동진 씨가 다 불었지. 남건우 씨께서 너한테 무지 관심이 많다구 하더라.

"쿡. 정말이야?"

—그래! 근데 너 어제 집에 바로 안 들어갔지! 내가 걱정되어서 전화 여러 번 했는데 안 받더라.

"응? 그게……."

연경은 미영에게 둘러댈 말을 머리 속에 떠올리려고 안간힘을 썼지만 머리 속이 텅 비어버린 것처럼 아무 생각도 나지 않는다. 눈치 빠른 미영은 대답을 못하는 연경을 향해 요상한 웃음소리를 내며 은근한 목소리로 말한다.

—너~ 했지?

"뭐? 아, 아니야!"

—우리가 안 지 십 년이 넘었다. 속일 걸 속이셔야지. 남건우냐?

"미영아."

—솔직히 말해. 다른 사람한텐 비밀로 할게.

다른 사람이라고 해봤자 지원이밖에 없다는 걸 연경은 알고 있다. 그러나 사사건건 참견을 잘하는 지원이가 알게 된다면 상당히 피곤해질 거라는 것도 연경은 알고 있다. 결국 연경은 사고방식이 그나마 자유로운 미영에게 털어놓고 말았다.

"응."

—그럼…… 어젯밤?

"응."

—지원아, 들었지! 연경이가 드디어 했대!

—야! 너 미쳤어? 결혼할 때까지 순결을 지키니마니 하더니 순 바람둥이 같은 놈한테 넘어갔단 말이야? 구연경, 너!

"지, 지원이?"

맙소사. 지원이도 함께 있잖아? 여우 같은 미영이 기집애!

미영이를 믿었던 연경은 순식간에 뒤통수를 아주 세게 맞고 만다. 고래고래 고함을 질러대는 지원의 목소리 뒤에 킥킥대는 미영이의 요상한 웃음소리가 불협화음처럼 들려와 연경은 머리가 지끈거리기 시작했다.

"일단 나중에 얘기하자. 끊을게."

—끊지 마! 내 얘기 안 끝……

철컥.

연경은 수화기를 내려놓았다. 행여나 전화가 다시 걸려올지도 모른다는 불안감에 전화 코드를 아예 뽑아버렸다. 건우에겐 휴대폰을 걸어야겠다는 생각에 가방에서 휴대폰을 꺼냈다. 그러나 휴대폰은 밧데리가 다 닳아서 전원이 꺼져 있다. 순간 휴대폰도 안 되더라는 미영의 말이 떠오른다. 충전시킬 때까지 연경은 휴대폰도 사용하지 못하게 되었다.

할 말이 너무 많은데. 지금 당장 하고 싶은데 어쩌지?

사랑에 눈이 멀면 무식해진다는 말처럼 연경도 아주 단순하고 무식한 방법을 생각해 냈다. 충전기에 휴대폰을 꽂은 채 연경은 건우와의 통화를 시도한다. 조금 불편하긴 하지만 연경은 자신의 바람대로 건우의 목소리를 들을 수 있었다.

—목소리 듣고 싶었어.

너무나 듣고 싶었던 건우의 목소리는 무척 다정했고 따뜻했다. 연경은 저절로 미소가 떠오르는 걸 느끼며 작게 속삭였다.

"저두요."

가쁜 숨을 내쉬며 남 회장은 침대 옆에 서 있는 윤 변호사에게 가까이 오라는 손짓을 한다. 조금 전 급히 와달라는 남 회장의 전화를 받고 바로 달려온 윤 변호사는 남 회장에게 몸을 숙였다. 남 회장은 아주 천천히 윤 변호사의 귀에 대고 오랫동안 말을 했고, 남 회장이 말을 끝냈을 땐 윤 변호사의 얼굴엔 놀라움이 가득했다.

"진심이십니까?"

숙였던 몸을 펴며 윤 변호사는 남 회장이 자신에게 내린 지시를 정말 실행할 것인지를 물었다. 그러자 남 회장은 고개를 두어 번 끄덕였고 윤 변호사는 들고 온 가방에서 서류 봉투를 꺼내 남 회장에게 내민다.

"양도 계약서입니다. 그런데 양도할 사람의 이름을 비워두라는 건 이해가 되지 않습니다."

"아직…… 누굴…… 할지…… 정하지…… 않았…… 네."

금방이라도 끊어질 듯한 남 회장의 목소리가 불안하다. 그러나 남 회장은 계속 말을 이어 나갔다.

"처음…… 내가 정한…… 사…… 람이 이…… 세상에…… 없으니…… 기…… 다려……야지."

"장혜숙 씨를 말씀하시는군요."

남 회장의 눈동자에 그리움이 어린다. 장혜숙, 아주 오랫동안 듣지 못한 이름이고 불러보지 못했던 그리운 이름. 대학 시절 첫눈에 반했던 그녀를 떠올리며 남 회장의 입가에 잔잔한 미소가 그려졌다.

"일주일 뒤면 장혜숙 씨의 기일입니다. 이번엔 저 혼자 다녀오겠습니다."

윤 변호사의 말에 남 회장이 천천히 고개를 가로젓는다.

"가야…… 하네. 마지막을 지켜…… 주지…… 못했어. 그녀…… 에겐 난…… 죄인일…… 세."

남 회장의 눈가에 눈물이 어리는 걸 보며 윤 변호사는 가슴이 아프다. 장혜숙이 죽어가고 있다는 걸 알게 된 남 회장은 신호까지 위반해 가며 그녀에게로 향했다. 그러나 가는 도중 교통사고를 당해 남 회장은 한참 동안 의식불명인 채 병원에 누워 있었고, 그사이 장혜숙은 세상을 떠나고 말았던 것이다. 모든 걸 알고 있는 윤 변호사는 남 회장을 미워하는 건우에게 모든 사실을 알리려 했지만, 남 회장은 그런 윤 변호사를 막으며 비밀로 묻어두라고 했다. 죽어가는 남 회장을 보러오지도 않는 건우를 그냥 지켜봐야만 하는 윤 변호사는 답답하기만 하다.

"병원을 나가시면 위험합니다. 지금도 겨우 링거를 맞으며 버티고 계시지 않습니까. 호흡이라고 멈추면 큰일 납니다."

"죽…… 기 전…… 에…… 마지막…… 으로…… 봐야…… 하네."

"아직 일주일이 남았습니다. 그때 몸 상태를 보고 결정하겠습니다."

"고맙…… 쿨럭쿨럭."

매마른 기침을 하며 고통스러워하는 남 회장을 안타까운 눈빛으로 바라보던 윤 변호사는 남 회장이 겨우 기침을 멈추자 성큼성큼 문 쪽으로 걸어가 바깥을 살펴보고 다시 문을 닫았다. 그리고 남 회장이 잘 들을 수 있도록 최대한 몸을 숙여 작은 목소리로 말을 꺼냈다.

"한 회장 쪽 움직임이 심상치 않습니다. 그리고 어제 남현우 사장과 접촉했다는 정보가 있습니다."

"혀…… 현우?"

현우의 이름을 듣자 남 회장의 눈빛에 분노가 어린다.

"미래백화점을 한 회장이 넘보고 있다는 회장님의 예상이 적중했습니다. 그런데 현우와 손잡는다는 건 예상외였습니다. 어떻게 하시겠습니까. 지금 경영권을 장악하고 있는 건 남현우 사장입니다. 이대로 두면 미래백화점은 남건우 사장의 손에서 떠날 수도 있습니다."

"그렇…… 게는…… 안 될…… 거야. 그보다…… 건우……에…… 게 여자…… 가 있는…… 것…… 같아."

"그걸 어떻게 아십니까? 여자가 있다는 말을 한 적은 없던 것 같은데요."

"유이…… 와의…… 약…… 혼…… 얘길…… 꺼냈을…… 때 많이…… 흥분…… 하는 게…… 이상하지…… 않…… 던가?"

그제야 윤 변호사는 사랑하는 여자 운운하며 화를 내던 건우가 조금 이상했다는 걸 눈치 챘다. 다혈질인 건 알지만 남 회장 앞에선 늘 무표정한 얼굴과 냉정함을 유지했었다. 그러나 그날은 이상한 행동을 보인 것이다.

"여자가 생긴 거군요, 상당히 맘에 들어하는. 그런데 회장님은 한유이를 점찍어둔 것 아니십니까?"

"시험…… 해 본…… 거네. 건…… 우 녀…… 석은 나처럼…… 되지…… 말아야…… 하니까."

"이번에도 전 모른 척해야 합니까? 그냥 속 시원히 다 말씀해 버리십시오."

윤 변호사는 남 회장이 고개를 끄덕여 주길 바랐다. 그러나 남 회장은 힘없이 침대에 누우며 눈을 감아버린다. 이번에도 비밀로 하라는 뜻이었다. 언젠가 알아줄 거라는 헛된 바람을 갖고 있는 남 회장이 윤 변호사는 너무나 안쓰럽다.

"그럼 쉬십시오."

병실을 나오며 윤 변호사는 불을 껐다. 어둠 속에 묻혀 버린 병실이 너무나 적막하고 외롭게 보여 잠시 동안 문 앞에 서서 침대에 누워 있는 남 회장을 지켜보던 윤 변호사의 그림자가 천천히 사라졌고 병실은 완전한 어둠 속에 묻혔다.

1시간째 연경은 집으로 찾아온 지원에게 잔소리를 듣고 있다. 미영에게 구원의 눈길을 보냈지만 미영은 이 상황을 즐기는 듯 말없이 웃기만 한다.

"너 변했어. 알아? 어떻게 전화를 그렇게 끊어버릴 수가 있니?"

"저기…… 그게."

"그리고! 남건우 그 작자랑 무슨 관계길래 여지껏 고이고이 간직해 왔던 순결을 줘버렸는지 빨랑 얘기해."

"그러니까 내 말은……."

"결혼이라도 해주겠대? 그럼 다행이고."

"아직 그건 아니야."

겨우 지원의 물음 중 한 가지에 대한 답변을 했다. 그러나 그중 제일 중요한 부분이었기에 지원의 눈이 휘둥그레진다.

"아니라고? 아니라고!"

흥분한 지원은 벌떡 일어나 팔짱을 낀 채 거실을 왔다 갔다 한다. 그런 지원을 보며 미영이 오랜만에 입을 연다.

"연경이 일이잖아. 얘기 좀 들어보자."

"뻔해! 저 순둥이가 남건우 그 인간한테 홀랑 넘어가 버린 거야. 연경이가 누구니? 몇 년 동안 사귀었던 경민 씨한테도 허락하지 않을 만큼 성에는 문외한이야. 그런데 만난 지 반년도 안된 그 인간한테."

너무 흥분한 나머지 지원은 말을 잇지 못하고 입만 뻥긋뻥긋하고 있다.

"줘버렸다고?"

지원이를 대신해서 미영이가 마무리를 짓는다. 그러자 지원이는 고개를 끄덕이며 다시 열변을 토하려 했다. 그런 지원을 연경이 먼저 막는다.

"알았어. 알겠는데…… 미영이 말처럼 이건 내 일이야."

"연경아."

"나, 그 사람 사랑해. 어디서 그걸 느꼈는 줄 아니?"

"설마……."

지원과 미영이 서로 묘한 눈빛을 주고받더니 동시에 연경을 휘둥그레진 눈으로 쳐다본다.

"그 사람이 내 안으로 들어와서 날 꽉 채우는 그 순간 난 비로소 모든 게 완벽해졌다는 걸 느꼈어. 책에서 읽었던 것처럼 그 사람과의 키스는 꿀을 먹는 것처럼 달콤하고, 그 사람과 섹스를 했을 땐."

그 순간을 생각하는 듯 연경은 애틋한 표정으로 두 손을 마주 잡고 나지막한 한숨을 쉬었다. 그러자 덩달아 지원과 미영도 연경을 따라 한숨을 쉰다.

"그 사람과 같이 하늘을 날았어. 새가 된 것처럼 높게 높게 날았어."

지원은 침을 꿀꺽 삼키며 눈을 살며시 감고 있는 연경을 믿기지 않는다는 눈으로 바라본다.

미쳤어. 완전히 미쳐 버렸어.

"연경아."

"응?"

미영이는 수줍은 듯 배시시 웃으며 아주 작은 목소리로 속삭인다.

"몇 번이나 했어?"

"윤미영! 이게 노망났지, 노망났어! 그런 걸 왜 물어보고 난리야!"

"궁금하니까 그렇지! 듣기 싫으면 넌 귀 막고 있던가!"

"안 그래도 그럴려구 했어!"

지원은 미영을 날카롭게 쏘아보며 양손으로 귀를 막았다. 지원이 귀를 막는 걸 확인한 후 미영은 은근한 어조로 다시 연경에게 묻는다.

"이제 괜찮아. 말해도 돼. 몇 번 했어?"

"그걸…… 어떻게 말해."

"지원이 못 듣는다니까? 어서 말해 봐."

일부러 지원이 들으라는 듯 미영은 지원을 힐끔 보며 말했다. 애써 태연한 척하고 있지만 미영은 알고 있다. 지원이 다 듣고 있다는 것을.

기집애, 혼자 우아한 척하기는.

"어서. 응?"

"잠깐만."

미영은 손가락을 꼽아가며 중얼거리는 연경을 보고 웃음이 터져 나오려는 걸 애써 참으며 진지한 눈으로 쳐다보고 있다.

그리고 지원이 심상치 않은 눈빛으로 연경을 바라보고 있다는 걸 들키지 않게 관찰했다. 연경은 살짝 얼굴을 붉히며 먼저 귀를 막고 있는 지원의 눈치를 본 후 미영에게 다가가 나지막하게 속삭였다.

"일곱 번. 행운의 숫자만큼 해야 된대서."

"뭐! 미쳤어! 그게 사람이야? 짐승이지!"

귀에서 양손을 떼며 지원이 소리친다. 그 모습을 보며 미영이 웃음을 터뜨렸다.

"푸하하! 역시 한지원도 별수없구만?"

"뭐, 뭐가?"

지원이 시치미를 떼며 미영을 빤히 쳐다보자 미영은 음흉하게 웃으며 말한다.

"귀 막는다며? 정말 막은 거야?"

"봤잖아! 연경이의 목소리가 커서 어쩔 수 없이 들린 거라구!"

"그래? 이상하네. 난 귀도 안 막았는데 연경이가 몇 번이라고 했는지 잘 못 들었는데. 그치?"

"미영이만 들을 수 있게 최대한 작게 말했어."

"맞다! 손바닥에서 땀이 나길래 잠깐 떼고 있었어. 그때 들린 거야."

얼굴을 붉히며 애써 변명하는 지원에게 미영이 다가와 어깨 동무를 한다.

"친구야, 인정할 건 인정하자. 솔직히 너도 처녀 아니잖냐. 안 그래?"

"뭐? 니, 니가 어떻게 알아!"

"정말이야? 지원이는 경험없다고 그랬는데."

"없어? 얘가? 지원이 첫사랑이었던 수명 오빠 기억나지."

"당연하지! 지원이가 고3 때 그 오빠한테 과외받았잖아."

뭔가 새로운 사실을 알게 된다는 흥분으로 연경의 눈동자는 반짝반짝 빛이 난다. 반면 지원의 이마엔 식은땀이 송골송골 맺혀 있다.

"미영아, 그만 하지?"

"시끄러! 여우 같은 기집애. 지는 더 일찍 사고쳐 놓구."

"미영아, 너 갖고 싶다던 그 스카프있지? 그거 줄게."

"그거? 필요없거든. 조용히 해줘."

결국 지원의 과거가 미영으로 인해 적나라하게 파헤쳐졌고 연경은 새로운 사실에 놀라워하며 지원을 다른 눈으로 보게 됐다.

오랜만에 건우는 상현, 동진과 술을 마시며 웃고 있다.

"그날은 잘 들어갔냐?"

동진이 피식 웃으며 건우를 향해 의미심장한 시선을 보낸다. 건우는 말없이 동진을 향해 조용히 하라며 손가락을 입술에 갖다 댄다. 영문을 모르는 상현은 동진과 건우를 번갈아 보다가 동진에게 묻는다.

"니들, 내가 모르는 뭔가 알고 있지? 건우 녀석이 말해 줄 리 없고 동진아, 너밖에 없다."

"어험. 내가 얘기해 주면 뭘 줄 건데?"

거드름을 피우는 동진을 보며 상현은 주머니를 뒤적거리더니 뭔가를 꺼내 테이블 위에 소리나게 올려놓는다.

"니가 탐내던 골동품 라이터다! 이 정도면 충분하겠지?"

"역시 넌 멋진 친구야!"

동진은 상현의 라이터를 얼른 자신의 주머니에 챙겨놓고 건우를 보며 뭔가 없냐는 눈짓을 보낸다. 건우는 잠시 고민하더니 목 뒤로 손을 가져가 목걸이를 풀어 테이블 위에 올려놓았다.

"하나밖에 없는 디자인이라는 거 너도 알지? 유이한테서 선물 받은 건데 너 가져라."

"한유이? 맞아죽을 일 있냐? 얼른 치워라."

동진은 목걸이를 건우 쪽으로 밀쳐 냈다. 건우는 피식 웃으며 목걸이를 주머니에 집어넣는다.

"빨리 말해! 궁금해 죽겠다."

"궁금해? 라이터 준 거 하나도 안 아까울 거다."

"뜸들이지 말라니까."

"알았다. 저번에 건우가 얘기하던 오바이트 아가씨 기억나냐?"

"그걸 어떻게 잊어버리겠냐. 천하의 남건우가 오바이트 세례를 받고 그냥 쫓겨난 그 사건. 킥킥킥."

서로 마주 보며 킥킥대는 동진과 상현을 건우는 못 말린다는 눈으로 응시하고 있다. 동진은 건우를 힐끔 쳐다보고 말을 이어 갔다.

"그날 이후 건우가 그 아가씨 얘기 하는 거 들어봤냐?"

"아니?"

"세상에서 제일 치사한 남건우 저 인간이 우리 모르게 그 아가씨를 만나고 있었다 이거야."

"뭐?"

상현은 배신감에 치를 떨며 건우를 노려본다. 건우는 술잔을 기울이는 척하며 상현의 눈빛을 술잔으로 막았다.

"이동진, 넌 언제부터 알았냐?"

"나? 내가 언제부터 알았냐구?"

"니네 둘, 나 왕따시키는 거야?"

짐짓 서운한 듯 상현은 동진과 건우를 번갈아 보다 고개를 숙인다. 동진은 그런 상현의 어깨를 두드린다.

"저 자식이 우릴 왕따시켰던 거야. 나도 깜쪽같이 속았다니까?"

"속다니, 뭘?"

"내가 나이트에서 연경 씨를 봤거든? 그래서 건우 녀석에게 전화를 했지. 주니어나이트라고 알지?"

"그래."

"건우 녀석은 집에 있었거든? 주니어나이트까지 시간이 꽤 걸릴 텐데 저 녀석은 20분도 안 되어서 달려왔더라 이거야. 연경 씨 데려가라는 그 말 한마디에."

"세상에서 제일 치사하고 드러운 놈이 친구들 뒤통수 때리는 놈인 거 알란가 모르겠네."

건우에게 들으라는 듯 상현은 일부러 건우 쪽으로 몸을 기울이며 말했다. 입가에 미소를 머금고 술잔을 기울이던 건우가 상현을 보며 조용히 입을 연다.

"상현아, 동진이 비밀 하나 알려줄까?"

"응? 뭔데?"

건우는 동진을 향해 의미심장한 미소를 보낸다. 눈치 빠른 동진은 이내 건우가 무슨 말을 할지 알아채곤 상현에게서 받은 라이터를 건우의 손에 쥐어준다.

"건우야, 이거 너 가져라. 너도 이거 탐냈잖냐."

"이거? 내 취향이 아니라서."

동진에게 다시 라이터를 쥐어주고 건우는 상현의 어깨를 잡고 다시 입을 열었다.

"나이트에서 동진이 파트너였던 미영 씨 기억나냐?"

"키스 한 번으로 끝냈던 그 여자?"

"응. 근데 내가 그날 나이트 갔을 때 같이 있더란 말이지."

"뭐!"

상현이 인상을 구기며 고개를 돌리자 동진이 자리에서 벌떡 일어난다.

"집에서 일찍 들어오라고 전화가 왔네? 그럼 이만."

"야! 거기 안 서!"

슬그머니 빠져나간 동진과 그 뒤를 쫓아간 상현. 홀로 남은
건우는 고개를 절레절레 흔들며 술잔을 들여다보다 테이블 위
에 올려진 휴대폰을 응시한다. 문득 외로움이 엄습했고 건우는
연경의 목소리가 그립다.

전화를 해볼까?

그러나 건우가 연경의 번호를 누르기 전에 벨이 울렸고, 간절
히 원하던 번호가 눈에 들어왔다. 건우는 슬그머니 미소를 지으
며 통화 버튼을 누른다.

"양반 되긴 글렀네."

가기 싫다는 지원과 미영을 돌려보내고 나니 11시가 훌쩍 넘
어버렸다. 혼자 남은 연경은 휴대폰을 가만히 쳐다보고 있다.
전화를 하고 싶지만 조금 늦은 시각이라 망설여진다. 그러나 건
우의 목소리를 듣고 싶다는 생각이 승리를 거두고 연경은 건우
의 번호를 눌렀다. 몇 번의 신호가 가고 그렇게 듣고 싶어하던
건우의 목소리가 휴대폰을 타고 흘러나온다.

—양반 되긴 글렀네.

"네? 그게 무슨 말이에요?"

—목소리 듣고 싶어서 전화하려고 했는데 전화가 왔으니까.

"정말요? 나도 그랬는데."

휴대폰을 통해 흘러나오는 건우의 목소리는 허스키하면서도 섹시하게 들린다. 연경은 문득 자신의 몸을 어루만지던 건우의 손길을 기억해 내며 얼굴을 붉혔다.

—널…… 갖고 싶어.

연경은 자신의 귀를 의심했다. 자신의 생각과 일치하는 건우. 우연이라고 하기엔 건우는 연경의 생각을 너무나 잘 알고 있는 듯하다. 연경은 입술이 말라옴을 느끼며 혀로 입술을 조심스럽게 핥았다.

솔직해지자. 그러기로 했잖아?

솔직한 자신의 아픔을 보여준 건우였다. 건우를 사랑하기로 한 연경은 더 이상 자신을 억제하지 않기로 결심했다. 연경은 자신을 감싸고 있던 보호벽을 부숴 버렸다.

"보고 싶어요."

—지금…….

"지금 보고 싶어요. 내게 와줘요. 그래 줄 수 있죠?"

—그 말을 기다렸어.

연경은 휴대폰을 내려놓으며 행복한 미소를 지었다. 철저히 자신을 억제시키고 보호하려고 했던 보호벽을 무너뜨리고 나니 진정한 사랑에 눈뜨게 되었고 연경은 행복을 느낀다.

"어머! 나 세수도 안 했는데."

건우가 오기만을 넋놓고 기다리던 연경은 거울 속에 비친 자신의 모습에 정신을 차리고 욕실로 뛰어들어 갔다. 잠시 후 샤워를 끝내고 막 욕실을 나오던 연경은 현관벨이 울리자 떨리는 마음으로 문을 열었다.

"어머."

연경의 눈앞에 펼쳐진 장미 다발. 장미 다발을 받아 든 뒤 연경은 현관에 비스듬히 기댄 채 자신을 바라보고 있는 건우를 발견한다. 잠시 후 연경의 머리 위로 건우의 그림자가 드리워지고 어느새 연경은 장미 다발과 함께 건우의 품에 안겨 있다. 연경의 젖은 머리 위로 건우의 입술이 부드럽게 닿는다.

"좋은 냄새가 나는걸?"

건우의 은근한 어조에 당혹감을 느낀 연경이 떨리는 목소리로 불필요한 말을 꺼낸다.

"조금 전에 머리를 감았어요."

바보! 한눈에 알아봤을 텐데…… 겨우 한다는 말이 머리 감았다는 말이야?

속으로 자신의 바보스러움을 한탄하고 있는 연경이었다. 그러나 건우는 전혀 신경 쓰지 않는 눈치였고 더욱 은근한 어조로 말을 꺼낸다.

"그럼 샤워도 했겠군."

건우가 조금씩 조금씩 발걸음을 옮기자 연경의 몸은 조금씩 뒤로 밀려났다. 그리고 연경은 자신의 발치로 장미 다발이 떨어짐과 동시에 자신의 입술 위로 건우의 따뜻한 입술을 느꼈다.

숨이 막힐 정도로 길고 깊은 키스였다. 간신히 입술을 떼어내고 건우를 응시했다.

"샤워도 했다면요?"

연경의 입가에 수줍은 미소가 머물자 건우는 대답 대신 연경을 안아 올렸다. 건우의 목에 양팔을 두르고 연경은 건우의 품에 안긴다. 서두르지 않고 건우는 연경의 침실로 향했다. 그리고 연경을 침대 위에 내려놓은 뒤 천천히 부드러운 손길로 어루만지며 격정의 시간으로 빠져들었다.

격정의 시간이 끝난 뒤 건우는 엎드린 채 자신을 빤히 쳐다보고 있는 연경의 맨등을 손등으로 가볍게 쓸어 내렸다.

"정말 많이 변했군."

"누가요?"

한껏 기지개를 켜며 연경은 건우를 향해 장난기 어린 미소를 짓는다. 건우는 연경의 콧등을 손가락으로 살짝 튕긴다.

"아얏."

"다 알면서 모르는 척하는 건 내숭이야. 알아?"

"여자란 때론 내숭이 필요하대요."

"난 내숭 떠는 여자는 질색인데."

"치. 남자들은 겉 다르고 속 다르대요. 그건 내숭 아닌가?"

"쿡. 너무 많은 걸 아는 거 아닌가?"

건우는 팔을 뻗어 연경을 품에 안았다. 연경은 따뜻한 건우의 품속으로 파고들며 눈을 반짝인다.

"그런 눈으로 쳐다보지 마. 오늘은 이쯤에서 끝내자구."

"누가 뭐랬어요? 밝힘쟁이."

"내가?"

"그럼 누구겠어요."

"내가 좀 밝히긴 하지. 하지만 오늘은 힘들 것 같아. 몸이 예전 같지 않단 말이야."

"자고…… 갈 거예요?"

연경은 건우의 가슴에 손가락으로 작은 원을 그리며 조심스럽게 묻는다. 연경의 물음에 건우는 일부러 곤란한 표정을 지으며 잠시 생각하는 척한다. 건우가 곤란해하는 것 같아 연경은 갑자기 우울해진다.

"갈 거면 빨리 가요. 나도 이제 자야 되니까."

토라진 듯한 연경의 말투에 건우는 웃음을 참으며 침대에서 몸을 일으켰다. 그리고 옷을 찾는 척하다가 갑자기 놀란다.

"어!"

"왜요?"

"날개옷이 없어져서 집으로 돌아가긴 힘들겠는데?"

"뭐라구요?"

장난을 치는 건우가 얄미워 연경은 주먹을 쥐고 건우의 가슴을 때린다. 건우는 웃음을 터뜨리며 연경의 주먹을 두 손으로 잡고 침대 위로 쓰러뜨렸다.

"심술쟁이. 미워죽겠어."

"그럼 같이 잠자리에 드실까요?"

그러나 연경은 아직 건우의 장난에 토라져 있다. 건우는 연경의 기분을 풀어주기 위해 간지럼을 태우기 시작했다. 웃음을 터뜨리지 않으려고 꾹 참았지만, 결국 연경은 웃음을 터뜨리며 건우에게 그만 하라고 애걸한다.

"하하, 그만⋯⋯ 그만 해요."

"나 용서해 줄 거야? 그런다고 약속하면. 응?"

"시, 싫어."

"뭐? 그럼 그만 못하지."

"아하하. 아, 알겠어요."

"그럼 화해의 키스 해줘."

간지럼을 멈추고 건우는 연경에게 입술을 내민다. 겨우 웃음을 멈춘 연경은 키스 대신 손으로 건우의 입술을 세게 비틀었다.

"아얏!"

"간지럼 태운 복수예요. 미워."

건우를 흘겨보던 연경은 입술을 어루만지는 건우의 허리를 양팔을 벌려 힘껏 안았다.

"살아 있는 곰인형이에요, 오늘은."

"뭐야, 그럼 내가 곰이야?"

"그럼 돼지로 할까요?"

"곰이 낫다, 곰이."

연경의 방에 불이 꺼지고 연경은 살아 있는 건우 인형을 품에 안은 채 달콤한 잠에 빠져든다. 그러나 정작 살아 있는 인형은 연경이었다. 오랜만에 건우는 살아 있는 연경 인형을 품에 안고 깊은 잠에 빠져들 수 있었다. 아주…… 오랜만이었다.

"하여간 건우 녀석은 상현이한테 미영 씨 얘길 해서 배신자 소리 듣게 만드냐."

동진은 건우, 상현과 헤어진 뒤 미영의 집 앞에서 미영을 만나기 위해 기다리는 중이다. 처음 만난 이후 동진은 왠지 모르게 미영에게 이끌리고 있었다. 그러나 미영은 진지한 관계는 싫다고 했다. 처음 만났던 그날처럼 하룻밤 관계라면 응해줄 수 있다고 했지만, 동진은 왠지 그렇게 끝내긴 싫었다. 겉으론 웃고 있지만 미영에겐 알 수 없는 슬픔이 묻어나 보였다. 그래서 동진은 미영에게 연락을 시도했고, 미영도 잘 받아주었다. 그러나 더 이상의 진전은 없었다. 동진이 미영에게 연락할 땐 미영은 늘 남자와 함께였다. 매번 다른 남자였고 묻진 않았지만 동진은 느낌상 알 수 있었다. 모두 미영과 섹스를 즐겼고 섹스 이후 관계가 끝났다는 것을. 그래서 동진은 미영과의 섹스가 두려워 시도조차 하지 못하고 있다.

복잡한 심정으로 앞쪽을 주시하고 있던 동진은 저멀리 걸어오는 미영을 발견했다. 동진은 시동을 끄고 차문을 열고 밖으로 나갔다. 그러나 미영을 기다리는 건 동진만이 아니었다. 동진보다 먼저 미영을 막아서는 남자가 있었다.

"윤미영, 니가 그렇게 잘났어?"

술에 취한 듯 남자는 미영 앞에 제대로 서지도 못하고 비틀댄다. 당장이라도 미영의 앞에서 그 남자를 끌어내고 싶었지만, 동진은 잠시 지켜본 뒤 상황을 봐서 나서야겠다고 생각하고 다시 차 뒤로 몸을 숨겼다.

"취했어요. 집으로 돌아가세요."

"사랑한다고…… 널 사랑한다니까?"

남자는 미영을 안으려고 했다. 그러자 미영은 남자를 밀쳐 내고 화난 어조로 말한다.

"사랑한다구? 그러면서 왜 내가 아닌 다른 여자랑 결혼했죠? 왜 내가 아니었냐구요!"

동진은 보았다, 미영의 상처 입은 표정을. 미영은 상처 입은 표정으로 남자를 향해 울부짖고 있다.

"선배를 만나는 게 아니었어. 유부남이라는 거 뻔히 알면서도 선배를 만나는 게 아니었어요. 미련을 사랑이라고 믿고, 선배를 만났던 게 얼마나 후회되는지 알아요?"

"미영아."

"가세요. 가라구요."

미영은 남자를 날카롭게 노려보다 돌아섰다. 그러나 남자는 미영을 포기하지 않았다. 돌아선 미영을 돌려세워 강제로 키스를 시도한다. 미영은 남자를 뿌리치려고 몸부림을 쳤다. 그러자 남자는 손을 들어 미영의 뺨을 힘껏 내려친다. 미영은 바닥에 쓰러졌고, 남자는 미영을 때리기 위해 다시 손을 든다.

"그만 하지 못해!"

동진은 성큼성큼 걸어가 남자를 주먹으로 힘껏 후려쳤다. 폭력을 별로 좋아하진 않지만, 지금은 미영을 때린 남자를 죽도록 패주고 싶은 충동을 느꼈다. 남자는 맞은 얼굴을 어루만지며 동진을 야릇한 눈으로 응시하다 입꼬리를 올리며 비아냥거린다.

"뭐야, 이놈 때문이었어? 그런 거야?"

"이 사람은…… 상관없어요."

"상관없어? 웃기고 있네. 역시 넌 더러운 여자였어. 깨끗하고 순결한 척한 건 다 거짓이었다구. 더러운 년. 킥!"

동진의 주먹이 무차별로 미영을 향해 비아냥거리던 남자를 후려친다. 미영이 말리지 않았다면 동진은 분이 풀릴 때까지 남자를 때렸을 것이다.

"그만 하세요! 동진 씨가 때릴 가치도 없는 사람이에요."

"미영 씨 보고 더럽다고 했습니다."

씁쓸한 미소를 지으며 미영은 동진을 바라본다.

"틀린 말은 아닌데요 뭘."

"집에 데려다 드리겠습니다."

"네."

동진은 바닥에 쓰러져 꿈틀대는 남자를 노려본 뒤 미영을 따라 미영의 오피스텔로 들어갔다. 문 앞까지 미영을 안전하게 데려다 준 뒤 동진은 잘 자라는 인사말을 하고 돌아섰다. 그러나 돌아서는 동진의 어깨를 미영이 붙잡는다.

"차나…… 한 잔 하고 가세요."

"괜찮겠습니까?"

"네."

문을 열고 들어선 동진은 집 안 가득 미영의 냄새가 배어 있다고 생각하며 조심스럽게 집 안으로 들어섰다. 무척 아늑하고 따뜻한 분위기가 미영과 닮아 있다. 동진은 거실에 있는 소파에 자리 잡고 앉았다. 미영은 방에 들어가 편한 옷으로 갈아입은 뒤 거실로 나왔다.

"홍차 좋아하세요?"

"네."

너답지 않게 왜 이렇게 떠냐?

여자와 단둘이 있어본 경험이 없는 것도 아니었다. 그러나 동진은 처음인 양 긴장하고 있다. 투명한 크리스털 잔에 투명한 갈색 빛 액체가 담겨져 동진의 앞에 내려졌다.

"복숭아홍차예요. 커피보단 나을 것 같아서."

"괜찮습니다. 냄새가 참 달콤하군요."

젠장, 달콤하다니.

동진은 향긋하다는 말을 하고 싶었지만, 순간 말이 헛나왔고 속으로 후회를 한다. 그런 동진의 모습에 미영이 살짝 미소 짓는다. 두 사람은 말없이 김이 모락모락 피어오르는 복숭아홍차를 마셨다. 거실 안엔 침묵이 감돌았고 먼저 침묵을 깬 것은 미영이었다.

"아깐 왜 그랬어요?"

"네?"

"동진 씨는 주먹 같은 거 안 쓸 것 같았어요. 그런데 아깐 조
폭인 줄 알았어요."

"아, 미, 미안합니다. 난⋯⋯."

"고마웠어요, 아까는."

미영의 말에 동진은 당황한다. 그러나 고맙다는 말에 왠지 어
깨가 으쓱해진다.

"고맙긴요, 하하."

어색하게 웃던 동진은 미영의 손등 위로 떨어지는 투명한 액
체를 보고 웃음을 멈췄다. 미영의 입술이 가늘게 떨리고 있다.
동진은 테이블 위에 놓인 각티슈에서 티슈 한 장을 뽑아 미영에
게 내밀었다. 동진이 내민 티슈를 받아 든 미영은 눈가를 닦아
내며 억지로 웃는다.

"눈에 뭐가 들어갔네요."

"미영 씨, 내가 물어볼 건 아니지만⋯⋯ 그 사람 누굽니까?"

동진의 물음에 미영의 얼굴에서 미소가 사라진다. 동진은 괜
히 물어본 건 아닌가 하고 후회했다. 그러나 미영은 동진이 물
어봐 주길 기다린 것처럼 입을 열었다.

"대학 시절 동아리 선배예요."

"동아리요?"

"네, 군대를 다녀와 복학한 선배였는데 첫눈에 반했죠."

그때를 떠올리는지 미영은 행복한 미소를 짓는다. 동진은 미소 짓는 미영의 모습이 정말 예쁘다고 생각했다. 그러나 미영에게서 미소가 사라졌고 무척 괴로운 표정으로 변한다.

"3년을 사귀었어요. 선배는 졸업과 동시에 취업이 되었죠. 그런데 취업을 하고 난 뒤부터 선배가 점점 멀어지는 걸 느꼈어요. 그리고 선배는…… 결혼을 했죠."

미영의 눈동자에 눈물이 어린다. 동진은 닦아주고 싶지만 지금은 아니라는 걸 알기에 꾹 참았다. 미영의 볼을 타고 흘러내린 눈물은 미영의 턱끝에서 테이블 위로 떨어졌다.

"그런데도 전 선배를 포기 못했어요. 선배가 그랬거든요, 사랑없는 결혼이라고. 어쩔 수 없었다고. 선배가 결혼한 여자는 회장 딸이었어요."

"그럼 돈과 명예에 눈이 먼 겁니까?"

"아직도 날 사랑한다는 그 말에 유부남인 선배와의 관계를 끊지 못했어요. 그렇지만 차츰 지쳐 갔죠. 섹스가 끝난 후엔 선배는 부인 곁으로 돌아가야 했어요. 어둠 속에 혼자 남아 있는 게 너무 외로웠어요. 외로움을 달래려고 남자들을 만났죠. 그런데도 외로움이 채워지지 않아요."

어느새 동진은 흐느껴 우는 미영을 품에 안고 달래주고 있었다. 늘 밝게 웃던 미영이 너무나 서글프게 동진의 어깨를 빌려 울고 있다. 동진은 미영이 왜 하룻밤의 관계만을 요구하는지 알 것 같았다. 다시는 사랑 때문에 상처받지 않으려는 것이다.

"나라면…… 외롭게 하지 않습니다."

충동적으로 내뱉은 말이었다. 동진은 갑자기 자신의 입에서 뛰어나온 말에 당황했고, 미영도 동진의 말에 놀라 몸을 뒤로 빼고 고개를 들어 그를 올려다보았다. 그러나 왠지 동진은 자신의 말에 책임지고 싶다는 마음이 간절해져 미영의 어깨를 붙잡은 손에 힘이 들어갔고, 자신을 올려다보고 있는 미영의 입술에 키스를 하며 외로움을 달래주고 싶었다. 동진은 자신의 생각을 말로 표현했다.

"키스해도…… 되겠습니까?"

미영에게선 대답이 없다. 동진은 자신이 실수한 것 같아 어색한 표정을 지으며 미영에게서 손을 떼어냈다. 그러나 미영은 동진의 손을 잡아 자신의 얼굴을 감싸게 한 뒤 동진을 올려다보며 눈을 감는다. 동진은 믿기지 않는다는 듯 눈을 감고 있는 미영을 내려다보다가 미영이 허락했다는 걸 깨달았다.

동진은 천천히 미영의 입술을 향해 고개를 숙였다. 키스라면 질리도록 해본 동진이었다. 그럼에도 불구하고 미영에게 키스를 하려는 동진은 마치 처음인 양 부들부들 떨고 있다. 겨우 미영의 입술에 자신의 입술을 갖다 대었을 때 동진은 뭔가 심장을 관통하는 듯한 느낌을 받았다. 그리고 이대로 시간이 멈춰 버리길 기도했다.

섹스=사랑

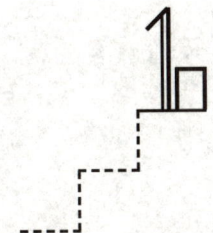

익숙하지 않은 냄새에 건우는 천천히 눈을 뜬다. 반쯤 열린 창문으로 따사로운 햇살이 건우를 향해 쏟아져 들어왔다. 한껏 기지개를 켜며 침대에서 내려온 건우는 냄새의 근원지를 찾아 살금살금 걸어갔다. 냄새의 근원지는 주방이었고 건우가 찾던 사람이 주방에서 바삐 움직이고 있었다. 건우는 연경이 눈치채지 못하게 살그머니 다가가 그녀의 허리를 확 끌어안았다.

"어머나!"

"잘 잤어?"

"놀랐잖아요. 갑자기 그러는 게 어딨어요."

건우는 뒤에서 연경을 안은 채 연경의 목덜미에 코를 갖다 대고 한껏 냄새를 들이마신다.

"이 냄새가 아닌데."

"네?"

연경의 허리에서 팔을 푼 건우는 가스렌지 위에 놓인 냄비 쪽으로 걸어가 뚜껑을 연다. 뚜껑을 열자마자 뜨거운 김이 건우의 얼굴을 덮치며 얼큰한 냄새가 건우의 후각을 자극했다.

"그래, 이 냄새야."

"무슨 말이에요?"

"자고 있는데 이 냄새가 자꾸 날 유혹하지 뭐야. 어서 일어나라고."

건우의 말에 연경이 어이가 없다는 듯 웃는다.

"김치찌개가 저보다 낫네요. 일어나라는 말을 열 번도 넘게 할 땐 꼼짝도 안 하더니 김치찌개 냄새에 저절로 일어나는 걸 보면."

"몰랐어? 내가 제일 좋아하는 게 김치찌개야."

"훗. 실없는 소리 그만 하고 아침 준비 다 됐으니까 세수하고 와요. 밥은 먹고 출근해야죠."

"알겠습니다!"

연경을 향해 거수경례를 하고 욕실로 걸어가는 건우. 연경은 건우의 뒷모습을 물끄러미 바라보며 자신이 늘 꿈꿔왔던 아침이라고 생각했다. 사랑하는 사람과 함께 눈을 뜨고, 같이 아침을 먹고, 그의 출근하는 모습을 지켜보는 것. 평범하지만 여지껏 해보지 못한 일이었다. 그러나 연경은 오늘 자신이 간절히 원했던 소박한 꿈이 이뤄지는 걸 눈으로 보고 있다. 서둘러 세수를 한 건우가 연경을 향해 밝게 웃으며 식탁에 앉는다.

"아줌마, 밥 주세요."

"아줌마라뇨? 여기가 무슨 식당인 줄 알아요?"

얄밉다는 듯 건우를 흘겨보면서도 연경은 전기밥솥에서 금방 퍼낸 밥을 건우 앞에 내려놓고 가스렌지 위에 놓인 김치찌개를 식탁 위에 올려놓았다. 들기름을 발라 소금을 뿌린 김과 계란말이, 마른반찬, 알맞게 익은 김치 등 평소 간소하게 먹던 아침과는 다르게 건우를 위해 준비했다. 휘둥그레진 눈으로 식탁 위에 펼쳐진 반찬을 훑어보던 건우는 만족스러운 미소와 함께 김이 모락모락 피어오르는 새하얀 쌀밥을 입에 떠넣었다.

"음, 밥맛 좋고!"

곧 이어 건우의 잠을 깨운 김치찌개를 입에 떠넣는다. 건우가 먹는 모습을 지켜보던 연경은 묘한 표정을 지으며 건우가 고개를 갸웃거리자 조금 불안해졌다.

혹시 소금 간을 잘못해서 좀 짠가? 김치가 별로 맛이 없었나?

불안한 마음에 연경은 김치찌개를 떠먹어본다. 그러나 평소 자신이 먹던 그 맛이었다.

"난 괜찮은데…… 맛이 이상해요?"

"어떻게 해야 이런 맛이 날까 감탄하고 있었지. 정말 맛있다."

"못됐어. 사람 불안하게."

"그랬어? 난 무척 놀랐다는 표정을 짓고 있었는데."

"그런 표정이었다구요? 내가 볼 땐 맛없다는 표정 같았어요."

"보는 눈이 없어서 그래. 오늘은 평소보다 두 배로 일해도 힘이 불끈불끈 솟을 것 같아."

"어서 드세요. 출근 시간 얼마 안 남았잖아요."

"오케이!"

너무나 맛있게 먹어주는 건우를 보니 연경은 먹지 않아도 배가 부르다. 그래서 연경은 먹는 둥 마는 둥 하고 건우의 밥 위에 반찬을 얹어주는 닭살스러운 애교도 부려봤다.

깨끗하게 비워진 건우의 밥그릇과 식탁 위에 놓인 반찬그릇을 연경이 설거지통에 집어넣자 건우가 설거지를 자청하고 나섰다.

"됐어요. 내가 할게요."

"예전엔 엄마 대신 설거지를 많이 했었지. 해주고 싶은데 안 될까?"

따뜻한 눈빛으로 바라보는 건우를 보며 연경은 고개를 끄덕였다. 건우는 연경에게 돌아선 채 설거지를 시작했다. 연경은 설거지하는 건우를 물끄러미 응시하며 묘한 기분에 사로잡힌다.

꼭 부부가 된 것 같아. 가정적인 남편과 남편밖에 모르는 아내.

건우가 설거지를 하는 동안 연경은 원두커피를 준비했다. 향긋한 헤즐넛 향이 거실을 가득 메웠고 설거지를 마친 건우가 헤즐넛 향에 취한 듯 오버액션을 취하며 소파 위에 쓰러진다.

"커피 향에 중독됐어. 해독제를 줘."

"해독제가 뭔데요?"

소파 위에 쓰러진 건우를 위에서 내려다보며 연경이 묻자마자 순식간에 건우는 연경에게 팔을 뻗어 낚아챈다. 건우의 품속으로 쓰러진 연경은 부드럽게 키스를 하는 건우의 입술을 음미하며 수줍게 웃었다.

"너의 입술이 해독제야."

"순 엉터리."

"엉터리라도 좋다. 그럼 커피 마실까요?"

"네."

건우 옆에 앉아 연경은 커피를 마신다. 혼자 마실 땐 그저 그랬던 커피가 오늘따라 너무나 맛있게 느껴진다.

"이렇게 편안했던 적은 없었던 것 같아."

"거짓말."

연경은 건우의 어깨에 머리를 기대며 중얼거린다. 건우는 커피 잔을 내려놓으며 한 손으론 연경의 어깨를 감싸고 다른 한 손으론 이마 위로 흘러내린 연경의 머리를 쓸어 올려주며 피식 웃으며 말한다.

"하여간 내 말은 다 거짓말이지?"

"몰랐어요, 거짓말쟁이 사장님?"

"거짓말쟁이이긴 하지만 오늘은 거짓말 못해."

"왜요?"

눈을 동그랗게 뜨고 묻는 연경을 건우가 짙은 눈빛으로 응시한다. 그리고 연경의 볼을 손등으로 쓸어 내리며 조그맣게 속삭였다.

"오늘은 거짓말 못하는 마법에 걸렸거든."

"그래요? 마법에 풀려나려면 어떻게 해야 돼요?"

"진실만 얘기해야 하지. 어때? 시험해 볼래?"

그러고 싶은 마음이 굴뚝같지만 연경은 시계를 힐끔 보고 다음으로 미뤄야겠다고 생각한다. 어느덧 건우의 출근 시간이 다 되어 있었다. 아무리 사장이라고 해도 백화점이 오픈하기 전까진 회사에 출근해야 될 것이다.

"출근해야죠. 오늘도 아프다고 땡땡이칠 건가요?"

"땡땡이, 학교 다닐 땐 정말 좋아하던 단어였는데."

"이제 싫어하세요."

연경은 건우를 억지로 일으켜 방으로 끌고 갔다. 그리고 옷을 챙겨 입는 건우의 모습을 지켜본 뒤 마지막으로 직접 넥타이를 매준다. 연경이 직접 매어준 넥타이를 건우는 이리저리 살펴보며 감탄한다.

"이야, 완전 프로다운 솜씨인데?"

"아버지 돌아가시기 전에 제가 늘 해드렸거든요. 오래전 일이지만."

씁쓸하게 웃는 연경을 건우가 살며시 안아준다.

"이제 나한테 해주는 건 어때? 내가 넥타이는 영."

"넥타이 때문에 아침마다 여길 들르겠다는 거예요?"

"아니."

"그럼요?"

"연경이만 좋다면 같이 잠자고, 같이 눈뜨고, 같이 밥 먹고, 넥타이도 매주고…… 어때?"

연경은 잠시 동안 멍해졌다. 그리고 믿기지 않는다는 눈으로 건우를 바라본다.

지금 프러포즈한 거야?

그러나 연경의 이런 생각을 건우가 단숨에 깨버린다.

"결혼하자는 게 아니야. 그냥 같이 있고 싶으니까…… 싫으면 어쩔 수 없고."

"좋으면…… 결혼할 수도 있잖아요."

연경의 말에 건우가 쓴웃음을 짓는다.

"결혼하면 모든 게 변해. 연경이도 변하고, 나도 변하고. 꼭 결혼을 해야 한다면 나 말고 다른 상대를 찾아야 할 거야. 난 연경이가 바라는 걸 해줄 수 없으니까."

너무나 행복하기만 했던 시간이 끝나 버렸다. 현실로 돌아온 연경과 건우. 연경은 말없이 건우가 문을 열고 나가는 모습을 지켜봐야 했다.

일자리를 구하기 위해 여기저기 돌아다니던 연경은 지원과 미영의 회사로 찾아갔다. 다행히 연경이 찾아간 시간은 점심 시간이었고 세 사람은 회사 밖 〈베네치아〉라는 스파게티 전문점으로 왔다.

　"회사까지 찾아오다니 웬일이야?"

　주문을 받은 종업원이 가고 난 뒤 지원이 묻는다. 미영도 뭔가 이상하다는 눈으로 연경을 응시하고 있다. 연경은 한숨을 쉬며 자신의 고민을 지원과 미영에게 털어놓았다. 가만히 듣고 있던 지원은 중간중간에 흥분을 하며 열변을 토했고, 미영은 연경이 얘길 끝낼 때까지 말없이 듣고만 있었다. 연경이 모든 얘길 끝내자 흥분하는 지원을 진정시키며 얘기 도중 내내 말이 없던 미영이 입을 열었다.

　"건우 씨 사랑해?"

　"사랑해. 하지만……."

　"정말 사랑한다면 네 마음이 시키는 대로 해."

　미영의 말에 지원이 기가 차다는 듯 미영을 쳐다본다.

　"결혼할 것도 아닌데 연경이보고 그 사람이랑 동거를 하라고? 너 미쳤니?"

　"그래, 미쳤다."

　"뭐?"

　"사랑하면 뭐가 문제야? 연경이 너 건우 씨하고 있는 게 좋다며? 같이 살게 되면 섹스하고 싶을 때 눈만 마주치면 할 수 있어. 전화해서 보고 싶네 어쩌네 구구절절이 말 안 해도 된다구."

연경과 지원은 미영의 뜻밖의 행동에 당황하고 있다. 늘 자기 주장을 펼치는 쪽은 지원이었다. 연경도 간혹 자신의 생각을 얘기하는 편이었다. 그러나 미영은 남의 애길 들어주는 게 훨씬 많았었다. 그랬던 그녀의 색다른 모습에 연경과 지원이 당황하는 건 어쩌면 당연할지도 모른다.

"싫다고 말하고 싶으면 그렇게 하면 되잖아. 정말 싫으면 말이야. 하지만 넌 싫지 않기 때문에 고민하는 거야. 건우 씨와 같이 살고 싶다는 생각을 하고 있기 때문에 섣불리 결정을 못하는 거겠지. 내 말이 틀리다면 틀리다고 말해."

미영의 말에 연경은 대답하지 못했다. 미영은 연경이 꼭꼭 숨겨뒀던 진심을 하나둘 찾아내서 밖으로 끄집어내었다.

"그러다 헤어지면?"

"지원아, 사랑한다고 해서 다 끝이 좋으라는 법은 없어. 헤어진다면 그건 사랑이 끝났기 때문이야. 그런 사랑엔 미련 가질 필요 없구. 결혼이 꼭 사랑의 완성이라고 할 순 없잖아?"

"아니, 난 결혼이 사랑의 완성이라고 생각해. 완벽한 사람과의 결혼이라면 더욱 완벽한 사랑이겠지?"

미영은 고집스럽게 결혼을 주장하는 지원을 연민이 가득한 눈으로 바라본다. 감수성이 예민해서 슬픈 영화나 슬픈 책을 보면 울음을 터뜨리곤 했다. 사랑 때문에 모든 걸 던진 적도 있었던 지원이었다. 그러나 지원은 사랑의 실패로 너무나 변해 버렸다. 더 이상 사랑을 믿지 않는, 완벽한 조건에 맞춰서 무미건조한 결혼을 고집하는 사람으로 변했다. 그렇다고 지원을 탓할 수 없다.

"서로 관점이 다르니까. 참, 좋은 소식 하나 알려줄까?"

미영은 순식간에 가라앉은 분위기를 업시키려 일부러 목소리 톤을 높이고 장난스럽게 웃었다. 다행히 지원은 미영에게 관심을 기울인다.

"무슨 소식인데? 혹시 애인 생겼어?"

연경의 물음에 미영이 힘차게 고개를 위아래로 끄덕인다. 그러자 지원이 코웃음 치며 고개를 절레절레 흔든다.

"애인은 무슨. 또 잠깐 놀다가 헤어질 거잖아."

"이번엔 달라. 그 사람이랑 결혼할 것 같거든."

"뭐?!"

가게 안에 있던 사람들이 우리 쪽을 다 쳐다볼 만큼 지원의 목소리는 컸다. 그러나 자신의 목소리가 컸다는 걸 전혀 모르는 듯했고 전혀 믿지 않는 듯 미영에게 다시 묻는다.

"결혼할 것 같다구? 정말이야?! 정말 결혼까지 생각하는 사람이야?"

"그렇다니까. 근데 너희가 아는 사람이다. 누굴까?"

"우리가 아는 사람?"

지원이 머리를 굴려보지만 도무지 떠오르지 않는 듯 이마를 찡그린다. 연경도 지원과 마찬가지로 미영이 만나던 남자들을 떠올려 봤다.

"잘 모⋯⋯."

순간 연경은 자신의 머리를 스쳐 지나가는 누군가의 이름이 떠올랐다.

"동진 씨? 동진 씨야?"

"뭐? 그때 나이트에서 부킹했던 남자?"

"딩동댕! 정답입니다."

환하게 웃으며 손뼉을 치는 미영을 지원이 어이없다는 표정으로 바라본다.

"언제 그런 사이가 됐어?"

연경도 믿기지 않았다. 나이트에서 단둘이 있을 땐 그냥 만난 거라고 생각했었다. 그러나 동진의 얘길 하는 미영의 표정을 보고 어떻게 된 건지는 모르지만 미영이 동진을 무척 생각하고 있다는 걸 깨달았다. 미영이 동진과 잘되어간다는 말을 듣고 난 뒤 지원은 옆에서 한숨만 쉬고 있다.

"아휴, 좋겠다. 인물 좋지, 돈 많지, 프로그래머라며?"

"벤처 회사를 운영하고 있는데 괜찮대. 나 결혼하게 되면 너희들 들러리하는 거 알지?"

"됐어! 이럴 줄 알았으면 상현 씨나 잘 꼬셔보는 건데 괜히 튕겨가지고."

"잘됐다. 동진 씨 정말 좋은 사람 같던데."

연경은 부러움이 가득한 눈으로 미영을 본다. 미영은 사랑하는 사람과 함께하기 위해 결혼을 하게 될지도 모른다고 했다. 그러나 연경은 결혼이 아닌 동거다, 결혼이라는 단어를 제외시킨. 연경의 이런 고민을 눈치 챘는지 미영이 연경의 손을 두 손으로 감싼다.

"걱정 마. 넌 잘해낼 거야. 중요한 건 건우 씨에게 니가 필요하다는 거야."

"내가…… 필요해?"

"동진 씨가 그랬어. 건우 씨가 진심으로 웃어 보일 때가 친구들과 있을 때를 제외하곤 니 얘길 하거나 널 만나고 있을 때래. 이 정도면 니가 양보해도 될 것 같은데."

확신이 서지 않던 연경이었다. 그러나 미영의 말을 듣고 난 뒤 자신이 생각을 정리하기 시작했다.

지원, 미영과 헤어져 집으로 돌아오며 연경은 집 근처 할인마트에 들렀다. 그리고 늘 사고 싶어했던 것들을 하나씩 장바구니에 담았다.

결재 서류를 들고 신 부장이 사장실로 들어왔다. 그러나 건우는 신 부장이 인기척을 내기 전까진 들어온 것조차 모를 정도로 다른 생각에 빠져 있었다.

"흠, 흠."

"아, 언제 들어왔습니까?"

"좀 됐습니다. 무슨 생각을 그렇게 골똘히 하시는지……."

"그냥 개인적인 겁니다. 이건 무슨 건이죠?"

"명성그룹에서 미래백화점에 투자했던 자금을 갚아달라는 공문입니다."

"투자요? 명성그룹에서 미래백화점에 무슨 투자를 했다는 겁니까?"

"미래백화점이 한 번 부도났었다는 건 알고 계시죠?"

"네, 그래서 남 회장이 인수한 거 아닙니까?"

"인수할 때 명성그룹에서 투자 명목으로 자금을 빌려 썼습니다. 그러나 남 회장님이 없는 시점에서 현재 경영을 맡고 있는 남현우 사장님이 미래백화점에 투자했던 돈을 돌려받겠다는 겁니다."

"남현우 사장이요? 그렇다면 당장 갚아버리죠. 뭐가 문제입니까?"

"명성그룹에서 빌려 쓴 액수가 얼마나 되는지 아십니까?"

"액수가 얼마입니까?"

"미래백화점이 부도가 날지도 모르는 상황에 처할 만큼 타격이 큰 액수입니다. 신중하게 결정을 내리셔야 합니다."

부도가 날지도 모른다는 말에 건우는 이를 악문다. 항상 자신을 쓰러뜨리고 싶어하는 게 현우였다. 건우가 전혀 모르는 일을 현우가 알고 있었다. 건우는 자신을 함정으로 몰아넣은 남 회장을 다시 한 번 원망한다. 이런 상황이라면 한 회장의 도움을 청

해야 한다는 것이다.

"일단 남 회장의 변호사에게 자세히 물어보고 난 뒤 그때 처리하도록 합시다."

"되도록이면 빨리 처리하셔야 할 겁니다. 만약 명성그룹에서 그렇게 나왔다는 걸 주주들이 알기라도 하면 미래백화점이 위험합니다."

"서둘러 알아볼 테니 신 부장은 이번 일에 대해 절대 비밀로 하세요."

"알겠습니다."

신 부장이 나간 뒤 건우는 내키지 않지만 윤 변호사의 사무실로 전화를 걸었다. 윤 변호사는 건우의 목소리를 듣자 무척 반가워한다.

—웬일이냐, 니가 먼저 전화를 다 하고?

"윤 변호사님께 여쭤보고 싶은 게 있습니다. 잠시 시간을 내주실 수 있는지요."

—너라면 없는 시간도 만들어줄 수 있다. 그래, 어디서 봤으면 좋겠니?

"제가 윤 변호사님 사무실로 찾아가겠습니다. 30분 정도 걸릴 겁니다."

—밖에서 저녁이나 하면서 얘기하는 게……

"그만 끊겠습니다. 사무실에서 뵙죠."

냉정하게 말하며 건우는 먼저 전화를 끊어버렸다. 윤 변호사를 냉정하게 대할 때마다 건우는 마음이 편치 않았다. 어릴 땐 정말 친삼촌처럼 윤 변호사를 잘 따랐었다. 그러나 모든 사실을 알게 된 후부턴 더 이상 윤 변호사는 건우에게 좋은 사람이 될 수 없었다. 건우에겐 어머니를 농락한 남 회장의 심복일 뿐이었다.

윤 변호사는 맞은편에 딱딱한 표정을 짓고 앉아 있는 건우를 보며 이제 더 이상 예전과 같은 사이가 아님을 실감한다. 남 회장을 대신해 건우의 입학식과 졸업식, 생일, 학교 행사 등 특별한 날은 어김없이 건우를 위해 참석했다. 아버지 없이 커온 탓인지 건우는 윤 변호사를 무척 잘 따랐다. 가족이 없는 윤 변호사도 건우를 친자식처럼 아끼고 모든 정을 쏟았었다. 그러나 건우의 생모인 장혜숙이 세상을 떠나며 모든 게 달라졌다. 자신의 생부가 누구인지 알아버린 그날부터 건우는 윤 변호사를 멀리했다. 아직도 윤 변호사는 상처 입은 눈빛으로 자신을 응시하던 건우의 모습을 생생하게 떠오른다.

"병원에서 본 게 언제였지? 오랜만인 것 같은데 건강해 보이는구나."

"가식적인 말은 집어치우시죠. 전 일 때문에 온 겁니다."

가시가 잔뜩 돋친 건우의 말투. 윤 변호사는 씁쓸한 미소를 지으며 테이블 위에 놓인 커피를 들어 입에 가져갔다. 오늘따라 윤 변호사는 커피 맛이 너무나 쓰게 느껴진다.

"그래, 무슨 일 때문에 온 거지?"

"미래백화점을 인수할 때 명성그룹에서 자금을 융통해 줬다고 들었습니다. 사실입니까?"

"사실이네."

윤 변호사의 대답에 건우의 입술이 보기 흉하게 비틀렸다.

"참 대단하군요. 명성그룹에서 미래백화점을 좌지우지할 수 있게끔 미리 손을 다 써놓다니. 그런 백화점을 제게 경영하도록 한 저의가 뭡니까!"

건우는 테이블을 손바닥으로 힘껏 내려치며 윤 변호사를 향해 소리쳤다. 자신이 바보처럼 이용당했다는 사실이 건우를 화나게 한다. 그런 것도 모르고 건우는 자신의 실력을 보여주겠다고 남 회장의 제의를 선뜻 응했던 것이다. 남현우가 쳐놓은 덫이란 것도 모른 채.

윤 변호사는 안타까웠다. 미래백화점을 인수한 게 누구를 위한 것이었는지 건우에게 말해 주고 싶었다. 그러나 남 회장은 윤 변호사에게 건우가 절대 알게 해선 안 된다고 몇 번이고 부탁을 했다. 명령이 아닌 부탁이었다. 간절한 남 회장의 부탁 때문에 윤 변호사는 건우의 얼음장처럼 차가운 눈빛과 지독한 악의를 견뎌내고 있는 것이다.

"회장님은 자네에게 해보겠냐고 의향을 물었어. 선택을 한 건 자네였네. 지금 자네의 선택이 잘못되었다고 해서 회장님 탓으로 돌리는 건가?"

"선택? 선택이라고 했습니까?"

"그래, 선택이라고 했네."

"그건 선택이 아니었습니다. 절 죽이고 싶을 정도로 미워하는 남현우와 경쟁을 붙인 겁니다. 제가 거절하지 못할 거라는 걸 알고 있었습니다. 남현우에게만은 지고 싶어하지 않는다는 걸 아니까요. 결국 이길 수 없다는 좌절감에 허우적대는 제 꼴이 보고 싶었겠죠."

"왜 항상 삐딱한 생각만 하는 거지? 회장님의 마음을 정말 모르겠나?"

윤 변호사의 간절한 눈빛에 건우는 속이 울렁거린다. 예전엔 저 눈빛에 많은 감동을 받았다. 그러나 더 이상은 아니다. 사실을 확인했고 건우가 윤 변호사와 나눌 얘기는 더 이상 없었다. 건우는 윤 변호사를 차갑게 노려보며 벌떡 일어섰다.

"좌절감을 맛보게 해주셔서 정말 감사합니다. 앞으론 이렇게 뵐 일도 없겠군요."

뒤돌아서는 건우의 어깨를 윤 변호사가 붙잡는다. 건우는 마치 더러운 오물이 묻은 듯 인상을 쓰며 윤 변호사의 손을 뿌리쳤다.

"건우야, 아버지께 이러면 안 된다. 회장님이 널 얼마나……."

"전 그 사람을 아버지로 인정한 적 없습니다. 말씀 삼가주십시요!"

소름이 돋을 만큼 차갑게 말하며 건우는 윤 변호사를 지나쳐 문을 열고 밖으로 나갔다. 이미 건우가 나가 버렸다는 걸 알지만 윤 변호사는 차마 하지 못했던 말을 입 밖으로 내었다.

"사랑하고 있는지…… 모를 거다. 얼마나 아끼는지…… 절대
넌 모를 것이다."

안타까움과 슬픔이 가득한 윤 변호사의 다음 말은 건우에게
전해지지 않았다.

윤 변호사의 사무실을 나오자마자 건우는 집으로 향했다. 그
리고 자신의 짐을 하나도 남김없이 다 챙겨서 집에 들어간 지
10분도 되지 않아 다시 차를 타고 나왔다. 더 이상 남현우와 마
주치고 싶지 않았고 남 회장의 냄새가 배어 있는 집에 있는 것
도 끔찍하게 느껴졌다.

"진작에 나왔어야 했어. 어머니와의 약속만 아니었다면 이딴
곳엔 있지도 않았을 거야."

그러나 건우는 갈 만한 곳이 딱히 떠오르지 않는다. 동진과
상현에게 갈 수도 없다. 남현우의 코를 납작하게 해주겠다고 호
언장담했던 그였다. 도리어 자신이 쩔쩔 매는 상황이 되어버렸
다는 걸 그들에게 말하는 건 건우의 자존심이 용납하지 못한다.
결국 건우는 연경과 함께 묵었던 주니어호텔로 차를 몰았다.

할인 마트에서 사 온 짐을 풀며 연경은 콧노래를 부르고 있다.
하나하나 꺼낼 때마다 연경의 입가에 머문 미소가 깊어진다.

"칫솔 두 개, 머그잔 두 개, 밥그릇 두 개, 국그릇 두 개, 슬리
퍼 두 개, 숟가락 두 개, 젓가락 두 개."

거실 바닥에 물건들을 늘어놓으며 연경은 혹시나 빠진 게 없나 영수증과 물건의 수량을 확인해 본다. 그리고 각자의 자리에 차곡차곡 정리를 시작했다. 그전에 쓰던 물건들은 과감히 구석으로 치웠고 새로 사 온 물건으로 자리를 채워갔다.

모든 정리가 끝났을 땐 일곱 시가 훌쩍 넘어버렸다.

"어머, 내 정신 좀 봐. 저녁 준비 해야지."

연경은 서둘러 저녁을 준비하기 위해 부산스럽게 움직인다. 오늘은 특별한 날이기 때문에 연경은 평소보다 음식 재료를 사는 데 돈을 많이 썼다. 음식이 완성되고 식탁 위에 하나씩 놓일 때마다 맛있는 냄새가 집 안을 가득 채웠다.

모든 준비를 끝내고 난 뒤 연경은 시계를 보고 흐뭇하게 웃었다. 이제 조금 있으면 백화점 퇴근 시간이고 연경은 건우에게 전화할 일만 남았다. 두근거리는 마음으로 연경은 건우에게 전화를 건다. 건우가 전화를 받기 전까지 들려왔던 신호음이 연경에겐 거슬렸고 무척 길게 느껴졌다. 그러나 건우가 전화를 받자 그런 느낌은 한순간에 사라졌다.

—여보세요.

"어디예요?"

—호텔이야.

"호텔요? 왜 호텔에 있어요?"

—가출했어.

연경의 물음에 짧게 대답하는 건우의 목소리가 평소와는 많이 다르다는 걸 깨닫고 연경은 무슨 일이 있다는 걸 직감한다.

"호텔엔 왜 있어요."

—웃기는 얘기 하나 해줄까?

"네? 호텔에 왜 있냐고 물었는데 웃기는 얘기라뇨."

갑자기 웃기는 얘기를 해준다는 건우가 이상하다. 왜 그러냐고 연경이 묻기도 전에 건우가 입을 열었다.

—한 남자가 있어. 이 세상에 태어난 걸 후회하고 있는 남자지. 남자 직업은 백화점 사장이야. 꽤 근사하게 들리지? 근데 그게 아주 더러운 자리더라구. 겨우 깨달은 남자는 홧김에 가출을 감행했어. 자존심 때문에 이 남자는 친구들한테 도움을 청할 수도 없어. 웃기는 건…… 성질 더럽고 자존심만 센 남자가 비참하게도 갈 데가 없다는 거야. 웃기지?

연경은 숨죽여 울었다. 애써 밝은 척 얘기하는 건우의 목소리엔 슬픔이 묻어났고 건우의 웃음소리엔 눈물이 넘쳐 나는 것 같아 연경은 울고 말았다.

—지금 배꼽 잡고 웃고 있는 거야?

여전히 건우는 밝은 목소리다. 연경은 이제 말해야 된다고 생각했다.

"건우 씨."

—울고…… 있니?

촉촉하게 젖은 연경의 목소리에 건우가 조용히 묻는다. 더 이상 건우의 목소리는 밝지 않았다. 연경이 울고 있다는 걸 깨달고 난 뒤 건우의 목소리는 어둡고 무거워졌다.

　─울지 마. 그냥 누군가 들어줄 사람이 필요했었어. 그래서…….

　"건우 씨."

　연경은 건우의 말을 중간에 끊었다. 그리고 심호흡을 크게 한 뒤 아주 밝은 목소리로 말했다.

　"집으로 와요. 건우 씨 집은 이제 여기니까."

　건우는 자신의 귀를 의심했다. 연경에게 괜히 상처를 준 것 같아 고민했던 그였다. 그런데 연경은 자신에게 집으로 돌아오라는 말을 하고 있다.

　"진심이야?"

　─빨리 안 오면 문 잠가 버릴 거예요. 알았죠? 저녁 식기 전에 오세요.

　전화가 끊어졌다. 일방적으로 연경이 전화를 끊은 것이다. 아직도 믿기지 않는 듯 건우는 한참 동안 휴대폰을 내려다봤다. 그러나 겨우 제정신을 차린 건우의 입가에 미소가 피어오르고 있다.

〈2권에 계속…〉

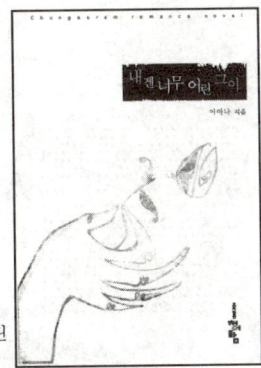

이아나

1978년 서울생.
와이즈 북토피아에서 전자책으로 '내겐 너무 어린
그이'를 내면서 데뷔.
지금은 그 후속편인 친구 정연의 이야기를 쓰고 있다.

『내겐 너무 어린 그이』

그녀의 머리는 미친 듯이 비명을 지르고 있었다.
나의 꿈은, 나의 희망은? 이상적인 남자는?
전문직을 가진, 어른스럽고 혼자 남은 날 거뜬히 돌봐줄 수 있는 남자는?
이 남자는 어린애야. 내가 평생 돌보며 살아야 할 거라구! 그건 싫어, 싫어!
그를 좋아하지 마, 그건 재앙이야!

당신이 좋아, 당신이! 맙소사, 그를 좋아해. 어쩌지?

● 이아나 지음 값 9,000원

도서출판 **청어람**   E-mail : eoram99@chol.com
부천시 원미구 심곡1동 350-1 남성빌딩 3층 우420-011   ☎ 032-656-4452 FAX 032-656-4453

hungeoram romance novel

임미성

197X년 11월(양력) 사수자리
1996년부터 약 3년간 천리안문단에서 시와 수필
연재
2002년부터 〈로맨스월드〉에서 소설 연재를 시작해
현재 〈로망띠끄〉, 〈연필 깎는 여우〉에서 활동 중

〈사랑입니까〉 〈우화(雨花)〉 〈땡잡은 여자〉 장편
완결, 〈메탈이브〉 〈내 마음의 소행성〉 단편 완
결, 〈연애유통기한〉 〈앤(Anne)〉 〈白鶴別曲
(백학별곡)〉 등 연재 중

출간작으로는 〈사랑입니까〉 〈우화(雨花)〉와
전자북 〈땡잡은 여자〉가 있다.

『땡잡은 여자』

자신의 위치는 여기까지다. 자신은 그에게 있어 한낱 고용인일 뿐이다.
넥타이가 필요하면 불러다가 넥타이를 골라달라 하고,
나갈 때 위신을 세워주기 위한 도구로 돈을 써야 하는 사람일 뿐이다.
여자도 아닌 사람일 뿐이다. 그에게 자신을 여자로 봐달라고 하는 건 역시 무리인 듯했다.
더욱이 그에게 애정을 가져 달라고 하는 건 있을 수도 없는 일이었다.

'그를 사랑하는 거니?'

● 임미성 지음 값 9,000원

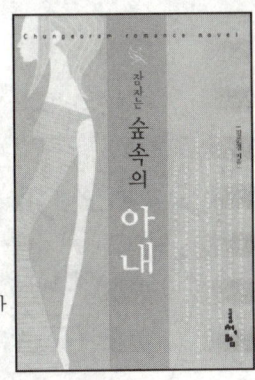

김준경

와이즈 북토피아에서 전자책으로 '잠자는 숲속의 아내'로 데뷔.
현재 비슷한 분위기의 아내 시리즈를 준비하고 있다.

『잠자는 숲속의 아내』

세나는 마침내 차가운 아스팔트에 주저앉았다.
"넌 내 아내야. 나하고 가야 해."
"그냥 내버려 두세요. 난… 서훈 씨랑 있을래요. 서훈 씨랑 있고 싶어요."
"세나야, 난……."
"그냥 가세요. 죄송해요. Juste…… Laisse moi, allez a elle…… allez! allez a` votre amie……."

5년 동안 깊은 침묵에 빠져 있던 아내가 깨어난다!

● 김준경 지음 값 9,000원

도서출판 **청어람**
부천시 원미구 심곡1동 350-1 남성빌딩 3층 우420-011 ☎ 032-656-4452 FAX 032-656-4453
E-mail : eoram99@chol.com

chungeoram romance novel

연두

1977년 1월 (음력) 물고기자리

2002년 여름부터 〈로맨스월드〉에서 연재하다가

현재 연필 깎는 여우(www.ippune.com)에서 연재 중

현재 만화 기획자, 만화 콘티 작가로 일하고 있음

〈어둠 속의 연인〉 완결, 〈지하철〉 단편 완결

〈얼어죽을 놈의 나무〉 출간

〈그림자의 사랑〉 전자북(북토피아) 출간

〈얼어죽을 놈의 나무〉, 〈그의 모든 것, 또는 …〉

전자북 출간 예정

『그림자의 사랑』

"이혼해요."

"누구 맘대로?"

양복 상의를 손으로 가져가면서 민철이 딱딱한 어조로 말했다.

"오늘 저녁에 동창회 있으니까 준비나 하고 있어."

그의 말을 못 들은 사람처럼 다운은 아무 반응 없이 그의 얼굴을 조용히 응시하고 있었다.

그녀의 맑은 눈을 잠시 뚫어지게 바라보던 민철이 안방을 나갔다.

'평생 이러고 살아, 한다운.'

● 연두 지음 값 9,000원

도서출판 **청어람**

부천시 원미구 심곡1동 350-1 남성빌딩 3층 우420-011

E-mail : eoram99@chol.com

☎ 032-656-4452 FAX 032-656-4453